김성호
장편소설

소년의 오늘의 노인들

성미출판사

지은이 / 김성호
펴낸이 / 김성호
펴낸곳 / 성미출판사
출판등록 / 720-93-00159
주소 / 서울금천구 시흥3동시흥대로6길35-25
2층(203호)

대표전화 / 02-802-2113(팩스겸용)
전자우편 / sungmobook@naver.com
홈페이지 / https;www.haver.com/sungmobook

가격 15,000
lSBN 979-11-978731-9-5(00810)

《 김성호 》

....

시인, 소설가
성미출판사대표

저서
장편소설
『방황하는 영혼들』
『누구를 위하여 눈물을 흘려야 하나』
『삶의 숨결』이 있고
산문으로는『그리스도를 따르리』
『꿈을 좇는 마음의 삶』
『신을 파는 사람』
인문교양『글말이 생성되는 장소』가 있다.
시집으로는『불타나이다』
『내 혼아 깨어라』
『아침을 맞으면서』
『인적이 끊기면』
『마음의 사랑을 찾아서』
『내 손을 잡아 주소서』
『성산에 오를 자 누구리오』
『교회 가는 할머니』
『푸른 영혼의 지혜』
전자책으로는

소설
『금융 사기범들』
시집으로는
『태양의 눈빛』
『어제의 시 오늘의 시』가 있고
시문집
『편지의 연인』과
이솝이야기
『어제 배운 오늘의 지혜』등이 있다.

-목차-

작가의 약함

줄거리

작가의 약함

참으로 오랜 시간 붙들려 쓴 작품이다. 지친 싫증에 직면하면, 그때마다 미루는 펜을 놓곤 했던 작품이다. 그 침륜에서 가끔씩 깨어나 쓰고 쓰다 보니, 마침내 또 한 권의 소설집을 상정하게 되었다. 과정이 힘들었다, 보다 높은 수준에 도달하려 뜯어 고치면서 새롭게 등장된 단어에 맞춰, 전후 문장을 가다듬는 시간은 또 다른 고통을 안겨줬다.

작가는 글을 쓸 때에 가장 활력이 넘친다. 온갖 근심(병세)이 사라진다. 필자의 경우는 정신력은 물론이고, 체력도 아주 건강하여 글 작업에 별 어려움은 없다. 단, 중식 후 집중력이 흩어지는 식곤증 현상으로 종종 애를 먹기는 한다. 글을 쓸 수 없는 지경까지 내몰리는 그 증세 설명이 부족하여 표현이 망연하나, 대충 소용없다는 환멸의 짜증이 극도로 상승된다. 어떤 날에는, 머리와 심신의 기력이 날개 없이 추락하여 아무것도 할 수 없이 축 늘어지기도 한다. 이 시간이 장장 5시간 이상까지 지속되는 경우도 있다. 이 무렵이면 가끔 집에서 팔 굽히기 운동이나, 동네산책 나간 김에 먼 곳까지 걸으면서 정신무게를 풀어낸다. 그래서 중식 이후의 시간은 될 수 있으면 책상머리에 앉으려 하질 않는 구실을 찾기도 한다. 이때에 맞추어 미뤄뒀던 바깥일을 본다. 컴퓨터 앞에 앉아있어 봤자 영감의 기반인 독서조차 둔감해진 머리로는 도통 들어오는 게 아무것도 없기 때문이다.

이 보충은 전등을 켠 밤 시간 때에 집중 메운다. 몇 시간 작업을 하다 눈이 감기는 피로가 몰려들면 무조건 손을 놓고 쉰다. 하루라도 쓰지 않으면 본분을 저버리고 있다는 죄책이 정신을 흔들어 놓기 때문이다.

중노동인 책 쓰는 일이 갈수록 어려워진다. 누가 봐도 노력과 성심을 다 받쳤다는 옥고의 작품임을 써야한다는 심리적 부담감이 높아지기 때문이다. 물기가 빠져 건조해진 사고思考의 작품 아닌, 부피가 얇아진 박제품 벗어던진 글을 써야 한다는 압박이 날로 거세지기 때문이다.

창작은 새로운 것을 태어나게 하는 일이다. 확실치 않는 암중모색의 그림을 탐험으로 좇으며 그 방패를 뚫는 것이다. 판단은 이 책을 읽어주는 독자들의 몫이지만, 이 작품 역시도 인고忍苦를 담은 사명으로 썼다고 자부한다.

『소년의 오늘의 노인들』의 제목이 붙은 이 장편소설은, 초등학교동창들이 어느덧 노인이 된 사례를 그린 이야기이다. 더러 필자의 경험담을 뒤섞어 담긴 하였지만, 실화는 아니고, 아직도 만나면서 관계를 건재하게 이어가는 각자의 생활상을 들여다본 바탕에서, 그들과 그들의 주변 인물들을 작가 나름 참고삼아 상상이 동원된 줄거리일 뿐이다.

2023년 봄

소년의 오늘의 노인들

-줄거리-

누구에게나 어린 시절의 추억이 있다. 그 나이순에 맞추어 성장을 거듭한다. 그러면서 세상을 내려다보는 노인연령에 접어든다.

소위 유신세대(1952~59)인 그들은 식물 하나 키울 수 없는 잿더미 불모지에서 태어나고 자란 세대들이다. 개중에는 홍기성(제7장=등장인물)처럼 부유한 아버지 덕분에 돈을 흥청망청 낭비하는 안하무인의 부류도 있고, 태생부터 흙을 파먹는 지렁이처럼 하늘빛을 못 보고, 늘그막까지도 생계걱정으로 노동거리를 찾아다니는 김철진(제2장·제5장=등장인물)처럼 고생을 달고 다니는 인물도 소개되고 있다.

공장굴뚝에서 내뿜는 시커먼 연기를 마셔가며 보릿고개를 넘은 그들은 산업의 역군들이다. 그야말로 굴곡진 삶을 극복하고 장수를 누리고 있는 세대들이다. 그들이 그렇게 바친 땀의 피로 오늘날 대한민국은 세계 10위권 경제대국에 우뚝 서게 되었다. 이뿐 아니라 오늘날 사회 각 분야에서 허리 역할을 잘 하고 있는 세대들의 부모들이기도 하다.

⇒술자리에 모인 소싯적 친구 오인 중에 길승호는 3선 의원을 지낸 전직 국회의원이다. 의정활동을 하는 한편으로 환경부장관 등극을 키우나, 최 권력자를 보필하는 보좌진들의 배후보고는 충성도가 낮을 뿐 아니라, 우리가 펼쳐나가야 할 행정초안 설계의 질이 전혀 틀려 충돌이 잦을 것이라는 일갈을 부린다. 정책의장 물망에 올랐다, 그들에 농간에 고배를 마시기도 한다. '세월아 네월아 가지를 마라. 참으로 살기 좋은~꿀처럼 달콤한 이 세상 앗아가지를 마라' 선무당 노래나 흥얼거리는 위선의 불량품 작자들의 그 신바람으로, 그는 결국 3선 의원을 끝으로 국회를 떠나 야인으로 지내게 된다. 그러나 그 물때 시절을 잊지 못하고, 정치의 중심지인 여의도 국회의사당 주변을

여전히 맴돈다. 다음 선거에 무소속 출마를 굳힌 와중에 소싯적 친구들과 회포를 푼다. 그러면서 정치세계의 비판적 시각을 더욱 부각한다.

길승호는 이 자리에서 유독 판무식 길철진을 못 마땅해 하는 감정을 드러낸다. 이 분위기를 알아차린 신성훈의 중재로 두 친구는 마침내 화해에 이른다.

'국민들에게 거짓을 팔고 사기를 치는 모리배들은 나랏일에는 관심이 없다. 꿀맛만 좇는 출세지향 자들 일뿐이다. 너나 할 것 없이 혀를 잘 놀리는 그들은, 간신배 아첨꾼들이다. 입에 자주 담는 국민을 포장지 용도로만 쓰는 그들은, 자신의 잇속에 부합된다 싶으면, 대통령도 서슴없이 팔아 치운다. 반대로 대통령의 지지 율이 낮으면, 아예 그 이름을 빼고 선거과정을 밟는다. 당선에 우선 목적을 두고, 유권자들에게 하늘의 별이라도 따다 주겠다는 가식과 위선을 물마시듯이 지껄인다.' 〈제1장〉

⇒엿장수를 아버지로 둔 김철진의 생활환경은 뒤로 자빠진 경제적 침륜에서 좀처럼 올라오지 못하는 1인가구이다. 이 책에서 가장 많이 등장하는 인물이다.

아버지로부터 찢어지는 가난을 물려받은 그는, 일찍부터 밑골창 고생의 과정을 밟는다. 얼마나 운이 안 따라주는 지, 살아보겠다며 연 고물상도 무허가라는 딱지 때문에 결국 문을 닫게 된다. 이 배후에는 구청에 민원을 넣은 여인이 있었다. 이후 그는 반 지하방에서 어두운 운둔의 세월을 보낸다. 그 가운데서도 놓지 않고 붙든 유일한 희망은, 고물상을 다시 여는 것이다. 그렇지만 하늘도 땅도 그를 돕지 않아 언제까지나 경제적 불운을 벗지 못 한다. 도무지 희망의 끈이 잡히지 않자, 그는 마침내 자존심을 접고 중앙정부 사회복지부에 도움을 요청하기에 이른다. 생계급여, 조건부수급자·주거급여수급자·의료급여 등의 혜택을 받게 된다. 그러나 꼭 의무적으로 올려야만 하는 취업증명 및 소득신고 미 이행으로 4개월 간 받았던 생계금여가 끊기는 비운의 비애감과 다시금 마주친다. 여기에 두 차례 금융사기를 당하기도 한다. 또한, 이 한편으로 필요에 따라 쉽게 빌려 쓴 카드론 빚에 쫓기기도 한다. 그는 이 위기를 신용회복위원의 도움으로 해결한다.

뭐라도 해야 굶주림을 면할 수 있다. 그는 구청복지과에서 소개한 휴지 줍는 일을 시작한다. 그러나 겨우 풀칠이나 하는- 사업자금 마련은커녕 그저 시간 때우는 수단에 불과한 그 일을 몇 개월 만에 그만두고, LH 선정으로 새로 이사한 집과 가까운 고물상에 취직하는 것으로 리셋을 살린다.

'결혼할 기회는 몇 차례 있었다. 고물상을 운영하며 제법 돈을 만져 봤던 호시절 때이다. 김복순이라고 농부의 세 딸 중 장녀였다. 살림은 잘하였으나, 유혹에 약해 도심 물먹기 시작한 이후 퇴폐기질로 분수를 잃은 불안정이 심하면서 낭비벽도 과도했다. 이러다 유일한 생계수단인 고물상까지 말아먹겠다는 지레 겁이 결별로 이르게 되었다.

떼어 버리는 과정은 녹록치 않았다. 행실 가벼운 설렁한 계집인줄만 알았는데, 길거리로 쫓겨날 위기로 몰리자, 발톱 세운 야생고양이로 돌변한 할큄으로 와락 덤벼들었다. 집어 삼키려는 더 큰 봉변을 당하지 않으려면, 위자료 몇 푼은 쥐여 줘야겠다는 결심에 따라-강단이 세지 못한 물렁한 성질 덕분에, 초점의 운이 영 맞지 않아 조롱도 시원치 않는 역겨운 버러지를 간신히 떨쳐낼 수 있었다.'   〈제2장〉

'대략 백 미터 넘는 거리 왕복은, 휴지 줍는 속도에 따라 1시간에서 1시간 반 사이이다. 주말 이틀휴일을 보낸 월요일이 제일 바쁘고, 여기에 환경 전환의 휴식 겸 나들이 나왔던 불특정 산책객들이 어지른 장소바닥을 빗자루로 쓸 시에는, 그 시간을 초과하는 경우는 제법 있다. 그렇다 할지라도 5일 근무 전체 총량으로는, 한 봉투에서 조금 상회하는 정도이다. 이를 감안하더라도 대략 10시30분 전후로 일과는 마쳐진다. 한주일 마감인 오늘은, 산책객들 수가 드물어 쓰레기 수거량도 그만큼 적다. 이대로라면 1/4분도 채우지 못할 것 같다.   〈제5장〉

⇒진용훈은 목사출신의 심리상담자이다. 진용훈이 부친의 뒤를 밟겠다며 신학을 마친 후 목회 길을 내려놓게 된 동기는 하늘의 응답, 즉 물증의 기적을 끝내 보지 못했기 때문이다.

전 국민이 코로나로 힘든 시기를 보내는 어느 날, 숙맥의 19세 아기엄마가 심리상담 손님으로 들어온다. 피시방에서 만나 단번에 눈이 맞은 치킨배달원 청년과, 그 피시방 뒷문계단, 냉기 피는 차가운 대리석바닥에서 한 몸으로 엉켜 붙은 선을 넘고 파수를 열었다는 그 갓난아기의 엄마이다.

　진성훈은 양가 부모로부터 쫓겨나 저희 힘으로 살아가려는 두 남녀의 청춘을 내심 축복하면서, 헤쳐 나가기 만만치 않는 사회생활의 기본을 제시한다. 아무리 생활이 힘들어도 아이만은 꼭 엄마 품에서 떼어 놓아서는 안 된다는 것과, 아이아빠를 공부시켜 보다 안정보장이 높은 미래를 대비하게 하라는 주변 이야기를 들려준다.

　그렇지만 내게서 도망칠 궁리만 하는 아이아빠는 공부가 싫어 다니던 고등학교를 중도에 때려치웠는데, 무슨 재주로 그를 설득할 수 있겠느냐는 난색의 말을 내담자로부터 되돌려 듣게 된다.

　'앞 포대기에 감싸여 애송이 엄마가슴에 안겨 있는 젖퉁이 아기는 사내이다. 양볼 살이 포동하고 균형이 뚜렷한 검은 두 눈매는, 티 없이 깨끗하게 맑다. 몸집 작은 그 젖퉁이를 등을 붙인 의자에 앉은 장난기 자세로 두 다리로 받쳐 안고 수시로 어르고 달래는 엄마는, 철부지기운이 역력한 19세 나이이다. 학력으로 따진다면 고등학교를 갓 졸업했을 풋내기이다. 그 영악한 숙맥의 나이로 파수破水를 열어 사내아이를 낳았다. 치킨배달원인 한살 연상의 곱슬머리 남자와 단번에 불꽃 치는 눈이 맞은 그 피시방 뒷문계단, 냉기 피는 차가운 대리석바닥에 신문지 한 장만 고작 깐 위에서 한 몸으로 엉켜 붙어 뜨겁게 달아오른 육체를 태우는 선을 넘고 낳게 된 그 신생아란다.

　다행은, 청년 측에서 아빠노릇을 그럭저럭 하고 있다는 것이다. 자신은 동네슈퍼에서 초보단계를 막 벗은 막내직원으로 근무하고 있단다. 호적을 파가라며 몽둥이 들고 집 바깥까지 쫓아 나온 천둥의 격노로 동거를 극구 반대했다는 양측 부모와 연을 끊다시피 하고, 저희들의 힘으로 가정을 세우려는 진면이 참으로 기특하기까지 하다.'　　　　　　　　　　　　〈제3장〉

- 12 -

⇒작은 식당을 운영하는 최구성과 1인출판사대표 신성훈은, 심리상담사 진용훈이 최구성을 만난 김에 급히 마련한 회식자리에서 근 3년 만에 악수를 나눈다. 세 친구는 똑같이 공유하고 있는, 아득히 멀어진 옛 추억을 되감으면서 한층 더 우정을 다진다.

신성훈은 약관 나이에 한 여고생을 사이에 두고, 꺽다리와 다투다 머리가 깨진 성구를 기억으로 떠올린다. 그러면서 신성훈은, 경제학박사에 아들의 이름을 제 이름의 앞뒤를 바꿔 지은 그 아버지를 회상한다. 두 부자는 사이가 좋지 않아 생면부지처럼 지낸다. 아들은 정치권 비판이 가열했던 아버지는 정적이 된 권력층의 지시를 따랐을 비밀요원의 의해 살해됐을 거라는 의문을 다시금 확신한다.

"구성이 너 그새 많이 변했구나."

성훈이 등의자에 앉으면서 퍽 늙어 보이는 친구에게 눈길을 떼지 않는 채로 이 말부터 건넸다.

"어디가 그렇게 변했는데.....?"

구성은, 누리끼리한 자기의 왼뺨을 손바닥으로 매만지면서 친근미 담은 목청을 열었다.

"어디 보자."

성훈은, 눈질을 왼편에서 오른편으로 천천히 옮겨가며, 혈색이 까칠한 구성의 얼굴 전체를 살핀다. 그러면서 불룩 솟은 눈두덩과 양 눈 가엣 살집이 늘어져 있는 것을 더 알아봤다.

"그래, 맞아. 흰 눈썹의 눈살이 짝짝이다."

"나이는 속일 수 없지. 너도 내 나이가 돼봐라. 신체구조 바뀌는 건 시간문제인 것을 알게 될 게다."

동갑내기 친구로써의 농을 농으로 받아친 구성의 성대는 갈라지는 느낌을 안겨줬다.

"자식, 너만 나이 먹었냐? 또 하나, 목덜미 살도 늘어졌는걸." 〈제4장〉

⇒재래시장 장사로 자녀를 키운 그 홀어머니의 아들. 대학에시 국문학을 공부하였고, 이후 통신사에 다년 간 근무했던 이

력을 남긴 이길수. 재벌집안의 맏딸과 결혼한 계기로 안정된 생활을 누린다. 환경운동 현장에 가끔씩 남편과 동행하는 아내. 부친이 설립한 제약회사 지분 10퍼센트를 소유하고 있음에도 경영에는 일체 관여하지 않고, 그 제약회사와 별개로 커피체인 점을 운영하는 보통 여자의 아내. 부친으로부터 물려받은 기업 대표인 아들을 마다하고, 미망인의 결정대로 한 집에서 살아가는 두 부부. 그러면서 길수는 한 달에 두 번꼴로 찾는 친모보다 장모에 더 애착을 건다.

아내가 운영하는 커피숍도 코로나 영향으로 힘든 시기를 보낸다. 그러나 은행대출로 그날그날을 어떠어떠케 버티는 여느 가게들과는 달리 재난지원금도 정양하듯이 신청하지 않은 사장은, 사업에 손발인 종업원들을 끝까지 보호한다. 자신 명의의 갓물주(건물주를 신에 빗댄 합성어)를 보유하고 있기 때문이다.

길수는 코로나유행이 바깥활동에 제약을 내린 덕분에, 개인 시간이 많아지자 펜을 쥐고 시 쓰기를 시작한다. 그 와중에 자활근로를 하는, 소싯적 친구 김철진에게 사기를 높여주는 문자시를 보내주기도 한다.

'출근하는 아내 덕분에 이날따라 일찍 일어난 시를 쓰는 이길수. 제방에서 나오는 장모의 인기척을 듣는다. 냉장고의 찬 기운이 목덜미에 닿는다.

"시간 된다면 나 데리고 어디든 다녀 보지 않을래?"

"외출하고 싶으세요?"

"나도 가끔은 울분을 털어버릴 대상이 필요하단다."

흥미 잃은 목청의 생기가 측은하게 말라있다.

"우리 엄니께서 많이 외로 우신가보다. 어디 가고 싶으신데 있으세요?"

길수가 한창 시절에 비해 신장이 왜소하게 작아진 장모를 엄니라는 애칭으로 부르는 까닭은, 친모 이상으로 아끼고 사랑하기 때문이다. 젊은 시절부터 가난을 털어내려 재래시장 장사를 거쳐, 이름난 산 등산로 입구에 임대가게를 얻어 등산객들을 상대로 갖가지 용품을 파는 수단부리와 연동한 식당을 경영하면서 번 그 자금으로, 지금은 인적이 북적거리는 번화한 도심 복판에서 운동기구 파는 매장주인으로 안착한 억척의 친모보다, 한집생활로 더 가까운 사이가 되었기 때문이다. 그 매장 역시도 유행병으로 큰 타격을 입고 개점휴업 상태나 다를 바 없다. 길수의 바로 아래 동생인 길숙 내외가 주인을 대신하여 문을 열었다 닫고 한다. 그 때문에 뵙는 횟수가 더더욱 줄었다.

"공원에 데려다 줘."'⟨제6장⟩

⇒구의원에 출마했다 패배한 홍기성. 이번엔 구청장출마 준비 차원에서 소싯적친구 신성훈을 만난다. 국회의원 초선에 도전장을 내민 길승호를 적극 도와 국회입성을 달성케 한 그 우정의 도움을 자기도 받아볼 셈으로 친구를 대한 홍기성. 그러나 그 상대 신성훈으로부터 좋은 소리 듣지 못하고, 되레 자질이 부족하다는 비판적 지적을 받는다.

홍기성의 아버지인 홍기호는, 일제강점기 때 엽전놀이(고리대금업자)로 담장 두른 대궐 안에 살면서 백성의 고혈을 짜낸 원성이 자자했던 조부의 유산을 이어받은 재물덕분에, 전 국민이 비탄에 빠진 6·25동란 시기에도 별 고생 없이 등 쭉 펴고 잘 지냈다. 그 아버지를 본받아 어린 시절에 돈 자랑을 일삼던 그 아들은 버럭 화를 내며 "너는 친구도 아니다"라는 폭탄을 선언하고 커피숍을 박차고 쌩 나가버린다.

신성훈에게는 장가 못간 서른 살 넘은 아들이 있다. 외출에서 돌아온 그는 재택근무를 하는 아들이 안 보이자, 빈 방에 놓인 아들의 전화기를 열어본다. 그러면서 외국여성과 나누는 채팅문자를 발견하게 된다.

'그러나 인간됨됨에 있어서의 자질부족이 두통거리이다. 안타까운 비관은, 나라정세에 대한 걱정을 눈곱만치도 갖추지 못한 것처럼, 본인이 이런 사실을 까맣게 모른다는 흑화黑化이다. 사람들이 그 그릇이 아니니, 제 분수를 알고 자신을 지키는 것이 우선이라는 입과 손과 발의 신호를 수시로 보내는 데도 불구하고, 눈치를 전혀 채지 못한다는 빗면 질이다. 면류관이 씌워지는 사회적 성공에는 세력에 의해 만들어진다는 이론은 안다하면서, 도대체 그 불특정 다수들로부터 신뢰를 입는 비결이 무엇인지 찾아보겠다는 반성 없이, 화투놀이에서 단번에 피 두 장을 따보겠다는 일타쌍피—打雙皮 염탐만을 부린다.'　〈제7장〉

⇒권소기의 아들인 소호는 서울살림을 정리한 비용으로 산골짝 외딴집 한 채를 지어 그곳에서 정착의 뿌리를 내리기 시작한다. 이어, 이동병인이라 할 정도로 몸이 약한 여동생 소현도 산림으로 온통 둘러싸인 산중 외딴집에서 심신수양 차 들어와 살게 된다.
어느 날 저녁, 아랫동네 열 명의 청년들이 외딴집에서 막걸리를 마시며, 농사에 지친 육신을 달래는 회포의 시간을 갖는다. 그들은 사대 째 이어지는 이 씨 마을의 동생, 사촌, 팔촌의 관계로 맺어져 있는 청년들이다. 그 자리에서 외지인 소현이 아이스크림을 사달라는 말을 낸다. 이때 소현을 연모하는 이기석의 즉각 수락으로, 일동은 칠흑의 어둠에 둘러싸인 산을 넘어 윗동네로 향한다.
혼자 남은 소호는, 여동생의 안위가 걱정되어 집을 나선다. 그러나 야수들에 한 여자의 몸이 찢어져 망가졌을 거라는 소호의 상상과는 전혀 달리, 막걸리를 가운데 두고 노는 그들의 모습은, 너무나 자연스럽게 평안하다. 이에 소호는 그 분위기를 단번에 깨는 밤의 소동을 일으킨다.

'소호에게는 대 농장을 일구는 꿈에 앞서, 장가를 먼저 들어야 한다는 숙제가 걸려있다. 곁에서 한 지체의 손발로 움직이며 후손을 낳고 기르는 염원이다. 그렇지만 이 산골짝에서는 한 솥밥을 먹을 외지 여자가 없다. 오누이 단 둘뿐이다.

이 때문에 생각만 해도 두렵게 떨리도록 끔찍한-하늘이 무너져도 용서가 될 수 없는-알게 모르게 물이 땅을 적시듯-바람을 넣어 부풀린 풍선의 환상-친동생 아닌 여자로 보게 된 소현을 대상 삼아, 끓는 정욕을 해소하고 싶다는 음욕의 태질에 시달린다. 그래서 어떤 남자에게도 소현을 내줄 수 없다는 독기를 앞세워, 그토록 칠흑하게 캄캄한 산길을 더듬더듬 넘나들었던 것이다.' 〈제9장〉

⇒교통사고에서 생명보호의 은혜를 입은 미향은, 봉사하는 요양병원에서 강길용 환자를 만난다. 강길용은 조직깡패 두목이나, 운신이 조인 차원을 넘어 교도소수용이 힘들 정도의 중병에 걸린다. 교도소소장으로부터 보고서를 받은 법무부는, 강길용을 외부진료 허락을 내린다. 그는, 치매로 인한 뇌질환, 파킨슨병, 암 등에 쓰이는 로이드레이지(Roid Rage) 치료를 받다 죽음을 맞게 된다.

미향은, 영안실이 있는 병원으로 이송되는 망인의 동행자로써 한 차에 동승한다. 본래 담당자가 따라 붙어야 하나, 신경이 예민한 환자들로부터의 호의가 별로라 대신 맡게 된 것이다.

알고 보니 강길용은 남편과 초등학교동창인 강성식의 아들이다. 왠지 낯설지 않다는 자신 안에 숨겨진 비밀의 내막이 밝혀진 것이다.

집을 나가 행방불명 중 제 엄마 50회 생일잔치 때, 딱 한번 집을 찾았을 뿐인 아들을 잃은 슬픔은 강석식에게서는 찾아볼 수 없었다. 진성훈 내외와 강길용의 제2아버지인 옛 두목 김기한을 아들의 빈소에서 함께 맞은 강성식은, 그 자리에서 "억울한 죽음일 수 있는 아들놈이지만, 아비로서는 그다지 애도하지 않습니다. 왜냐하면, 선생님께서 짧고 굵게 사는 법을 지도해주신 덕분에 사나이답게 살다 갔기 때문입니다."라는 심경을 고백한다.

'그새 아른아른 감겼던 졸림 증세는 다 달아났다. 한 무리 인원이 빈소에 우르르 들어섰다. 한 눈의 이해로 헤아린 인상들의 현모는, 하나같이 성질이 고분고분하지 않고, 수틀리며 당장 뭐든지 깨 부스고 말겠다는 험악한 협박성을 띄우고 있었다. 좀 더 깊은 탐구로는, 체계구분 없는 공연한 수작을 이용하여- 가진 게 아무것도 없는-뭐가 잘못된 건지도 모르는 망할 놈의 낙오자들이라는 것이다. 그 열등에 짓눌린 인물 다섯 중 두 명은, '잡아,' '묶어,' '끌어당겨,' '잘라,' '제기랄,' '우라질,' '죽고 싶어!' 단어가 입에 밴 뱃사람들이고, 세 명은, 시장바닥에서 상인들에 자릿세 명목으로 금품을 뜯어낸 죄목으로 교도소를 들락거렸던 조무래기 건달패들이다. 모두 강길용과 교도소운동장에서 가까워진 교도소동기들이다.'　　　　　　　　　　〈제10장〉

제1장

-소싯적 친구들-

　"두 친구는 초등학교졸업 이후 한 번도 만나본 적이 없었던
사이라, 실상의 관계는 없었다고 봐야 하지 않을까? 한데, 두
사람이 새삼 우리의 시선을 끌어 모으게 한 동기는, 무슨 밀접
인지 하루 차로 이승을 달리했기 때문이지."
　좌중을 둘러보며 이렇게 말문을 연 신성훈은, 입을 다물고
주류가 곁들여진 회식자리 건너편 길승호와 시선을 맞추었다.
승호는, 젊은 날에 풍성했던 머리카락은 휴지기를 맞아 날로
탈모되면서 자리 잡힌 정수리두피 부위가 훤히 들여다보였다.
짙게 검었던 옛 윗눈썹도 흰빛물결에 뒤덮여가고 있는 가운데,
아직은 생동이 힘차게 번득거리는, 그 눈빛 아래 둔덕 밑 콧잔
등은 뭉툭하다. 인생이력 주름의 몇 가닥이 깊게 새겨져 있는
이마는 비교적 넓은 편이고, 삼강서리라도 맞은 듯 쓸쓸한 우
수기운이 깃든 안색 빛은 까무잡잡하다. 세파에 찌든 정형이다.
　승호는, 세월 저편 한창 시절에 물이 들어오면 노를 젓고, 반
찬 좋을 때 실컷 먹어둔 정치인이다. 높은 자리 윤기를 고색하
게 번질번질 흘렸던 그 만족감을 속 깊이 감춰두고 있는 세속
주의자이다. 지역구 국회의원직을 수행하면서 국무위원 순위 말
단인 환경부장관 등극을 꿈꿨었으나, 최상위 권력 측에서 새
내각발표 때마다, 여론이 내다본 영순위 호평과 달리 쓴맛을
봐야 했던 그 불운의 주인공이다. 당사자 이력의 신원과 가족
상황은 물론이고, 공직자 윤리시스템에 이미 호환으로 등재된
소유재산이 어느 정도인지도 다방면으로 묻거나 살펴봤을 그
참모들의 표면적 사유는, 국회 내 활동은 두드러지나 나라를

틀어쥔 대통령을 섬기는 충성도가 낮다는 일갈이었다. 한마디로 빈 몸짓일지라도 굽실굽실 기는 섬김의 아부가 미흡하다는 모함이었다. 한 정당에 몸을 담고 있는 몇몇 동료들도 이와 비슷한 맥락의 귀띔을 들려준 적이 있었다. 외부 물질에 의해 형질이 형성되는 타협과, 조율의 요채인 정치기술이 요원하게 부적합하여, 외로운 처지의 기회가 비켜간다는 읍소였다.

모양새가 오목한 상자 위로는 같은 물건일지라도 쌓아올릴 수는 없으나, 사각 모양의 상자 위로는 많은 짐을 쌓을 수 있다는 이론을 놓고 본다면, 일견 맞는 말일 수 있다. 그러나 울퉁불퉁 불편한 심기 바탕에서 면밀하게 끌어 모은 취합의 실체에서는 생각을 달리하고 있다. 막후 조종으로 다행스럽게 밀려나게 한 정책의장 물망에 이름을 올렸던-그 출중한 식견 능력이 뒷받침된-그 위풍당당한 자신감 넘치는 위압이 행정초안 설계와 결이 크게 달라 충돌이 잦을 것 같다는 보좌진 참모들이 올린 내부방침을, 임명권자인 대통령이 그대로 수용했기 때문이라는 사견이다. 말하자면 정책보좌관인 그들은, 제 자리보전을 위해 긍정적인 보고는 뒤로 밀쳐내고, 이상론 정책자에 불과하다는 흠집을 건수로 붙여 간신배 수작을 부렸다는 추측이 우세하다. 구어체 미사로 성명을 내는 혀의 말과 달리, 국민적 고통은 안중에 두지 않고, 기름진 배 두들기며 '세월아 네월아 가지를 마라. 참으로 살기 좋은~꿀처럼 달콤한 이 세상 앗아가지를 마라' 선무당 노래나 흥얼거리는 위선의 불량품 작자들이다. 맹세나 기도로 없앴으면 하는 격심을 불러일으킨 괘씸한 안방 잡배들이었다.

그의 정치활동은 삼선으로 끝났다. 남긴 이력의 주요업적은, 사회적 여가 차원에서 산림이 조성된 작은 동산일지라도, 산업사회가 내뿜는 온갖 공해를 맑은 공기로 정화하는 녹지일대 둘레 백 미터 한정의 경계를 자치구 재량으로 설정해, 녹지훼손 주범인 난개발을 하지 못하게 막자는 법안 발의였다. 승호의 이 환경계획안의 토대는, 자신의 고향에서 실제 일어났던 수해 기억에서 얻었다.

어느 지방 지역인지 모르는 수백 명의 수재민이 한꺼번에 쏟아져 들어와 정착지로 삼은 곳은, 수목이 우거진 산비탈이었다. 그 당시 나라 사정이나 국민 전체의 구차한 삶의 형편에 따른 정부의 소개였으나, 어느 날 갑자기 한꺼번에 밀려든 인구폭발로 농경사회 고향마을은 지저분하게 부서지며 망가지고 말았다. 형질이 성스럽게 옥토 했던 토질은, 그들이 진종일 싸대는 체내의 배설물과, 주의 없이 아무렇게 내던져버리는 온갖 잡쓰레기로, 환경 오염도는 심각한 수준으로 높아졌고-크고 작은 파리 떼 범죄들이 끊이지 않았으면-이웃 간의 순박한 인심도 사납게 피폐해졌다. 넉넉했던 마음 씀씀이가 매우 좁아진 것이었다.

그 와중에 큰비의 여름홍수로 수십 명이 사망하는 자연재해가 발생했다. 제멋대로 마구 날뛰며 범람하는 황토급류에 휩쓸린 무수한 시신들은, 아랫동네 개울까지 둥실둥실 떠내려 왔다. 기르고 있는 개가 짖어 나와 봤다 발견한 시체 한 구를 갈고리로 낚아채 뭍으로 건져 올린 토박이 주민도 있었다. 그 소용돌이의 시뻘건 탁류에 삼켜진 사망자들은, 수목 숲을 모조리 깎아 치운 비탈 위로 다급하게 우후죽순 지어 올린 조잡한 판잣집 및 천막집 주민들이었다. 수해 원인은 과거 빗물저장을 담당했던 자연환경 파괴의 영향이 가장 컸던 것으로 최종 정리를 마쳤다.

그 법안에 여야 포함 동료의원 백 명이 동의 서명을 해줬다. 그다음 절차로 환경위 소상임에 일임했다. 소상임 검수를 거쳐 공개 상정된 법안은, 국회 본회의에서 반수 조금 넘은 아슬아슬한 몇 표 차로 간신히 통과되어 현재 국가법령 안에 들어있다. 이외에 보행하면서 담배피우는 행위를 금지하자는 법안도 발의했었다.

그로부터 사 년여 세월이 흘렀다. 그런데도 여전히 그 정제된 미련을 털어내지 못하고, 긴급조치 제1호-9호부터 군부대가 주둔하면서 치안-공공질서를 잡는 위수령(계엄령 하위호환 격↔2018년 폐지)치하의 서슬 퍼런 정치를 휘둘렀던 유신시절 1975년에 개원한-한국의 8도를 의미하는 8개의 기둥과, 우리의 24절기를 뜻하는 24개의 각주角柱로 받쳐져 있고, 365개의 조명이 웅장한 실내를 밝히는 여의도 국회의사당 건물주변을 유령처럼 맴돌고 있다. 낙담의 기진맥진으로 그럴만한 위치의 힘을 지니지 않았음에도 불구하고, 허구한 날 헛바퀴만 치는 무모한 그를 바라보는 주변사람들은, 제발 나이 늙은 주책바가지 그만

떨고, 모아둔 재산으로 전문분야 환경연구서든, 음식솜씨 좋다는 아내의 명의로 대중식당이든 열어서 현실로 돌아오라는 읍소의 시선으로 떠들어대었다.

　사업가들 못지않게 점집을 넘나드는 집단이 정치인들이다. 특히, 선거철이 다가오면 그들의 발길로 점집 문턱은 닳고 단다. 그들이 그토록 누구의 눈에 띌세라, 남몰래 뒷문으로 들어간 무속 인에게 머리를 조아려 정중을 모은 복채를 바치는 까닭은, 불확실한 전투승패를 사전에 알고 싶다는 불안증 심리 때문이다. 승호 자신도 몇 차례 아내에 이끌려 용하다는 역술인의 말을 들었던 적이 있다.

　실력을 겨루는 상대후보와 막상막하의 박빙으로 치닫는 안개 속 경쟁에서 누가 승기를 잡겠습니까? 질문해답은 당선이었다. 그래서 재선의원이 될 수 있었다. 그렇지만 4선 도전을 앞둔 점괘는 필패였다. 그럼에도 잘못 내린 오판이겠지-예견을 박동치는 두근두근 심장으로 애써 덮고, 선거복판에 뛰어들어 경륜의 관록을 집중 부각시켰다. 역술인의 예언대로 신인후부에게 큰 표 차로 고배를 마시고 말았다. 종합적 점검은 새롭지 못한 구태의연의 낡은 이미지였다. 신선도가 떨어져 맛이 갔다는 회초리였다. 이후 낙인의 길을 걷게 되었다.

　실상, 그는 예전과는 많이 달라 보였다. 과연 그때 그 사람인가? 회상의 의심으로 다시 돌아보게 할 정도로 멍해 보이기도 하면서, 앞뒤 말이 서로 맞지 않는 외로운 자의 헛소리까지 실실 새어내기도 하였다. 수동적인 성격에다 행동력이 결핍된 사람으로 변해 있었다. 그런데도 마르고 닳도록 퍽 길들여져 잊을 수 없는, 그 역산의 발판을 반드시 되찾고야 말겠다는 야심만은 고집스럽게 굽히지 않고 있다. 보이지 않는 강고한 유리천장의 좌지우지 개입으로 찬탈당한 거나 다를 바 없는 지역구 당협 위원장직 탈환은, 현재 지역구 민심과 당내 동향으로 미뤄 전망이 불투명하다.

　그럼에도 불구하고 이번 4·15총선에 무소속으로라도 출마하여 설욕하리라는 집착의 끈기로 벼르고 있다. 맥을 못 추는 늙은이는 아직은 아니고-앞 못 보는 시각장애인도 아니며-낮에는 토끼 눈이었다-어두운 밤 때면 고양이 눈처럼 광채를 발하는 색소결핍증 환자도 아니며-뒷걸음질 치는 가재는 더더욱 아니라는 능가의 본때를 만인들에게 보여야만 한다. 송충이는 솔잎을 먹어야 하고, 짖는 개는 달리는 기차를 멈춰 세울 수 없다는 일변으로 주변인들의 걱정을 그렇게 버티기 힘든 일소로 밀어내고 있는 중이다.

30여 년을 정치부기자로 활동했던 전 기자는 이런 말을 남겼다. 정치인들은 크게 세 부류로 나눠볼 수 있다. 황룡黃龍형, 이무기 형, 생계형.

의원배지 단 것을 출세나 입신양면으로 여기면서, 이를 지켜내려 아등바등 매달리는 정치인 90퍼센트는 진영 중독자들이다. 영웅이나 어른이 나올 수 없는 해괴망측한 구조이다. 모험해야 할 때 안주만 하고 있는 사람은, 결코 큰 인물이 될 수 없다. 덧붙여 타고난 스타일리스트 정치인은 있다.

유권자인 국민이 내 고장의 일꾼을 직접 뽑는 선거를 일컬어 민주주의 꽃이라 한다. 또한, 민주주의는 피를 빨아먹고 자란다 (미국독립운동가 토마스 제퍼슨) 말도 있다. 군주제도인 일부 국가를 제외하고, 지구상 거의 모든 나라가 이 제도의 선거를 거쳐 나라의 근간을 다진다. 그 나라의 생동이 아닐 수 없는 국가적 주요 행사이다.

선거철이 다가오자, 사회적 능력을 갖췄다는 인물들의 출사표가 넘실댄다. 출마를 공개하며 변을 내는 후보자들의 입담은 각양각색이나, 내가 사는 고장지역을 살리겠으니 지지를 모아달라-유권자 여러분들의 뜻을 정책의제로 엄중히 받들어 입법제도로써 보답하겠다는 빛깔의 공약은 거의 모두 비슷하다.

수렁에 빠져들 크나큰 문제는, 수단방법을 가리지 않고 어떻게든 당선은 되고 보자는 초조의 긴장이다. 권력의 명예-생계형 해결을 앞세운 조급증에 들떠 실행이 어렵거나 아예 손도 댈 수 없는 공약空約을 난무하는 경우이다. 금액이 200조원에 달한다는 포퓰리즘(인기연합) 난발을 대표적 사례로 꼽을 수 있겠다.

나라의 국력기반을 이런저런 사례를 들어 보다 안전하며 든든하게 다져놓겠다는 정책보다-지역주민의 생활불편을 어떻게 대변할까 고뇌하는 안목보다-노인연금 얼마 인상, 출생아 양육비지원 어느 선까지 지원하겠다는 포퓰리즘 선동의 열변을 혀의 말로만 마구 토해낸다는 안타까움 이다. 엄밀히 말해, 포퓰리즘은 민주주의 근간을 약화시키는 솜사탕이다. 정신머리 게으르게 하는 사탕발림이다. 그런 표심만 좇는 정치인들이 주권을 쥐고 결정권을 행사하는 게 이 나라의 현 정치이다. 국민적 높은 요구의 편승이라 하나, 제 주머닛돈 아닌 나라 곳간을 열어 나눠주겠다는 발상은, 그때의 말뿐이라 무책임의 극치가 아닐 수 없다.

'선거에 지더라도 정치에 져서는 안 된다'라는 말이 있다. 경쟁 중인 예비후보에게 밀린다는 여론의식이 강할수록 경각의 긴장은 한층 더 높아진다. 구석으로 몰린 위기로 본성이 극대로 팽창한다. 나팔인 레퍼토리가 대중적으로 먹히지 않는다 싶으면 모략·모해·음모·이간·음흉·공갈협박을 동원한 감성파리도 선거판에 제멋대로 마구 뛰어든다. 재미에 오른 바둑판을 뒤엎을 정도로 신경이 과민하면, 인간의 기본인 이성마저 제 정신을 잃고 오락가락으로 헤매기까지 한다. 약점이 될 만한 신상털이 여론 비판이 부각되면, 그 억울함을 풀려는 어떤 해명에도 죄목이 더해질 뿐인 답답함에서 벗어나기란 쉽지 않다. 한번 추락한 신뢰는 이토록 회복이 요원하다.

의복은 물론이고, 기분까지 함께 더러워지는 이 진흙탕에서의 탈출은 쉽지 않다. 빠져나오려 할수록 몸은 더더욱 수렁에 감긴다. 있는 말 없는 말을 다 쏟아내면서 길이길이 날뛰는 암중모색의 부인은, 일종에 억울하다는 호소이다. 두서없이 마구 내뱉는 아무소리는 제 속으로 방어성 분노를 삼키는 심리이다. 침이 바싹 마르는 허탈감에 잠기게 한다.

정치도 인품이다. 정치는 기본적으로 사람과 사람과의 결탁이다. 즉, 실타래로 뒤엉킨 사회적 견해차나 이해관계를 둘러싼 갈등을 푸는 중재이다. 그러므로 정치인은 선천적으로 식견이 높은 화술이 뛰어나야 한다. 화술은 상대방을 설득하는 수단의 도구이다. 화술의 올바른 사용은, 해를 끼칠 요소가 다분한 틀 속의 차별·편견을 끼워 넣어서는 안 된다는 점이다. 그러므로 어휘력이 달리는 어눌한 실력으로는, 달변에 도가 튼 정치인을 당할 재간이 없다. 한편으로 치우친 종교·인종·성차별의 암시나 발언은 인상 찌푸리게 하는 저렴함을 낮게 할 뿐이다.

정치인의 말은 테이블에 마주 앉은 대상이 누구인지에 따라서 수시로 바뀐다. 소위 알량하다(시시하고 보잘것없다)는 합리적

감정을 주저 없이 표출해 낸다. 그 속셈의 소기목적은 두말할 나위 없이, '한 표를 얻으려 조상 묘까지 판다.'라는 저의의 술책에 두고 있다. 뿌리 없는 식물은 곧 시들고 말 듯이, 일시적 환심을 끌려는 화술은, 흔들어 일으킨 순간의 물거품에 지나지 않다. 진심과는 상당한 거리감이 있다. "넘어져 울고 있는 아이를 일으켜 세워 주겠다."라는 정치인의 선동부리에 그다지 신뢰가 가지 않는 이유이다.

국회는 대의기관이다. 소임 별로 법안을 심의하면서, 전체 회의에서 법령으로 발효하는 의원들의 어깨 힘은 세다. 나쁘게 말한다면, 자신은 정의로 국가사명을 수행한다는 우쭐거림의 자만이다.

그들은 정부 측에서 내려 보낸 초안설계 정책을 제일 먼저 받아본다. 국토교통위의 경우, 신도시개발 지역이 어디인지 정보를 미리 습득한다. 업무상 비밀인 점을 뻔히 알면서도, 다스림이 쉽지 않는 물욕이 부풀려 발동된 의원은, 남몰래 재빨리 그 일대의 땅을 사들이거나, 목 좋은 건물을 접수한다. 재물을 크게 불릴 수 있는 기회를 놓치지 않고, 차익을 노린 투자를 서둘러 접수한다. 그러면서 뒤로 호박 씨 깐다고, 누구보다 청렴한 척-깨끗한 척 호세를 떤다. 면체특권의 권한의 법과 정책 조율을 쥔 무기로 잇속을 챙기는 국민적 우롱이 아닐 수 없다.

공천권을 쥔 당대표(보수)에게 잘 보여야만, 한 번 더 금배지를 달 수 있다는 염원을 한시도 떨칠 수 없는 대상이 의원(졸개)들이다. 그 정치인들이 선거공약으로 구성하는 청성유수의 말들은, 한 모금 양의 찻잔에 불과하다. 크게 폭발할 국민적 가치는 빈약하여-냉정한 비판을 가미해서 덧붙인다면, 뭔가 뭔지 도통 종잡을 수 없이 정체가 혼란하다는 혐오이다. 입에 붙은 공존의 정치를 펼치겠다는 선동이 가장 의심스러운 대목이고-원칙에 반하는 불순의 저의와는 타협은 않겠다는 말들에 한해서는, 실천 여부를 떠나 그나마 희망의 언저리는 읽히기는 한다.

한마디로 일반 국민들보다 도덕성 자질이 형편없이 낮은-후안무치한 범주들이 법 위에 서서 음주운전, 적대의 쌍욕, 정신머리 흉악한 사이코, 사기꾼, 제 눈의 들보는 안 보고, 정의로운 척 폼을 잡고 좀비 성을 발휘하는 집단이 정치판이다.

'좋은 게 좋은 거지!'라는 저변에는 무사안일의 주지가 자리 잡고 있다. 정치인들의 입에 자주 오르내리는 단어는, 아마도 '정의'가 아닐까 싶다. 신군부시절 때 국민적 구호는 '정의사회 구현'인 걸로 기억하고 있다. 그 시절의 영광을 다 잃고, '광주항쟁'에 대한 국민적 재판에 시달리다, 이승을 떠난 그 불운의 전직대통령과 연대하여 "그러면 정의가 항상 강자의 이익인 가?"라는 질문을 토론 자리에서 냈다는 고대그리스 철학자 소크라테스를 떠올려본다. 이에 트라시마코스는 이런 답변을 냈단다. "수습공은 실수하지만, 장인은 실수하지 않는다."

몸길이 12~80미리, 큰 머리에 달린 겹눈은 돌출되어 있고, 입은 긴 대롱, 식물조직 속에 산란하며 부화까지 6~7년 간 애벌레로 땅속에서 숨어 지냈다, 여름 한 철에 짝짓기 구애를 외쳐대는 매미의 성충활동 시간은, 고작 이주 남짓에 불과하다.

그는 여야를 넘나들었던 중견 정치인이다. 십년 주기로 정권이 바뀐 덕분이다. 여당의원들의 힘은 사실상 국정전반을 거머쥔 최상위 권력층 대통령으로부터 나온다. 그 여당의 최대 이점은, 바벨탑같이 해발이 높은 성벽을 무너트리거나 넘을 수 없다 싶으면, 거리로 뛰쳐나가 국민 상대로 목쉬도록 부리부리 외치는-춥고 배고픈 야당 시절처럼, 공포된 정부정책에 반대데 모를 하지 않아도 된다는 편의이다. 안락한 회전의자에 깊숙이 눌러앉아 손목시계를 들여다보면서-야당의 생명인 공경 성 비판성명을 대변인이 맞받아 발표한 그 무렵의 시간에 맞춰-생장이 멈춘 오육십 대 노인들처럼 박수만 두세 번 쳐주면 끝이다. 낙선한 의원일지라도 당이나 정권 탈환 또는, 유지에 공헌한 바가 컸다면, 대통령 추천으로 기관장 하나쯤은 낙하산으로 꿰찰 수도 있다. 도대체 시대정신을 관통하는 치열한 고심을 찾아볼 수 없다.

가장 큰 골칫거리의 굴욕은 '각하께 받들어 총!'의 속빈 충성으로 떠받드는 대통령으로부터 지명 받아 질의가 거세질 국회청문회를 준비하는 장관후보자의 낱낱이 드러난 민낯 비리 건으로, 온 나라의 민심이 마구잡이로 파헤쳐지는 데도 불구하고, 그 볼썽사나운 난리를 한패거리로 두둔하며 감싸야 한다는-심경이 복잡해지는 얄궂은 운명의 곤혹이다. 그 반대의 목소리를 만일 낸다면, 눈 밖의 사람으로 낙인찍히게 되고-이는 곧 사람을 거둘 수도 내칠 수도 있는 권력자의 심기를 건드린 것과 진배없는 사안이라-그 어마 무시한 알력의 한 뿌리인 소속 당에서는, 우리 당론에 반하는 이적 자라며 공천에서 배제하는 전략적 결정을 내리기도 한다. 그래서 여당의원들에게서는 소신발언 듣기가 쉽지 않다. 이게 아닌데 표심을 잡았음에도 심장 뜯는 호흡장애를 어금니 꾹 물고, 자신 밖으로 극구 밀어내야 한다. 인성이 동반된 발품을 팔아 거머쥔 권세를 어떡하든 지켜내면서, 보다 높은 자리에 올라야 체면이 선다는 권력욕 유혹의 말초신경이다.

국회는 두말 할 나위 없이 행정부 감시기관이다. 한데 자당 대통령을 야당의 비판으로부터 보호해야 한다는 자력의무로 주도했던 행정실정 건이 분명한 데도, 말재간을 앞세워 덮으려는 두둔만 한다면, 이는 곧 나락의 자초를 불러들이는 꼴이다. 대통령 한마디에 납작 엎드려 기었다, 훈풍이 불면 일어서는-관습에 물든 졸부猝富들의 구질구질한 행태가 아닐 수 없다.

국회의원은 '국회의원은 국가이익을 우선해 양심에 따라 직무를 행한다.'(헌법46)를 마땅히 준수해야 한다. 또한, '국회의원은 국민의 대표자로서, 소속정당의 의사에 기속되지 아니하고, 양심에 따라 투표한다.'(국회법114조의2)를 행하는 모범적 사례를 남겨야 한다. 그렇지 않으면 국민을 속이는 기만이다.

솔직히 반죽으로 스크럼을 짜 맞추는 데 아주 능숙한 정치인들은, 애국의 위장 자들이다. 국가발전에 따른 정책발굴의 사명을 갖고 일하는 사람은 정말 몇 안 된다. 해 밝은 낮때를 어두운 밤 때로 순식간에 바꿔놓을 수 있는, 상징성 봉황새 머리에게만 오로지 초점을 맞춰둔 패거리들이다. 절대 권력자인 보좌에게 등쳐먹는, 동포를 팔아넘기는 치사한 건달패들이다. 이 둘레에는 한 먹이를 빼앗으려 떼거리로 달려드는 피의 하이에나나-계절풍 기회만을 노리는 해바라기성 정치꾼들이 포진하고 있다는 사실이다. 이들은 자기 잇속만 차리는 정치모리배들이다. 그래서 정치인과 기저귀는 자주 갈아야 한다는 말이 생겨났을 것이라 사료된다.

국민들에게 거짓을 팔고 사기를 치는 모리배들은, 나랏일에는 실상 관심이 없다. 꿀맛만 좇는 출세지향 자들일 뿐이다. 너나 할 것 없이 혀를 잘 놀리는 그들은, 간신배 아첨꾼들이다.

입에 자주 담는 국민을 포장지 용도로만 끌어 쓰는 그들은, 자신의 잇속에 부합된다 싶으면, 대통령도 서슴없이 팔아 치운다. 반대로 대통령의 지지 율이 낮으면, 아예 그 이름을 빼고 선거 과정을 밟는다. 당선에 우선 목적을 두고, 유권자들에게 하늘의 별이라도 따다 주겠다는 가식과 위선을 물마시듯이 지껄인다.

사람은 생활이 익숙해지면 처음의 초심을 잃고, 다져진 습관에 따라 움직인다. 그 토착의 문제는 미래를 여는 동력이 날로 약해지면서 부패를 잉태하거나, 그 악취를 낳고 만다는 연쇄작용의 비운이다. 이 바탕에서 정신이 바른 선비 같은 인물은, 이념 갈등이 격한 정치에 발을 들여놓기가 예사롭지 않다. 모략과 술수로 색깔의 적을 가르는 난장판 적응이 여간 벅찬 게 아니다. 설사, 정치권의 일원이 되었다 할지라도, 그 현실을 나의 지엄한 철학으로 깨닫기 전까지는 가슴앓이로 겉돌 수밖에 없다. 그 동안은 찬밥신세를 감수해야 한다.

사회과학의 한 분야인 정치학은, 국가권력지배에 그 목적을 두고 있다. 살아 숨 쉬는 생물의 본능적 강한 욕구 없이는 거머쥘 수 없는 세력다툼이다. 그 신분위상의 참맛은, 나라기반을 다지는 애국에 애쓴다는 사회적 대우이다.

오늘의 정치승리 자축은 지속이 짧다. 여론의 판세가 뒤바뀌면, 내일의 몽둥이로 두들겨 맞는 집단이 정치판이다. 오늘까지 여당이 내일 야당으로 전락하면, 그 당은 혈류가 막힌 동맥경화의 초상집이 된다. 반대로, 어제까지 야당이 오늘의 여당으로 상승세를 타면, 그 당은 샴페인을 터트리는 잔칫집이 된다. 이 술에 취한 집권세력들은 인간됨됨이 한참 모자라는 졸부 포함, 세상 위에 섰다는 통치의 호들갑으로 점령군 행세를 떤다. 그 군림의 위세로 크게 달라진 그들의 사고방식이 남용하는 언행은, '감히?' '무례하도다.' '이따위 보고서 보나마나 쓰레기니 버리고 다시 만들어라.'호통이다.

대한민국의 정치판지도는, 6·25전쟁과 대대적인 경제개발로 보릿고개를 밀어낸 산업혁명에 머물러있는 보스와, 1980년대 학생운동을 불러일으킨 '노스탤지어'깃발(향수)에 집착하는 진보로 갈려있다. 이는, 비토크라시(상대 정파의 정책과 주장은 아예 거부하는 극단적 정치)에 기인을 두고 있다.

민주주의라는 것은 세계에 대해서 생각할 줄 아는 사람들의 힘으로 견인된다. 또한, 민주주의는 위험한 사람들로 유지된다. 자유롭기 때문에 위험하고, 부여된 힘을 갖고 밀어붙이는 충동이 강하기에 위험하다. 이렇듯 정치세계는 세력에 의해 형성되며 키워진다.

이 맛에 승호는, 그때 그 시절을 잊지 못하여 '꿈이여, 다시한 번!'호소를 연일 내지르며-가슴 속 먼지를 휘날리며-사람들을 만난다 해도 과언이 아니다.

"이젠 화장으로 한 줌의 재로 사라진 마당에 소개도 소용없게 되고 말았지만, 두 친구는 살아생전에 길에서 만났다 한들 알아볼 수 있었겠나. 코흘리개 시절부터 관계를 유지했던 우리 중 누군가가 한번쯤 자리를 마련했더라면, 아는 사이로 남았겠지만 말이야."

승호의 음색은 젊은 시절에 활동이 요란했던 조급성 기운 찾아볼 수 없이 차분하게 진중하다. 기초연금 대상 한 해를 앞둔 육십 사세 나이의 묵직한 무게 방증이 제법 의젓하다. 벌린 입 사이로 일부 드러낸 본 치열도 가지런하다.

"하여간 세상은 요지경이야. 인연이 안 되려면 예전에 함께 뒹굴며 치어 박았던 애 동무일지라도 세월이 원수라 할까.....? 서로 모르고 지내야 하니 말이야."

"남필성이 하루 앞서간 오세정은 무슨 병으로 우리 곁을 떠난 건가?"

박종성이 모인 오명의 소싯적 친구 중 유일하게 발품 팔아, 두 빈소 다 갔다 온 성훈에게 대놓고 물었다. 얼굴살집이 두툼하고, 억양도 낮으며 가는 종성은, 임대업을 하면서 아들 내외가 직장 다니며 사는 미국을 자주 방문하는 것으로 석양인생을 누리고 있다.

술을 즐기는 사람들의 성향이 대체로 그러하듯, 절제심이 물렁물렁 약한 데다 말이 많다. 이야기를 좋아하는 타임이라 흉금을 안 가린다. 그 말들은 이 사람 저 사람들에게서 들었거나, 공기로 떠도는 풍월 또는, 풍문을 산전수전 다 겪은 어림짐작의 눈치로 알아듣고 쓸어 담은 내용이 거반이라, 체계화된 논리가 아니다. 그저 떠드는 입담 수준에 지나지 않다. 그 주제에 보수를 지지한다며 광화문 정치집회에 참여하고 있다. 국내 현안보다 사회주의 연방을 꿈꾸며-굳건한 일인독재의 무소불위로 인민들의 자유를 억압하는-한반도 내 또 한 국가인, 삼팔선 넘어 북한공산당이 싫다며 손사래를 치는 데도 불구하고, 스토커 이상의 짝사랑을 쏟아 붓는 좌파세력의 행적이라면-당장 아작아작 씹어 먹지 못해 안달을 방방 굴리는 행실 가벼운 친구이다.

"백내장으로.....아내 말에 따르면, 그날 아침에 누군가와 전화통화 후 갑자기 쓰러져 종합병원 중환자실에서 숨을 거뒀다는 거야."

성훈은 긴 설명을 염두 하고 잠시 숨을 고른다.

"그 소식을 전한 종구 녀석 무조건 중환자실에 있다는 말에 난, 단순 입원인 줄로만 알고.....그런가보다 별 신경을 안 썼거든. 한데, 그날 당일 늦은 시각에 그 병원을 찾아 호실을 알아보려고 녀석에게 전화를 다시 넣었더니, 하필 한 시간 전에 교회와 집이 가깝고.....새로 신축한 대학병원으로 옮겼다는 거야. 시끄럽게 돌려대는 애매한 말투에 허탕을 친 거지. 그때까지만 해도 난 종구한테서 낮에 들은 전달보다 자체로 한 단계 높여, 세정이 일어나기 힘든 어떤 중환에 걸렸구나, 했었지. 그 지레짐작의 모순이 빗나간 오판이었음을 알게 된 시점은, 세정의 시신이 이미 냉동실로 들어가 있다는 그 하루 지나서였어.

정리로 다시 말한다면, 종구의 돌리는 언저리 진의를 파악할 수 없었기에 우왕좌왕했던 거지. 손절한 토종생닭을 주소-전화번호 등이 인쇄로 박힌 전용 비닐포장에 담아 삼계탕 전문식당 외에 소매점으로도 보내는 사업을 했던 남편 세정의 자동중계로 한때 자주 만났고, 또한, 성숙한 숙녀가 된 외동딸을 데리고 나의 전셋집에도 한두 차례 방문하여 안면이 익은 집사람 전화번호를 알고 있었더라면, 그 생고생은 면했을 터인데.....변명의 후회가 쓸데없게 된 거지.

아무튼 더는 호흡을 내쉴 수 없게 된 세정은, 장사도 이겨내지 못하는 인생제한의 물질세상을 그렇게 홀연히 등진 거지. 일반적 삼일장 일정대로라면 모레 발인일 거라는 시간계산을 나름 잡고 그 전날 밤 빈소를 지켰다, 가급 적 승화장까지 따라가기로 마음먹고, 나는 조금 이르게 사무실을 나섰어. 그 확인은 나에게 삶의 유무를 생각하게 했어. 뭐랄까? 반공간.....반시간의 의미는, 숫자만큼 넓은 관념에 따라 제각기 달라 정제

될 수 없다는 좀 엉뚱한 발상을 떠올렸지."

"야, 성훈아. 그렇게 장황 떨지 말고 결말을 짓자."

물으며 답변을 유도한 장본인인 박종성이, 침착성 잃은 어투로 불쑥 제동을 걸었다. 모르는 사람의 이야기를 억지로 듣는 것과 다를 바 없다는 딴청부리를 줄곧 흘렸던 그였다.

"나 역시도 어언 오십 년 흐른 세월이라 가물거리는 기억조차 없는 세정 이야기보다, 십년 전쯤 동문회 운동회 당시 얼굴을 봤었기에, 그나마 인상이 남아있는 필성이 걔 죽음에 대해 듣고 싶다."

"그럴 거다. 세정은 오학년 초반인가 중반인가 다른 학교에 다니다 전학 왔기에, 한반공부로 친했던 몇몇을 제외하고 기억 못 하는 건 당연지사다."

성훈은 아쉽다는 표정을 살짝 띄운 안색을 동창들에게 두루 돌렸다.

"필성의 사인은 위암이야."

"잠깐!"

종성이 멈추라는 신호의 뜻을 실은 오른팔을 바삐 저으면서 소리를 질렀다.

"필성이 걔 월남전에 참여했었잖아?"

"그랬지!"

승호가 종성의 말을 맞받았다.

"미달나이에 자원해서 군대 들어가 파병용사의 훈장을 달고 돌아왔지. 고엽제도 달고......그 때문에 병원을 제집처럼 드나들었지."

"죽음이야 누구든 피할 수 없으나, 죽음 이야기만 나오면 왜 이리 몸이 떨리며 눈시울이 축축해 지는지......인생이 허무하지 않냐?"

제 앞에서 오가는 숱한 말들을 머나먼 눈빛으로 잠자코 듣고만 있던 김철진이 처음으로 입을 열었다. 집안이 원체 박해하여, 어린 나이 때부터 밭농사, 무덤파기인부, 건설노동자, 그물 끌어올리는 어부, 노점상 등을 두루 거친 밑골창 고생의 이력을 이마주름에 고스란히 새겨 놓고 있어 모인 친구 중 가장 겉 늙은 면모를 갖춘 그는, 실상 한숨을 덧없이 내쉬며 눈시울을 적셨다. 독거노인의 심성 여린 모습을 숨김없이 그대로 드러냈다.
"철진아, 슬퍼하지 말자. 다음 차례는 누가 될는지 아무도 모르나, 그날을 대비하면서 남은 삶 멋지게 즐겨 보자!"
종성이 여흥에 들뜬 기분으로 친구를 위로했다. 어디에서나 분위기를 즐겁게 이끌려는 한량 풀이 화술이다.
"꿈같은 얘기다. 너야 고정수입이 있어 생활걱정을 않지만, 나라에서 월 소득 82만 원 이하인 취약계층들에게 주는 쥐꼬리 주거비와 조건부 생계급여로 겨우 풀칠이나 하는 나는, 죽지 못해 사는 적자 인생자라 하루하루가 고달프게 힘들다."
갈린 쇳조각 음색은 기가 죽어 음울했다. 철진은, 만상을 찌푸렸다. 잠잠했을 때 비해 수가 부쩍 불어난 빨래판 주름이 처진 눈꺼풀에, 높은 지방 량이 형성한 눈두덩이 얼굴을 온통 뒤덮었다. 봉우리처럼 불룩 솟은 광대뼈가 떠받치고 있어 유독 커 보이는 데굴데굴 두 동공은, 소금물에 푹 저러진 배춧잎처럼 전체적 생감은 멍하게 흐물흐물 하다. 그 피골 쌈 낯빛에 뜬 저변 상은 육십 사세 인생살이-아직 뭐가 뭔지 관습이 서툴러-안개 낀 갈래 길에서 망각으로 떠도는-그 이해를 나름 잡아보려 헤매고 있다는 것이었다. 한술 더 떠 이 거리 저 거리-이 골목 저 골목을 무단 다니며, 재깍재깍 쇳덩이 가위질소리 듣고, 저마다 들고 온 고물거리를 내민 코흘리개 아이들에게 긴 엿가락을 내주었던, 그 아버지의 이남일녀 중 장남으로서-본의 아니게 비참한 지렁이 흙 머리 가난을 짊어져야 했고-운신 조인 그 태생적 비정의 핏줄 탓에 학교를 다니지 못했고-영양실조로 메마른 체력적 조건에 짓눌려 약해진 무릎이 수시로 꺾이며 넘어지는 비실비실 다리로는 번듯한 직업을 가질 수 없었고-운 좋게 부모의 유산을 물려받은 너희들처럼 유복 실은 호방한 여유를 부리지 못한다는 부정심도 함께 얽혀있다.
철진은, 이 배후 때문에 입맛부터 쓰디쓴 오늘 모임도 기피하려 했었다. 그런데도 굳이 모습을 드러낸 까닭은, 친구들 볼 기회가 어쩌면 이번이 마지막일 수 있겠다, 싶어서였다. 그는 공개는 않고 있으나-끝까지 밝히지 않겠다는 결심을 묻어 두고 있는 무서운 한 가지, 즉 기억력이 날로 쇠해져가는 치매 전 단계 경도인지장애의 초기진단을 받아둔 상태다. 일주일에 한 번씩 시간 때우기 용 인지건강 프로그램에 참여하고 있다. 그래서 내일 없는 하루살이처럼, 또 보자는 다음 기약은 잡을 수 없는 처지이다.

그는, 술책부리 연극적 과장과는 영 생리가 맞지 않는 단순한 인물이다. 그렇지만 이 병 건에 관해서는 혼자 안고 있어야 한다. 떠버린들 심리부담이 커질 뿐이라 그렇다.

힘차게 달려온 대한민국의 상공이 희뿌연 가을빛처럼 늙어가고 있다. 고령인구 비율이 현저히 높아가는 사회적 현상의 우울이다. 애 동무들도 어느덧 그 연령대에 접어들었다.

다양한 계층의 사람들이 층층이 다져 세운 마천루사회는 경제가 이끈다. 그 골격의 세빙을 땅 속 깊이 박아 도시화로 성장시킨 주축의 대상은, 한 몸뚱이 육체를 노동에 몽땅 바친 옛 근로자들이다. 그들이 부대끼며 눈물에 젖은 빵을 먹어가면서 키운 산업이 바로 오늘의 IT산업이다. 그 찬란한 열매의 경제력을 쌓아 올린 땀의 인력들을 대신하여-IT산업이 제품생산에 활력을 불어넣고 있다고는 하나, 그 로봇 관리는 어차피 사람이 해야 할 일이다. 그런데 그 인력의 쇠퇴로 생산성이 떨어진다? 국가발전이 심히 우려되는 근원이 아닐 수 없다.

방면의 인생경륜을 쌓아둔 석양의 노인들은, 이젠 그 노쇠로 움직임이 겅정겅정 느리며 둔해졌다. 곧 방향인 이 몸을 따르라는 젊음의 심기일전이, 생각대로 말을 들어 먹질 않게 되었다. 그래서 골머리 쑤시는 고도한 과학기술은 엄두가 나질 않아-그 뜨거운 화기 근처 접근을 극구 꺼린다. 두려워한다. 그렇지만 그나마 설계도면을 보며 응용하는 기술적 분석을 일정 수준 갖췄다면, 분야발전에 영향은 끼칠 수는 있다.

깊어지는 고민은 먹고 사는 문제가 발등의 불처럼 다급하여, 일찍부터 무작정 땅만 파온 하위 층 근로자들이다. 그들은 노후대책은 물론이고, 저축해둔 돈이 없거나 턱없이 적어 그 일마저도 끊기면, 즉시 빌어먹는 취약계층으로 추락하고 만다. 그래서 내가 뛰지 않으면 달리 수입원을 조달할 수 없는 흙 수저 노인들은, 여가를 즐길 나이인 데도 경비-택배 같은 단순 일감을 찾아다닌다. 경제의 불길이 약해지는 원인이다. 우리의 자화상이다.

우리나라는 노인빈곤 1위 국가이다. 나라는 65세 이상의 노인들에게 기초연금 이름을 붙여 매월 323,180원씩 지급하고 있다. 그중 국민연금 수령액과 배우자 기초연금 자격 여부와, 소득인정 수준 등에 맞추어 일부 줄어들 수 있다. 전쟁세대(1942년 이전세대), 산업화시대(1942~51년 출생), 유신세대(1952~59년생)들이 그 대상에 속한다.

삶은 생활이고, 그 생활은 돈이 떠받들고 있다. 성품 착한 사람을 못 견디게 하는 안개는 운신을 조이는 빈곤이다.

갑자기 분위기가 꾸벅꾸벅 졸음으로 푹 가라앉았다. 가볍지 않는 침묵이 흘렀다. 옛 정치인의 의연함을 자연스러운 태도로 표면화한 승호는, 상대 못할 인물이라는 낙인을 찍었는지 역겨워하는 밉쌀을 띄웠고, 속물기질로 재밌거리만을 좇는 종성은, 바람 빠진 무 구멍의 골다공증처럼 맛이 갔다는 한숨을 가볍게 새어 냈고, 몇 모금의 술로 정신이 혼미한 상태인 최성주는, 아무 말도 못 들었다는 양 무심의 표정이고, 오늘 모임을 주선한 성훈만은 충분히 이해한다는 긍정의 고개를 끄떡였다.

성주 역시도 건강이 썩 좋은 편이 아니다. 지나친 흡연과 과음 탓인지, 고위직 학교선배가 직권으로 밀어 넣은 직장으로 출근하던 대중버스 안에서, 난데없이 쓰러진 이후부터 본의 아니게 사회생활을 영영 접을 수밖에 없었다. 그의 인생을 송두리째 뒤바꿔 놓은 병명은 뇌진탕이었다. 오랜 기간 머문 병원에서, 항상 이심동체로 붙어있는 아내의 부축을 받으며, 살아보겠다는 재활운동에 전 생애를 건 자신과의 싸움을 다년 간 치러야만 했었다. 그가 큰 모임이든, 작은 모임이든 모습을 드러내기 시작한 재기 시점은, 육년 전부터였다. 사지를 떨고 언어장애로 더듬는 발음기운의 후유증이 아직도 잔존 하고 있어, 정상생활과는 다소 거리가 있는 쪽이다. 그러나 기억만은 여전히 또렷하다. 친구들의 이름을 다 외우고 있다. 드물게 등산도 다닌다. 장례식 같은 자리에도 거의 빠짐없이 얼굴을 내민다. 체중은 예나 다를 바 없이 과체중이나, 가끔 한 번씩 친구들을 웃기려는 농담을 애써 내곤 하는 그 입술 빛은 푸르고-눈빛 생감은 술기운에 절어 늘쩍지근하다. 그 위태로 언제 다시금 쓰러질지 모를 기력저하 상태를 속속들이 알고 있는 친구들은, 그가 담배를 입에 물며 강제로 빼앗거나, 술 마실 기색을 흘리면 즉시 잔을 거두면서, 술을 권한 친구에게는 타박의 화살을 쏘아댄다. 한데 오늘은 어찌된 영문인지, 주의를 게을린 한 것도 아닌데, 술에 취해 있는 듯하다. 자세를 바로잡지 못하는 비틀비틀 모양새가 그 체신을 대변해 주고 있다. 아마도 종성이 몰래 먹인 것 같다는 의심이 든다.

승호의 비위에 거슬린다는 스산한 표정을 눈치 챈 사람은, 당사자 철진과 성훈뿐이었다. 철진은, 오감의 직관으로 체득했다. 철진은, 거들떠보지 않고 아예 눈을 감아 버렸다. 반면, 성훈은, 명예의 영광이 높았던 승호의 친구 업신여기는 천시가 도를 넘겼다는 판단을 즉각 내렸다. 그렇지만 지나는 말로라도 공개적 망신의 경책은 할 수 없는 노릇이다. 승호의 신사적 우월감으로 미뤄, 필시 너희들과는 더는 상종을 하지 않겠다며, 자리를 박차고 나가버릴 수 있음을 알기 때문이다. 그의 불같은 단호함은 누구도 말리지 못한다. 정치판 야당시절에 다진 투쟁 반영이다.

"몸 건강은 어떠냐?"

성훈이 철진에게 물었다. 그 참에 모든 시선이 철진에게로 모아졌다. 소싯적 친구 중에 여전히 발싸개만도 못한, 능글 맞는 무식이 깡통 못난이와 한 장소에 있다는 실물을 애써 무시하느라, 눈살을 어둡게 찡그린 승호는 한탄의 숨결을 요령껏 나직이 내쉬었다.

"철진아!"

성훈이 장난 어린 웃음기를 머금고, 철진의 왼쪽 허벅지를 찰싹 때리며 목청을 키웠다.

"몸 건강 어떠냐고 물었는데, 왜 대답이 없는 거니?"

"응……?"

철진이 게슴츠레한 실눈을 애써 키우면서 맞은 편 승호에게로 먼저 그 시선을 던졌다. 어깨 맥이 가엾도록 축 처져 있다. 동시에 자의식을 부쩍 키운 승호는, 그 눈길과 마주치기 직전에 턱을 숙이면서 초등동창을 외면했다.

"괜찮아! 힘을 쓸 수 있는 기력은 남아있어."

성의 없는 건성 답변이라, 낙엽을 쓸어가는 메마른 가을바람의 쓸쓸한 기운이 확연하게 피부에 달라붙었다.

"안색기운이 실해 보이는데 건강관리 잘해야겠다. 우리 나이에 쓰러졌다 하면 곧바로 꼴까닥 일 수 있으니까."

그때, 승호가 감색양복바지 입은 두 다리로 등받이의자를 뒤로 밀어내면서, 우람한 체구를 벌떡 일으켜 세웠다. 재미없다는 기분이 역력하게 읽혔다.

"다음에 보자. 계산은 내가 할게."

"재미없긴. 벌써 가겠다면 흥이 깨지잖아."

성주가 이렇게 흥얼거리며 차량열쇠가 들어있는 승호의 양복 자락밑단을 장난기로 찰랑찰랑 잡아당긴다.

"자식, 취했구나."

승호가 성주의 손길을 가만히 거둬내며, 곱상한 인상만큼이나 점잖은 음성으로 다독였다.

"아니, 나 정신 멀쩡하다."

"뭐가 아니야. 혀 말린 말투가 취기로 들리는 걸⋯⋯"

승호의 적대감 실린 곁눈질이 철진에게로 향했다. 철진도 같은 눈질로 잠시 맞대응 기세를 세웠다, 숙인 머리통으로 가렸다. 종성이 그사이에 이상한 해嫌가 도는 냉기류 분위기를 재빨리 읽어냈다.

"너희 둘 언제 싸우기라도 했냐?"

종성의 음색은 무게 있게 냉정했다. 심상치 않다는 어조였다.

"무슨 뚱딴짓소리냐!"

이렇게 외친 승호는, 다시금 철진에게 곁눈질을 흘겼다. 머리를 숙인 채인 철진은, 아무런 의지도 없이 풀이 죽어있다.

"승호야, 잠깐 나 좀 보자!"

보다 못한 성훈이 식탁을 반 바퀴 돌아서 승호의 왼 손목 소맷부리를 부여잡았다. 십 센티미터 거리에 불과한 친구의 얼굴을 정면으로 바라보는 승호의 눈빛은 멀뚱멀뚱 멀다.

"저리로 가자!"

두 친구는 빈 식탁을 사이에 두고 마주 앉았다.

"넌 우리의 자랑이며 우상이었어. 지금은 현직에 몸담았던 시절에 비하면 그 강도가 다소 떨어져 있긴 하나, 근본은 여전히 이하 동문이야."

한때 웅변가로 활동했던 성훈의 입담은, 흠결 없이 입체 하게 깔끔했다. 지금은 일인 출판사를 경영하면서 출판에 관한 글을 짬짬이 쓰고 있다. 이른 바 페이퍼컴퍼니 성격에 속하는 출판사이다.

"내 말을 한 귀로 흘려듣지 말고 잘 들어. 정치 꿈을 되살려

보려 동분서주 뛰는 너는, 특히 생각으로나 가슴으로나 한없이 넓어야 해. 큰 배도 능히 띄우는 해저 깊은 바다가 되라는 얘기야.

쉽사리 해결이 될 성싶었던 문제가 되레 꼬인 듯이 풀리지 않는 이유는 뭐라 생각하니? 분기감정으로 뒤엉킨 신경질 때문이지 아닐까? 미움은 감정이 비정상으로 파괴됐다는 반증이야. 속이 좁은 자는, 그 속병의 괜한 성질로 다툼을 만들어내지. 성질이 뒤틀린 성난 자의 눈에는 사물이 거꾸로 보이기 마련이고, 자기 위주의 판단만이 옳다고 우기는 아집은 교만이라고 난 감히 주장해.

여야의 정책은 물론 마땅히 달라야 해. 구분선 없이 똑같으면, 그 당에 그 당이라며 외면은 당연하지 않을까? 국민은 옛 정치인들이 소중한 한 표 부탁한다며 막걸리-고무신발 따위를 돌렸던 보릿고개 시절의 하등 국민이 아니야. 고등교육을 받은 비율이 높은 세계 유수의 으뜸 국민이야. 이 배후에는 입법을 담당하는 국회의 역할이 컸음을 부인할 국민 아무도 없을 거야.

정치인이라면 누구나 국민적 지지를 무한정 받고 싶어 하지. 안 그러냐? 야망이 큰 사람은 난세의 영웅이 돼보겠다며 여론을 적극 활용하는 기지를 발휘하기도 하지. 그 호시절의 꿈은 티끌의 정성에서 모여져. 불붙은 동력엔지의 열이 지글지글 뜨겁게 달아오르도록 부채질해 주는 대상은, 지지를 몰아주는 지역주민들이야. 더 가깝게는 학연으로 맺어진 풀뿌리친구들이 있어.

개인별 감정색깔은 물론 천차만별로 달라. 그 한 명 한 명이 신뢰 든든한⋯⋯정말 우리를 대표하여 지역을 넘어 국가발전을 견인하는 유능인 헹가래 열광 가볍지 않다는 거, 정치현장 경험 많은 네가 책상머리인 나보다 더 잘 알잖아. 작은 것을 크게 보고, 크다는 것을 작게 보는 안목을 기르라는 말을 해주고 싶구나. 외눈박이로 세상을 보지 말고, 입체적 시각을 가지라는 조언이다."

승호는, 성훈한테서 정치입문에 앞서 심리작용의 원리인 마음가짐-정신무장 등에 관한 기체를 수시로 들었었다. 인상이 깊어 아직도 가슴바위에 각인으로 새겨둔 그 한마디가 "목적

분명한 정치철학 제시로 지역주민들의 마음을 사라!"이다. 또한, "나부터 확신이 서 있지 않은 눈매는 안 될 거라는 불행에 떨게 한다."라는 조언도 들었다.

성훈은, 말뿐만이 아닌 등록된 정식 선거운동원으로 소싯적 친구를 적극 도왔다. 현장 속을 함께 뛰면서, 몸소 터득한 필요의 연설문전략을 아이디어 차원에서 제공하기도 했었다. 지역에 맞는 발전계획 안을 문구(카피라이딩)로 작성하여 홍보용으로 돌리게도 했었다. 덕분에 치열한 박빙의 선거전이었으나, 초선의원 당선의 영광을 안을 수 있었다. 승호는, 그래서 초등학교동창 중에 성훈만이 우정으로 똘똘 뭉친 친구라며 곧잘 추켜세운다.

"하여간 현자는 한마디면 충분하다더니, 예나 지금이나 간담 서늘케 하는 비상한 지혜 녹슬지 않았다는 데 탄복이 절로 내질러진다."

승호는, 흠칫 놀란 표정 뒤로 엷은 미소를 머금었다. 현인의 덕담에, 누적으로 쌓인 노폐물이 씻겨 내렸다는 평정한 낯빛이다.

"넌 내가 철진을 못마땅하게 여기는 낌새 알아차렸구나."

"응, 그래."

성훈은 거리감 없는 어조로 긍정했다.

"그래서 넓게 수용하라는 언질을 비친 거다."

"난 정치를 하면서 영혼이 낡아졌어. 썩어 갈가리 찢겼어."

"충분히 우려했던 바다. 낡은 집은 헐고 새로 지어 올리면 되잖아."

"겉모습은 얼마든지 바꿀 수 있어. 문제는, 항상 의식을 그러쥐게 하는 사람들로부터 오는 피로의 식상 감이야."

"내 생각은 이래. 달면 삼키고 쓰면 뱉는 대중의 습성에 맞추려하는 데서 얻은 집착 병이다."

"집착 병?"

승호가 이마 간격을 한층 좁힌 두 눈을 크게 치켜뜨며, 자신과 성훈에게 동시에 되물었다.

"집착은 곧 자신의 의지를 저버린 얽매임이야. 구속이지."

성훈의 음량은 단호하면서도 명랑했다.

"성공의 표준기준을 나에게만 맞춰둔 사람은, 그 기대의 의존을 자신 아닌 타인들에 두고 있기에, 심기가 편할 수가 없지. 항상 비위 따위나 맞추는 계발에만 신경 쓰니, 정작 나 자신을 챙기지 못하는 거 당연하지 않을까."

"내가 정치를 그만둔다면 그 비틀어진 못난 의식이 고쳐질까.....난 정치를 떠날 수 없어."

"해.....! 그러나 의사당 출입금지 공백시간이 예상 밖으로 길어서 재입성은 쉽지 않을 게다."

승호는, 무거운 한숨을 길게 내쉬었다. 축축한 벽면을 애착으로 더듬기는 하나, 붙들만한 안전한 손잡이조차 없어 그 높이를 타고 넘으려는 데 엄두가 나질 않는다는 내면심경의 몸부림이었다. 불쌍해 보였다. 힘이 되어주지 못하는 것이 안타까웠다.

"나 갈게!"

두 손으로 푹 감싼 얼굴을 마침내 풀어헤친 승호가, 체격 좋은 훤칠한 신체를 일으켜 세웠다.

"너는 신념이 강해."

성훈이 고개를 돌려 승호를 붙들었다.

"그러나 산소와 질소의 성분조차 구분 못하는 철진은 상식이 얕아! 감각체계가 엷다는 뜻이야. 그러니 철진과 악수해라."

"사과하라는 거냐?"

"그럼, 이놈의 자식 증오하게 미워 죽겠으니, 싸대기 한대 쥐어박던가."

"미안하다. 불편을 끼쳐서......"

"그 대상은 내가 아니라 철진이다."

성훈은 잘라 말했다. 성훈이 승호의 오른 편 팔꿈치를 잡고 본 자리로 이끌었다. 세 친구는 저마다 술잔을 앞에 두고 잡담을 나누고 있었다. 승호로 인해 낙맥에 잠겼던 철진의 안색에는, 그새 화색이 돌았다. 성훈은, 성주가 받아둔 술잔은 그의 손길이 닿지 않게 멀찌감치 치운 다음, 철진의 반나마 술을 자신이 대신 마시며 비웠다. 그리고는 승호의 손에 소주병을 쥐여 주고, 빈 잔을 들게 한 철진에게는 오른팔 손목을 받쳐 세웠다.

"승호가 가기 전에 철진에게 술 한 잔 대접하겠단다."

성훈은 한발 물러섰다. 식탁 가에 마주 서서 술을 따르려는 이나, 받으려는 이나 표정이 굳어있는 게 영 어색하기 그지없다. 처음 대면한 사이나 다를 바 없이 된서리가 초야를 시들게 하는 초겨울 추위를 감지케 했다.

승호 편에서 기울였던 술병을 돌연 오른손으로 옮기면서 그 손을 앞으로 쑥 내밀었다. 그 손길을 쫓는 철진은, 그 의미를 아둔하게 분별하지 못하고-머나먼 눈빛으로 구경하듯이 바라만 본다. 바보스러운 멍청한 태도이다. 어떤 타산도 깔지 않은 단순한 눈빛이다.

"철진아, 나도 어쩔 수 없는 지극히 속 좁은 나약한 인간이다. 너를 잠깐 미워했던 거 사과할게."

자존심 접은 사과는 쉽지 않다. 그럼에도 승호는 용기를 내 화해를 요청했다.

철진은, 그에 대한 답변 없이 좌측의 성훈에게로 시선을 돌렸다. 성훈은, 미소 머금은 입가를 고요히 늘리며 고개를 끄떡였다.

"풀뿌리 관계를 영원토록 끊지 말자는 우정의 아량이니 한잔 받아라."

술자리가 처음이 아닌 데도, 잔을 받아 든 철진은, 익숙하지 않아 낯설어하는 얌전한 어린 소년처럼, 겁먹은 강아지처럼 경계하는 듯이, 망설이는 기색을 여과 없이 흘렸다. 이런 어정쩡한 광경을 승호 포함 모두가 지켜보며 있다.

철진이 마침내 잔을 비웠다. 이어 승호에게 잔을 건넨 반대로 그로부터 술병을 넘겨받았다. 과한 술로 실수를 여러 번 낳았던 경력이 있는 승호는, 철진이 채워준 술잔을 기꺼이 남김없이 비웠다.

성훈이 의자에 앉으면서 등을 붙였다. 뒤따라 승호도 그의 곁 별개 의자에 눌러앉으면서 신장을 낮췄다. 성훈이 승호의 왼손을 힘 넣어 움켜쥐었다. 의합 된 남성 간 우정(브로맨스)이 호의하게 교차 되었다.

"고마워!"

성훈이 승호의 화해를 상기한 낯빛을 밝게 지어내며 말했다.

"그리고 음식 값 내겠다는 아까 말 실언한 거로 치자."
"왜?"

"기분에 놀아나지 마. 넌 대접이 금지된 관록의 정치인이야. 그 불법에 저촉되지 않으려면 지갑을 열어 선 안 돼!"

"아차!"

승호는 제 무릎을 탁 쳤다.

"깜박했다."

우정이 더욱 돈독해졌다는 낯빛이 유독 밝다.

"판단이 빠르구나."

"상식을 말했을 뿐인걸."

"그 작은 한마디 중력이 나의 무신경을 깨웠는걸."

승호는 내용은 다르나, 친구의 어감을 흉내 내는 어투를 썼다. 둘은 소싯적부터 낯익은 웃음을 교환했다.

"의원님, 공평 합시다"

두 친구 사이에 머리를 들이밀고 끼어 든 사람은 종성이었다. 그는, 왼손에는 술병을, 오른손에는 저의 빈 잔을 쥔 두 팔을 식탁 너머로 길게 쭉 뻗었다. 두 줌은 족히 잡힐 불룩 뱃살의 상체가, 제 앞 빈 그릇에 거의 닿을 지경이다. 자신에게 향해진 종성의 손길을 승호는 친구로서 반겼다.

"대단한 사람도 아닌데, 왜 내 술을 받겠다는 거니?"

"신체 높은 분의 술맛은 다를 것 같으니까."

"자식, 몸 둘 바 모르게 하네. 그래, 한잔 받고 집안의 평안 기원하마!"

승호는, 머뭇거리는 몸짓을 숨기지 않았다.

"외손자 고등학생이지? 아마!"

"응, 그래. 공부 잘해."

"누구를 닮았기에.....우등생이 된 걸까."

"용돈 잘 주는 사위!"

"나를 빼놓고 너희끼리 뭘 하는 거냐."

혀 꼬부라진 음성의 주인공은 성주였다.

"친구는 콩알 반쪽도 나눠 먹는 법인데, 너희들 교육 잘못 받은 거 아니냐."

"어이구, 술.....술이 깨셨나."

승호가 체면을 내던진 호들갑을 떨었다. 이때만은 그 누구도 술병을 집어든 승호의 인위적 행쑈를 제지 않고, 한마음 된 응원을 보냈다. 성주의 건강을 내심 걱정하던 성훈조차도 용인하는 침묵을 지켰다.

"기분이 마신 술이라 내가 취할 리 없잖아."

"맞는 말이다. 자, 너도 내 술 받고 오래오래 만수무강 기원한다."

"브라보!"

성주의 목청은 우렁찼다.

제2장

-소년의 오늘 노인-

결혼할 기회는 몇 차례 있었다. 고물상을 운영하면서 제법 돈을 만져 봤던 호시절 때이다. 김복순이라고 농부의 세 딸 중 장녀였다. 살림은 잘하였으나, 유혹에 약해 도심 물먹기 시작한 이후, 퇴폐기질로 분수를 잃은 불안정이 심하면서 낭비벽도 과도했다. 이러다 유일한 생계수단인 고물상까지 말아먹겠다는 지레 겁이 결별로 이르게 되었다.

떼어 버리는 과정은 녹록치 않았다. 행실 가벼운 설렁한 계집인줄만 알았는데, 길거리로 쫓겨날 위기로 몰리자, 발톱 세운 야생고양이로 돌변한 할큄으로 와락 덤벼들었다. 집어 삼키려는 더 큰 봉변을 당하지 않으려면, 위자료 몇 푼은 쥐여 줘야겠다는 결심에 따라-강단이 세지 못한 물렁한 성질 덕분에, 초점의 운이 영 맞지 않아 조롱도 시원치 않는 역겨운 버러지를 간신히 떨쳐낼 수 있었다.

그 외에, 대형마트 사십대 과부점원과 몇 개월 동거도 해봤고, 마지막 여자는, 거리노숙생활이 며칠에 불과하여, 아직은 행색이 괜찮게 멀쩡한 단발의 중년여성을 집에 들여 먹여주고 입혀주면서 고유의 음란 병인지, 수시로 오금이 저려지는 남성 본능의 성욕을 풀기도 했었다.

이름도 체면도 다 잃은 고물상을 문 닫은 결정적 계기는, 영업허가를 정식 받지 않은 불법에-동네 한복판 소음에 귀청이 찢어진다는 제목을 붙여 관할구청에 민원을 넣은 눈매 매서운 여인 때문이었다. 텃세가 아주 셌다. 수염 턱을 쓰다듬을 여유가 없었다. 당장 구청으로 달려가 영업세금 낼 터이니, 사업허

가증 발급해달라고 손발로 싹싹 빌며 하소연을 해보았으나, 보는 눈의 지각이 없는 건지, 이미 내린 직권폐업 결정은 뒤집을 수가 없었다. 운명도 그의 편이 아니었다. 입 꼬리가 얄궂게 축 처진 고개를 숙이게 하였다. 시대의 기구는 그렇게 사기를 꺾어놓고, 이성의 경계를 무너트렸다. 우여곡절의 세월을 거치면서-기름기가 메말라 뻑뻑하여 여닫기 힘들어, 그때마다 애원의 된 신음이 절로 내쉬어지는 복통을 삼키며 열었던 고물상은, 그렇게 사라지면서 네 명의 실업자를 양성해 냈다.

부질없는 영역방어 본능에서 현실을 헤쳐나가려는 감상 없이 멍하니 안주해 있는 가난은, 그 기세에 눌려 찬 돌같이 딱딱한 엄동嚴冬에 움츠러든-상통이 막힌 골방으로 숨어들게 하는 은둔형의 상징이다. 그 환경에 갇힌 감정이 들쑥날쑥 고르지 못하여, 세상 밖으로 나갈 용기를 쉽사리 내지를 못한다. 시대변화의 인식이 염료 한 탓이다.

박쥐처럼 또는 두더지처럼 어두컴컴한 환경 속에서 저장강박증의 숨결만을 간간이 내쉬며 근근이 영위하는 그들은, 자학이 결렬하다. 침대로 방문을 막거나 물건을 마구 때려 부스는 광란으로, 자신이 자신을 가둔 갑갑증·불만족·불평에서 끌어올린 우울증 분노를 악발로 쏟아낸다. 일종에 하등 다를 바 없이 똑같은 체온으로 통하는 내 손을 잡아달라는 역발상 속 풀이 응석부리이다. 그 발광성 행패는, 씻나락 까먹는 악귀가 씌워진 듯 힘이 굉장하여 아무도 말릴 수 없다.

이보다 더 큰 내부 문제는, 자신은 사랑을 받을 자격을 깡그리 잃은 사람이라며, 자천의 마력에서 눌러 사는 것을 지랄방정으로 고집한다는 것이다. 아무도 기억해 주지 않는다는-발 닦는 걸레만도 못하다는 경원의 비하로 될 대로 되라는 자책이 심각하다는 점이다. 뼛속부터 자질이 없는 놈은 버려지나 다를 바 없다며, 죽는 일 외에 할 수 있는 게 아무것도 없다는 자포자기 심정이 갈기갈기 하다. 이를 넓은 의미로 해석한다면, 기독교의 구심점 교리인 원죄사상을 인정하지 않고, 현재에 충실하지 않는 삶이 곧 죄를 짓는 것이다. 라고 가르치는 유대교에 정면 배치되는 행태이다.

속이 얕은 가난한 사람들은, 돌발적 행동을 자주 나타낸다. 가족과 떨어져서 혼자 사는 육십 대 노인의 사망 원인은 고독

사로 밝혀졌다. 이 뉴스는 심심치 않게 보도된 터라, 화두에서 멀어진지 오래다. 지병에 시달리다 강물에 뛰어들어 시신으로 건져 올렸다는 이른 초반 나이의 노인 건 같은 경우도, 남의 얘기가 된지 오래다. 다만, 염장을 찔러주는 온기의 배필이 없어, 그 밥에 그 반찬만을 먹는 홀로의 독거노인들에게는 다음은 내 차례이지 않을까? 불안으로 잠을 쉬 이루지 못한다.

그 수가 무려 30만 명에 달한단다. 인지능력이나 경제수준이 평균 이하인 가난은, 1인 가구 수를 꾸준히 늘려왔다. 그들에게서 파생된 용어가 혼 밥, 혼 술이다. 그 선제는, 1인 가구 비중이 현저히 높은 북유럽국가, 즉 노르웨이·덴마크·핀란드·독일·스웨덴 등에서 비롯되었다. 성공에 이르려면 땀 흘려 노력해야한다는 경쟁을 붙인 자본주의의 산물이다.

자본주의의 두 축은, 시장경제와 개인이 만들어낸 결과물을 최대한 활용하여 자유롭게 사고 파는 보장이다. 그러나 인간이 하로 빈곤하여, 사회발전과 경제성장에 기여하는 방법을 잊은 지 오래인 그들은, 내부적으로 한두 가지의 고질적 지병과 지금 현재도 싸우고 있다. 무엇보다 움직이지 않으려는 안주가 공백하게 옹졸하다. 낯선 사람들과 엮이면, 현재보다 더한 곤경에 빠져드는 화 입지 않을까-지레 공포로 피하기부터 서두른다. 이웃들과의 상호작용이 쉽지 않는 음침한 소심이다.

세상이 호의대로 열리지 않고 틀어지는 대다수 요인은, 해야 할 말조차 자기 속으로 삼켜버리기 때문이다. 생활의 활력을 침체시키는 가난은 그늘의 삶이다. 햇살이 밝게 비추는 세상으로 나오려는 상황전환의 호전이 쉽지 않다. 비위를 튼튼하게 채워주는 단맛을 빼놓고 사는 셈이다. 신진대사를 원활하게 키워주는 원기를 스스로 차단하는 격이 아닐 수 없다. 자신 보호로 둘러친 방어막 안으로, 다른 사람이 들어오는 것을 쉽게 허락하지 않는다.

사회적 약자라고 곧잘 떠버리는 그들에게도, 그 나름의 안심이 있다. 상황이 비슷한 것만 눈에 들어오듯이, 자신을 이해로 받아들인 사람과 따뜻한 대화를 나누며 동종의식이 고취될 때-일종에 심장을 데워주는-배알이 맞는 끼리끼리 와의 교제 시이다.

땅 파는 일도 체력의 힘에서 나온다. 그 몸에서 솟구치는 줄

줄 땀은 체온이다. 그런데 국가나 각 지방 자치구에서 복지 명목으로 대주는 물심양면으로 대거리 생활을 영위하면서 "어이구, 머리 복잡해지는 세상!" 불만을 입버릇으로 토로하는 그들만은, 정분을 나눌 대상이 딱히 없이 그 혜택에서 예외로 벗어나 있다. 시간과 다투는 긴장 실종에 따른 정신퇴화가 부른 고립이다. 경정경정 습관에 길들여진 탓에, 자존심의 마지노선인 구동을 잃고 말았다. 시작은 안 하면서, 그렇지 않아도 기운이 쳐져 죽겠는데, 무슨 근육이 넘쳐난다고-고생 않고 편하면 됐지-잠꼬대 안일에 정신을 팔아먹은 무자각 인생으로 살아간다. 그나마 위안은, 소득원을 갖고 있어 미래를 설계하는 현실적 생산자들로 인해, 가난은 죄가 아니라 열심히 살게 하는 비법이다, 라는 두둔이다.

시간제 일이라도 해야만, 그나마 자립적으로 죽이라도 먹게 된다는 상식을 그들도 잘 인지하고 있다. 그러나 좀 쑤시는 지루감에 그 방향으로 이따금 머리는 굴리기는 하여도, 병석의 환자처럼 도무지 일어날 줄을 모른다. "내일부터 하지 뭐!" 게으른 나태로 미루는 특유의 천성 탓이다. 뇌가 귀찮다면 그대로 누워 TV를 보다 잠에 빠져 세상을 잊는 습관이 체질로 배었기 때문이다. 아침식사는 늦잠 핑계로 생략해 버리기 일쑤이다. 가난에 오랫동안 저려있으면 사회성이 둔감해질 수밖에 없다. 가난의 늪에서 헤어 나오지 못하는 원인이다. 도대체 낮과 밤의 구분선을 담금 적으로 잊고 지낸다.

포장도 뜯지 않은 용기음식물이 그대로 버려지는 잉여剩餘 시대이다. 그 덕분에 생존투쟁마저 취약한 빈둥빈둥 기초생활 수급자들도, 끼니 걱정은 별로 않는다. 먹는 자리만은 절대로 빠트리지 않고, 사냥개처럼 용케 맡는다는 용변 술은 과거 사례로 밀려났다. 그들에게서도 채 먹지 못하고 상하여 버려지는 음식물쓰레기 배출량이 상당하다는 얘기는 진즉부터 듣고 있는 터이다.

변심-변덕이 기복적으로 심한 가난이 죄악인 까닭은, 부양의 책임을 다 하지 않기 때문이다. 가난의 수렁에서 그토록 헤어 나오지 못하는 본질 중 하나가 있다면, 자신을 일으켜 세우는 목표의식의 꿈이 실종됐다는 굴욕이다. 자신만이 가진 재능의 특기를 확대로 키워 존재를 부각시키겠다는 의지가 전무하다.

그 방면에 영악하지 못하다. 개구리가 환경 좁은 우물 안도 괜찮다며 눌러 산다면 어쩔 수 없는 노릇이듯이, 삶의 질이 형편없이 낮은 이유가 여기에 있다.

물론, 아무리 용을 써 봐도 운이 따라주는 기회를 만나지 못해 구차를 떨쳐내지 못하는 사례는 있다. 지지리 복이 없는 쪽발이에서 탈출해보려, 대기업 회장묘역을 도둑처럼 남몰래 기어들어가, 기재氣財를 내려달라며 절을 올리는 행위자도 있을 성싶다. 그들이 낯을 붉히며 뒤로 빠지는 침륜의 생활상을 가장 혐오하는 대상은, 사람은 땀 흘려 일해야만 화색이 펴진다는 이면으로, 무료급식소를 폐쇄해야 한다는 도발성 주장을 주저 없이 당당하게 외치는 자립주의자들이다.

'물고기는 자신의 몸체비늘에 바닷물이 스미는 것을 굳이 인지할 필요가 없다. 시간이 새겨 놓은 인습因習은 인체를 갉아먹는 벌레이다.'

저 하나를 바로 세우지 못하는 정신병에 시달리거나, 경제력이 취약하여 작동불능에 빠져있는 자의 눈빛은, 늘 불안정하다. 그 흐리멍덩한 눈빛으로 주변을 살피며 우연히 듣게 된 "쟨 왜 저토록 볼품없을까?"라는 말을 곡해로 살려내며 삐딱한 적대를 품는다.

또한, 똑같은 사물을 보면서도 다른 식으로 세차게 부정할 뿐만 아니라, 대인 관계가 원만하지 못하여 혼자서 이를 가는 고통과 한 이불을 덮고 지내는 경우가 잦다. 수시로 머리카락을 쥐어뜯는 그 처절함은, 사회는 불공정하다는 원망·불신·불안·불만의 고독을 읍소로 머금고 있다. 고독은 누구에게는 창조의 싹이나, 반대로 누구에게는 생기를 말리는 죽음의 무덤으로 이끄는 요인이 되기도 한다.

생활력을 갖춘 사람들이 남루하기 짝이 없는 사람들에게 보내는 따가운 편견은, 얼마나 못났으며 빌어먹고-무슨 간으로 사냐이다. 가난은 어수룩한 모양새를 키운다. 자신 속으로 꿈을 집어 삼킨 막막 그 자체이다. 그것은 가난을 딛고 성공을 이룬 사람들이 헤아릴 수 없이 많다는 보편에 비춰볼 때, 자가당착에 빠진 굼벵이 변명에 지나지 않는 불행의 씨앗이다. 경계심을 긋고 빌빌 기는 심약한 고립의 연유는 개인 별로 편차가 다르지만, 나는 나로써 완벽하므로 남의 말은 따르지 않겠다는 나이 고집의 한몫이 떠받치고 있다.

사회는 베이비 세대로 나눠 불리는 유신세대(1952~59) 때와는 비교할 수 없이 누구에게나 기회를 열어두고 있다. 누구에게나 공명정대한 취사선택을 제공하고 있다.

시대는 바야흐로 IT산업에 초점을 맞춰가며 있다. 공기오염의 주범인 휘발유차량에서, 식물을 말라 죽이는 매연과 무관한 전기차량들이 도로를 메워 가는 추세이다. 꽉 막힌 도로 사정 탈출 대안으로, 그 위를 거침없이 나는 드론시대도 이미 활짝 열려있다. 저편의 고객이 주문한 물품을 짧은 시간 내에 배송하는 광속 전을 자랑하게 되었다. 재력과 기술력을 갖춘 인재들의 획기적인 상업발전의 안착은, 이처럼 공룡사업을 더욱 발전시켜 나가고 있다. 그러나 자신은 저주의 자식이라 아무것도 할 수 없다는 처신부리 노인에게는, 먼 나라의 그림일 뿐이다.

기분이 늘 울적하게 느끼한-햇살 한 점 들지 않는 침침한 반지하골방에 처박혀서-모양의 생김이 전혀 다른 길 변의 비석-수양버들과 만일 조화로 맞춘다면 어떤 세상이 펼쳐질까? 상상의 날개를 꺾어 놓고-머리 닿는 낮은 천장을 하늘로 보며-자기 얼굴에 침을 뱉는 그들의 구제는 진정 없는 걸까? 물론, 어떤 전문가가 그 방면의 분석은 뛰어나나, 타 분야 지식미약으로 그 방향의 예측을 잘못 맞추는 경우로 기회를 날려버리는 피해는 입을 수 있다.

철진의 경우는 사업실패에서 비롯된 절망의 비극에서 고립병을 키웠다 해도 과언이 아니다. 타고난 사교 결핍에서 암암리에 길러진 그 내성적 영향이 자초한 면도 적지 않다. 그 시간이 제법 흘렀음에도 살기 위한 변신을 좀처럼 보이지 않고, 자신을 망가트리는 농간 치하에 그저 내맡겨왔다.

구인신청을 올린 고용노동부에서 보내온 문자대로 시간에 맞춰 이력서 들고 현장에 도착하였으나. 네 명 뽑는 경비직에 무려 백여 명 가까운 인파가 몰려들었다. 긴 줄 순서의 차례대로 이력서를 제출하였으나, 며칠 후 연락하겠다던 그 회답은 끝내 오지 않았다. 바싹 메마른 기아飢餓 환경에 그나마 단비를 맞게 한 것은, 서울시 긴급생계비 선불카드였다. 52만 원까지 쓸 수 있는 카드는 큰 활력이 되었다. 근 두 달에 걸쳐 주로 부식비로 소진을 마쳤다.

"선생님은……"

　철진은, 자신의 귀를 의심하며 어리벙벙 키운 노회한 눈빛으로 창구 여직원을 멀뚱하게 쳐다본다. '선생'이라는 생소한 단어가 새삼 귀를 틔운 것이다. '선생'이라는 단어는, 말쑥한 복장에 신수가 훤한 부류 층에게만 호칭되는 경어이지 않는가? 자기처럼 별 볼일 없는-몰골이 궁색한 천시의 1분위(하위)신분자-한창 때도 꽃다운 꽃도 피어보지 못하고-어느덧 영락零落의 세대로 접어든-칠흑의 구석으로 밀려나, 더 이상 내려갈 곳 없는 털퍼덕 낙오자와는 전혀 어울리지 않는 고상한 단어이다. 자유의 가벼움 과는 원체 동떨어진 무지렁이 하위자라 '선생'의 호칭은 어림 반 푼 어치도 없는 남의 존경일 뿐이다.

　선생先生은 가르치는 위상을 말한다. 그런데 코로나 재 유행으로 안팎이 동시에 보이는 투명한 플라스틱 가림 막 너머 회전의자에서 등을 떼고, 당 업무를 수행하는 주민센터 여직원의 마스크 입에서-전 공무원 공용어인지-민원인을 선생이라 불렀다. 신분이 상승됐다는 환각에 빠져들게 한 묘한 순간이었다.

　"국민기초생활 보장법 시행규칙에 따라, 생계급여 조건부 수급자·주거급여 수급자·의료급여 수급자 혜택을 받고 있습니다. 여기 그 증명서입니다."

　창구개구로 한 장의 증명서를 건넨 여직원의 나직하게 조용한 어조는, 체질에 배인 행정사무 그대로였다. 생동의 율동감과는 거리가 멀었다.

　"난 내 앞으로 그런 혜택이 주어져 있는 줄도 모르고, 여적 등짝에 바싹 붙은 배를 유폐로 움켜쥐고만 있었다는 뜻 아닌가?"

　철진은, 이렇게 혼자 말로 중얼거리며 창구를 벗어났다. 그는, 출구로 방향을 잡은 자신을 회전의자에 눌러앉아서 일부러 돌아본 또 다른 여직원과도 작별인사를 나눴다. 첫 방문 시 선 채로 누군가와 유선통화 중이었던 자세와는 확연히 다른 모습인 여직원은, 작은 신장에 좀 과체중인 몸집을 가지고 있다. 한 달에 한 번씩 현금 이천육백 원을 내면 쌀 신청접수로 간주하고, 그달 하순경에 집 배달까지 해주므로, 주민센터 어느 누구보다 낯이 퍽 익은 사무직원이다. 그뿐 아니라, 그녀는 기초생활 수급자들에게 분기 별로 지급되는 쓰레기봉투를 챙겨주기도 한다. 철진은, 그때마다 수굿 던 한 감사를 구두로 표명했다.

3년 전 한겨울 추위를 다 보낸 신춘 봄 어느 날 그는, 이대로 굶어죽을 수 없다면서, 중앙정부 사회복지부에 전화를 넣어 도와달라는 호소를 올렸다. 3일 뒤, 신장이 커 위 문지방에 머리가 닿아 불안정하게 숙여야 하는 구청복지부 남자직원, 보건소간호사, 주민센터 여직원 한 팀이 사전전화 후, 끔찍이도 누추하고 침침한 반 지하 사글세방을 방문했다. 그들은 몇 가지 건강상태·주거환경 등에 관해서 알아본 이후, 김철진 이름을 전국 조회 가능한 전산망에 공식적으로 등재시켰다.

첫 달 생계급여와 주거급여는, 새로 개설한 은행통장으로 들어왔다. 그러나 조건부(생산적 일을 해야) 단서가 붙은 생계급여는, 4개월 뒤부터 아예 끊겼다. 의료급여 시험적 사례는, 작년 여름 두세 차례 피부치료를 받아본 게 고작이다. 이후 자신이 기초수급자라는 걸 까맣게 잊고 지냈다. 이용을 안 해 그 제도를 마냥 묻어둔 탓이다.

철진은, 금년 새해 역시도 여느 해처럼 최악의 궁핍 속에서 맞았다. 금융신용 점수가 그나마 높았던 탓에 통신비는 물론이고, 치아보험료도 연체 없이 다달이 납부할 수 있었다. 한계에 다다랐다. 페이스 북에서 채팅을 시작한 가짜 미군여장교(아프가니스탄 유엔평화유지군)에게 이백만 원을 착취당한 비극이 치명타를 입혔다. 만기 한 달을 앞둔 주택종합저축까지 깨고 보낸 돈이다. 그렇게 눈 깜박할 사이에 코가 베인 금전도 금전이지만, 이런 피해를 입을 줄 알았다면 카드빚 먼저 갚을 걸-후회가 앞날의 전망을 더욱 어둡게 했다는 것이었다. 몇 달간 이용했던 돌려 막기 수단도 더는 할 수 없게 되었다.

송금 바로 다음 날, 철진은 관할경찰서를 찾아 처음으로 누군가를 고소·고발하는 전례를 남겼다. 경찰조사 결과 범인은 세네갈국적에, 이름은 디알로 마모도우(DIALLO MAMOUDOU)로 밝혀졌다. 한국을 한번 방문했었다는 전례를 들어, 입국통제 및 기소중지로 묶어둔 그 사기 건은, 두 달을 훌쩍 넘어 남부지방 검찰청으로 송치되었고, 현재 배당 받은 담당검사가 심층적 조사를 하고 있지 않나 싶다. 피해 금액 찾기는 범인이 잡히기 전까지는 어려울 것 같다는 안내 여직원의 전화답변을 들은 게 지금까지의 최종 정보이다.

카드사에서 카드론 연체금납부독촉 전화는 거의 매일 걸려왔다. 철진은, 그때마다 회피하지 않고 정정당당하게 수화기 너머 빠른 목소리를 잠자코 들어줬다. 그는, 준비된 업무 말만 하려는 젊은 여성의 목소리를 중도에 끊고, 코로나 위기와 하필 겹친 금전피해로 안팎이 꽉 막힌 절체절명의 환경을 제발 봐달라고 하소연했다.

　카드사 여직원은, 고객 사정은 아랑곳 않고, 몇 월 며칠까지 납부하면 신용 동급으로 현금 200만 원까지 보장하겠다는 설득으로 빠른 입금만을 강요했다. 피골을 뺏는 강압이었다. 어처구니가 없었다. 단돈 십만 원도 없어 갚을 돈 줄이지 못하고 있는 절박에 숨이 막힐 지경인데-그 석 달분 152만 원 어디서 어떻게 그토록 빨리 마련할 수 있단 말인가? 밥벌이 되는 천부적 재능이 한 가지도 없고, 여전히 늙은 나잇값도 못 하는-노란 하늘을 뱅글뱅글 돌려보는 색맹의 실패자-가망 없는 억압에 꾹 눌려있는 고통의 신음만을 연시 내쉬고 있는 황망한 신세자인데-.

　태생에 뿌리를 두고 있는 이 저주스러운 고질적 궁핍은, 내내 살아갈 가치를 잃게 했다. 전례대로 운도 비켜가는 현상도 수시로 끊임없이 목격했다. 나에게는 내일이 없다. 무슨 귀기鬼氣가 붙은 게 틀림없다. 두 눈을 부릅 뜨고 어딘가를 보고 있기는 하는데, 뇌리에 담아지는 물체그림자는 아무것도 없다. 기력을 낼 수 없는 고달픈 경제난에서 해방을 맞고 싶다. 운신을 결박하는 악몽에 더는 시달리고 싶지 않다. 심경만 괴로울 뿐이다. 정말이지 내세來世의 평화 아닌, 금세今世에서 다복을 누리기를 원한다. 승리는 없고, 언제나 패배에 짓눌려터지는 악질의 고립에서 한시바삐 벗어나는 것이 급선무다.

　앞뒤로 꽉 막힌 깊은 절망은, 다시금 자살로 생을 마치겠다는 생각을 끄집어 올린다. 그러나 시도해본 적은 한 번도 없고 단, 어떤 병세로 자리에 누워 활력 빼앗긴 거동 불편에 직면한 그날에 맞춰, 초월을 발휘하여 스스로 명을 끊겠다는 기본만은 여전히 유효로 간직하고 있다.

　때마침 무슨 연관인지 막강한 권력으로 천하를 호령했던 고위직 인물의 자살소식이 모든 언론매체를 타고 전파됐다. 성폭력 피해를 당했다는 여비서가 검찰에 고소장을 낸 바로 이튿날

새벽에 지옥으로 달아나버렸다는 것이다. 각 언론매체는, 배낭을 멘 점퍼차림으로 어디론 지로 향해 가는 그의 마지막 행적을 담은 CCTV를 경쟁적으로 되풀이 보도하며, 전 국민에 이 속보를 신속히 전파했다.

맥박소리가 아예 끊긴 죽음. 과연 어떤 세상일까? 시간 소리를 더는 들을 수 없이 존재를 지운 죽음. 그립다.

언제까지나 실익과는 거리 먼 꿈만 꾸어서는 안 된다. 철진은, 다시 쓴 돋보기 너머로 한 번 더 수급증명서를 확인했다. 칠월 하순의 건조한 무더위가 피부를 휘감는다. 사회 흐름상 마지못해 쓴다고 해도 과언이 아닌 마스크 생각은, 경미한 불쾌감을 불러일으켰다. 개인의 숨결이긴 해도 자의식에 배인 냄새는, 기분을 상하게 했다.

개인보호 장비인 마스크는 일회용이다. 현재 착용 중인 한 장으로, 장장 보름 남짓 코와 입을 가렸다, 턱에 걸치는 행위를 반복했다. 잠깐 외출 때만 사용이었기에, 그토록 오랫동안 쓸 수 있었다. 그때 그 마스크로 나도 공중위생을 지키고 있다는 모범을 만민들에 내내 과시했다. 기어오르기가 까마득히 먼 밑구덩이의 경제난으로 마스크를 살 형편이 안 되어, 가식 아닌 가식을 부린 것이다. 마스크에 꼭 감춰진 입속 맛이 건조하게 단내하다. 이천 원짜리 핫도그 한 입으로 점심끼니를 해결한 이후, 한 모금의 물도 마시지 않은 수분부족 현상이지 아닐까 싶다.

[자활근로 약정서]

1)OO구에서 실시하는 20XX년 자활근로사업 참여자의 조건은 아래와 같다.
2)사업(업무)내용 등 참여조건
O)사업(업무)내용 : OO천 둔치(제방)정비사업
O)작업 장소 : OO천 OO대교~OO교 구간)
O)자활급여 등 참여조건-1일 급여:시장진입형/인턴도우미형(52,110원),사회서비스형(45,120원),근로유지형(24,810원)
「일일급여로 지급방식은 매월 말일지급」

*지각·조퇴 자는 근무시간에 대하여만 시간 단위로 급여를 지급-월~금 개근 시 주1일 주차수당 지급.
*주중에 자활참여 시 출근 일부터 해당 주의 잔여일 동안(단, 실제 근로 일수1일 이상 개근하였을 경우 주차 수당 지급-해당 월(1개월)모두 개근하였을 경우 월1회 유급휴일 부여(단, 실제 근로일수가 12일 이상일 경우)
*미사용 월차휴가로 발생하는 월차수당은 연 1회(12월)정산하여 지급)
*월차수당은 반일로 나누어 사용 가능하나, 시간 분할은 사용 불가
-1일 교통비 등 실비 4,000원 지급(근무일에 한함)
○)근무시간-시장진입형/인턴도우미형 및 사회서비스형:월~금(또는 토요일), 1일 8시간(09:00~18:00)
-근로유지형 : 월~금 1일 5시간(09:00~15:00)
*단, 동절기(11~2월에는 1일 7시간 근무가능(근로유지형 제외)
*지역 및 환차 특성상 정상근무 이외의 야간근무·새벽근무 및 심야근무(교대근무)가능
○)휴게시간:12:00~13:00(1시간)
3)기타 사항
○)조건부 수급자가 다음의 기준에 부합하는 행동하는 경우 조건 불이행으로 결정되며 이듬달 생계급여가 중지될 수도 있습니다.(사업 참여 불허 가능)
*조건 불이행 판단기준-월 조건부과일수의 1/3이상 불참 시-정당한 사유 없이 2일 이상 연속 불참이 3회 이상 반복되는 경우-불성실한 참여(상습적 결근·지각·조퇴·음주·근무지이탈·폭력·폭행 등)
○)상기 내용 이외의 사항은「자활사업지침」에 따라 시행되며, 정부방침의 변경 또는 사정에 따라 참여조건은 변경될 수 있습니다.
4)개인정보제공 및 활용 동의
○)신청인은 보장기관 및 위탁기관에서 시행하는 자활근로사업 관련기관에 필요한 개인정보 등을 제공-활용함에 동의합니다.
-정보제공 범위 : 자활근로사업 참여자의 개인정보·서비스이력·

취(창)업 정보 등
-사용목적 : 자활근로사업 사업수행 및 평가 관련자료 제공

20XX년. OO구청장

  본인은 위 내용을 충분히 이해하고 규정에 따라 근무할 것이
며, 규정위반에 대한 처분에 대해서도 수용할 것입니다.
성명_____
주민등록번호_____(서명)

  구청복지관 소개로 연결된 자활근로는, 삼일 전인 금주 중반
부터 갓 시작했다. 자활근로는 팀 별로 하천 둔치 일대를 돌며
휴지 줍는 일이 주 업무다. 오전 아홉 시 출근, 오후 세 시 퇴
근이다. 임금은 결근 없는 한도에서 60만 원 수준이다. 솔직히
생활비에 한참 모자라는 용돈벌이에 지나지 않다. 그러나 코로
나로 일자리 얻기가 쉽지 않는 사회적 현상이라, 그 허드렛일
이라도 다니면서 큰돈 벌 기회를 찾고자 한다.

  '무릇 익어가는 인생의 희망/남에게 탓 돌리는 나이에 눌러
앉지 말고/오늘부터 시작인 나의 시간/일어나 운동하라 하는구
나.'

  고향친구이며 초등학교 동창이기도 한 이길수가 보내준 전화
기문자 시구이다. 시인이며 사회경운동가인 그는, 어렸던 시절
부터 예능계 감수성이 남달리 예민했었다. 천성은 어쩔 수 없
었는지, 동네재래시장에서 생선 장사를 하는 부모님의 극렬한
반대를 무릎 쓰고, 국문과를 선택한 걸로 알고 있다. 마침내 입
학한 대학에서 4년 과정을 마친 후 다녔던 통신회사를 십 삼년
만에 그만두고, 현재는 중형급 커피숍을 부부가 공동 운영하면
서, 환경보호 운동을 병행하고 있다.
  철진과는 자주 만나는 편은 아니나, 이따금 전화통화로 우정
담은 목소리를 교환하곤 한다. 이길수가 철진에게 이 시구를
보낸 해석은 자명하다. 늙은이 잡념 속에서 갇혀 지내는 우울
증 음지에서 좀처럼 헤어 나오지 못 하는 애 동무의 속 터지는

안타까움 때문이다.

　그는, 언젠가 철진에게, "시궁창으로 썩어드는 정신머리 쓰레기거두는 청소부든 어떤 집착의 일로 깨워라"라는 절규의 충고를 마음 다잡고 들려준 적이 있었다. 이 말을 상기한 철진은, 자활근로 이틀째 날에 전화상으로 알렸다. 그 격려를 시 형태를 빌어 보낸 것이다. 철진이 남겨둔 친구의 글을 재차 읽은 날은 엊그제이다. 그러면서 주입의 의기를 다졌다.

　'경험이 일절 없어 일머리를 내다보지 못하여 어리벙벙할 수밖에 없는 미숙한 작은 일부터 크게 보는 습관을 기르도록 하자. 땅에 묻어둔 뿌리만 있다면, 싹을 틔우기 마련인 식물처럼 때를 기다리자. 수고의 사례로 달마다 받게 될 급여 무게를 떠나, 미래 설계가 그려지는 긍정을 높이 살려 잊어버린 나를 찾자는 자성으로-지금까지 거의 무관심에 가까웠던 경제력에 눈을 크게 뜨자.'

　사회신분이 가일층加一層 낮은 휴지 줍는 마수걸이 일을 하고 있다. 천둥오리 개체 수가 유독 많은 가운데, 가는 다리목 아래가 검으면서 목이 긴 백로 몇 마리도 간혹 눈에 띄는 하천의 유속은, 수량이 많아 수압이 센 일부 지역을 제외하고 비교적 잔잔하게 느린 편이다. BOD(생물화학적산소요구량)2급 수준인 수질이 자연에 가까워 생태 하천으로 불려도 손색이 없는 물질 속에는, 몸길이 20~43미터 되는 붕어 따위 외에, 크고 작은 수많은 어종이 서식하고 있다. 한강으로 곧장 흘러드는 천변에는, 산책로와 자전거도로가 조성되어 있고, 녹색철재 펜스를 빙 둘러 친 안으로 인조잔디 깐 축구장과 골프장이 각각 갖춰져 있다.

　둘레길 일대를 다니며 나들이 인파들이 무단 버린 담배꽁초·페트병·마스크 따위의 휴지 줍는 오전 일을 마친 두 동료는, 벚나무 아래 4인용 벤치를 하나씩 차지하고 쉬는 시간을 가졌다. 앞장서서 철진을 이끈 사람은, 음료회사 화물차운전을 거쳐 마을버스기사 경력 포함, 30여 년 세월을 흘려보낸 62세 노인이다. 지켜보는 눈이 있든 없든 맡겨진 소임은 끝까지 책임지는 우직한 성실파이다.

두 사람은, 마스크 쓴 얼굴을 마주보며 이런저런 이야기를 두서없이 나눴다. 근무자들이 가득 채워 봉합한 공용쓰레기 봉투를 뒤엎어서 내놓은 지정 장소에 일시 멈춰 서서, 차종 중 가장 작을 그 차량 적재함에 싣고 어딘가로 가져가는 안경잡이 사십대 감독이 지나면서 목격한 이 분위기 장면을, 일과 마친 퇴근 무렵에 어린이 수영장을 굽어보는 나무계단에 불러 모아 내일 일을 미리 설명하는 15명의 자활근로자들 앞에서 공개적 칭찬까지 늘어놓았다.

불과 열흘 전에 해외송금 건 문제로 농협통장개설을 새로 튼 적이 있다. 페이스 북에서 3개월 넘도록 채팅교제를 나누는 중인 갈색머리 긴 미국여성 편에서, 뜬금없이 보냈다는 패키지 보험료 242만원 중 첫 송금 조치로, 수수료 없는 저편 은행명과 맞추려 계좌를 연 것이었다.

그렇게 저편의 요구대로 순순히 응했던 까닭은, 혼인 꿈에 젖어들었을 정도로 흠뻑 빠져든 눈먼 사랑이 자리 잡고 있었다. 큰돈을 넣었다는 패키지가 한국으로 무사히 도착만 한다면, 단번에 카드론 빚 청산은 물론이고, 그 밖의 작은 빚도 무난히 갚을 수 있게 된다. 무엇보다 창백하게 복이 없는 외로운 홀아비 허량도 면하게 된다. 기대 높아진 그 노둣돌 의지가 돈을 끌어 모으는데, 사력을 쓰게 한 동기였다.

시일 간격을 두고, 전화기를 붙들고, 은행을 바꿔가며 세 차례 나눠 송금한 그 돈 마련은, 집을 자주 방문할 정도로 가깝게 지내는 정신과 의사에게서 긴급히 빌린 금액이다. 내일 환불한다는 조건을 달았다. 농협통장 두 번째 개설 목적의 용도는, 카드사의 무단 압류를 사전에 막기 위한 방지책이다. 가능했다. 그러나 악필로 휘갈기는 서명보다, 인감도장이 낫겠다 싶은 생각에 맞추어 접수를 다음 주로 미뤘다.

주말 이틀을 보내고 맞은 월요일 근무를 마친 오후 세 시 넘어, 지난 주 금요일에 돌연 거둬들였던 통장신규 건으로 십년 넘게 살고 있는 사글세방과 주소가 같은 농협을 다시 방문했다. 창구 여직원은 고객 끌어들이는 상술이 탁월했다. 들여다본 수급자증명서 바탕에서 압류방지 전용통장 승인과 함께 현금카드를 제공하면서, 모바일 및 인터넷대출도 열어 주었다. 동시에 띄워준 전화문자 인증번호만 입력하면 된다. 그러나 철진은, 더는 빚으로 삶을 영위하지 않겠다는 다짐을 다졌기에 창을 열지 않고 있다.

이자가 그새 더 불어났을 카드론 연체 빚은, 채권추심 부서로 넘어간 모양이다. 이윽고 운신이 자유롭지 못할 빚쟁이 처지로 전락한 입맛은 씁쓸하게 비통했다. 두 달 연체비용 이백 몇 십 만원을 납부하면, 빚에 쫓기는 신세는 일시라도 면하게 된다. 그러나 무직업 가난이 대명사인 그에게 그만한 돈을 빌려줄 사람은 아무도 없다.

한 달 반전에 며칠 지난 연체를 청산하려 초등학교 두 동창에게 각각 도움을 청했다, 쓴맛만 씹은 상심을 치른 적이 있었다. 두 동창 중 한 친구는 격월 모임 회원이고, 또 한 친구는 연륜 긴 식당주인이라 자주 보는 편이다. 그런데 두 친구는, 똑같이 고개를 돌리는 냉담만을 보였다. 그들의 안면몰수는 두 다리 힘을 일시에 앗아갔다. 깊어진 암울의 외로움은 사지를 떨게 했다. 그러나 비관적인 원망은 가슴 속을 헤집지 않고 도리어 평온했다. 두 친구에게 나는 그렇게 비친 사람이었구나, 반성을 되새겼을 뿐이었다. 당시, 두 동창이 가슴을 크게 열고 돈을 빌려 줬더라면, 오늘의 막다른 궁지는 적어도 상당 기간 늦춰졌을 것이다. 동시에 여태 몰랐던-무엇이든 털어 놓고 회포를 나눌 단짝 친구가 없음을 저리도록 깨달았다.

진퇴양난에 빠진 속수무책의 운명을 번잡하게 괴롭히는 대상은, 두 번째 해외송금인 것을 알 턱없이 호쾌하게 도왔던 정신과의사였다. 그의 일방적 몰아붙임은 여느 빚쟁이와 다를 바 없이 험악했다. 과연 그 긴 공부의 교양을 갖춘 사회 위상의 인물인가? 의구심이 들 정도로 이편의 사정은 일방적으로 무시하고, 무작정 사기꾼으로 매도하는 성질은, 무지막지하게 물어뜯는 들짐승의 사나운 기세와 등급을 같이 했다. 박사지식의 침착한 절개는 온데간데없이 가만 두지 않고 수단을 동원하여 널리 퍼트리겠다는 욕지기 악담은, 이십 년 넘도록 관계 좋았던 품위를 여지없이 깨트렸다. 사람을 다시 보게 된 계기를 맞은 셈이다.

임종 전 그 모습이 진정 그 사람이라 했다. 절친했던 사람을 졸지에 잃게 된 철진은, 말을 섞고 싶지 않다며 길이길이 날뛰면서 상대방의 해명기색을 깔아뭉개기부터 하는 그에게 문자를 전송했다. 시한을 정한 날 안으로 갚겠다는 차용증 합의를 거쳐 공증하자는 내용이었다. '장난'을 '작난'으로 틀리게 쓴 저편의 전화기문자는 3일 후에 도착했다. 철진은, 답변 글을 쓰는 속으로 낮은 수준을 탓했다.

엄밀히 말해 한 달 지출을 미리 당겨쓰게 하는 것이 카드사의 장사 전략이다. 비싼 이자를 무릅 쓰고 필요할 때 순조롭게 잘 빼 썼다. 덕분에 감사하게도 몇 달간 식생활 걱정을 덜 수 있었다. 그러므로 나의 결백한 도덕심을 걸고-이유 불문하고 마땅히 빚은 갚아야 한다. 그러나 금전수입이 적거나 전혀 없었던 세월이 하도 오래인지라, 그 상환은 애석하게도 기약할 수 없다는 뼈저림이다.

불특정 다수를 대상 삼아 이자장사를 하는 카드사는 사회적 기업이라 한다. 그렇지만 담당직원을 수시로 바꿔가며 연체고객의 뒤를 쫓으며 돈만 받아내려는 카드사의 수단동원은, 상생공존을 모색하는 사회와는 영 맞지 않다. 경제학자들의 공동 용어인 '지대추구' 횡포가 난망하게 잔인하다. '개인이 노력을 다 쏟아 이룬 성취를 사회가 키웠지'라는 그럴싸한 포장 하에, 사회의 결과물까지도 자신의 공로라 내세우는 '노블레스 오블리주'의 철칙에 실로 이가 갈릴 지경이다.

철진은, 돈 관리를 주업으로 하는 제2금융사라면 빚 문제 해결 건 방법도 동반적으로 알고 있을 터인 카드사에서 그 안내를 해주기를 내심 기대했었다. 이른 바 빚을 갚지 않으면 사기범으로 전락할 수 있다는 노심초사에 푹 빠져든 연체자에게 부담을 정도껏 가라앉혀 주면서, 차근차근 빚을 줄여보자는 타협안 제시 귀띔이 그 내용이다.

그러나 카드사 측은 그에 대한 한마디 언급 없이, 자나 깨나 연체납부 독촉만을 채근해 왔을 뿐이었다. 카드사 측은 철진의 유일한 치아보험까지 들먹이며, 육성전화, 또는 문자로 납부독촉만을 연쇄적으로 종려 했다.

실제 철진은, 소액이라도 갚을 셈으로 코로나로 직통연결이 쉽지 않는 보험사에 문의를 한 적이 있었다. 그러나 일 년을 막 넘긴 보험료로는 약관대출은 물론이고, 해약금도 전무하다는 답변을 들어야만 했다. 카드사는 여기에 한 술 더 떠 법원의 잣대를 이용하여 마른 수건까지 짜보겠다는 비장한 야만을 드러내고 있다. 힘의 우위로 모든 책임을 고양이 앞에 쥐 꼴인 채무자에게 덮어씌우려는 압박은, 주먹을 불끈 쥐게 하는 흉흉한 이기심이 아닐 수 없다. 심기 무거운 빚쟁이 입장에서는 고삐 풀린 검푸른 폭력 이상의 악질이다.

철진은, 어두운 땅 속에 숨어 살다, 그 밖으로 나오기만 하면 곧바로 햇볕에 말라 죽는 지렁이와도 같은 자신의 낮고 낮은 천빈賤貧의 위상으로는, 거대한 금융세력과 맞싸울 수 없음을 속 깊은 한숨으로 새어낸다. 그 측은 탓에 입맛은 떨떠름 쓰나, 해결책이 전혀 안 보이는 데도 불구하고, 태평할 정도로 비교적 시름은 약한 편이다. 뒤를 밀어주는 누군가의 힘이 있어서가 아니라, 아직은 발등에 떨어진 불은 아니라는 느긋함의 여유이다. 어떡하지 걱정을 당겨서 한들, 날마다 자라는 머리카락은 임의로 조절할 수 없다는 이치를, 나이 무게로 충분히 터득해뒀기 때문이다.

삼복더위 기후에 땀 한 방울 흘리지 않고, 슬기로운 지혜를 재주껏 짜내야 할 판국이다. 인생은 나그네 길이라 했다. 난, 살만치 산 늙은이다. 축 늘어진 양 눈살에 목주름이 선명한 이 나이가 되도록 까지, 한 가지 꿈도 이루지 못한 허위허위 인생살이라 원한이 참 많은 세상이다.

지금까지의 나의 인생은 발품을 부단히 판 노력에도 불구하고, 아무런 소득도 없는 빈손의 반복이었다. 환경개선의 기회는 통 안 보이고, 지난 번 경비직구인 낙담과, 내일 배움 카드로 바리스타 교육을 두 차례 받았는데도 불구하고, 그 전망이 여태 캄캄 무소식인 예처럼-육안으로 볼 수 없는 정체미상의 영물 누군가가 의도적으로 방해공작을 심술 굳게 부리는지-될 성싶어 세운 계획 추진 때마다, 앞뒤가 꽉 막히는 참변만을 겪끔 내기로 겪어왔다.

성취 없는 매번의 낭패는 자연 의기를 실추시켰다. 반편을 더해 만일 카드사 측에서 사기범으로 고소한다면, 주거지가 구치소로 옮겨질 수도 있다. 그만큼 감당 힘든 많은 빚이 의기소침에 빠져들게 하고 있다.

'욕심이 과하면 사기꾼의 사냥감이 될 수 있다? 돈의 행복을 너무 믿고 돈만을 좇는 욕망에는 사기꾼이 더 달려든다?'

퇴근 후 컴퓨터를 열어본 철진은, 해외로부터 온 메일에 깜짝 놀랐다. 다음과 같은 내용의 글을 숙지한 직후였다.

"마님, 오늘 오후에 돈이 접수되었으며 보험이 처리되었지만, 여기에 큰 문제가 있음을 알려드립니다. 오늘 저녁에 진행하려고 할 때 패키지를 의심하고, 내용을 확인하기 위해 주말에 패키지를 스캔하기로 결정했습니다. 패키지가 스캔되었을 때, 그들은 그 안에 선언되지 않은 엄청난 양의 돈이 있음을 발견했습니다. 소파아(Sophin Corbtt)양이 우리 회사에 패키지 안에 돈이 있다고 말한 적이 없어서 매우 실망했습니다. 이제 관습은 사람들이 한국에서 테러를 후원하기 위해 돈을 사용하고 싶다고 주장하기에, 두 가지 모두에 대해 사건을 제기하려고 합니다.

패키지 내에서 발견된 엄청난 양의 돈을 고려할 때, 이는 91/308/EEC, 2001/97/EC 및 2005/60/EC의 자금세탁을 위반한다고 분명히 밝혔습니다. 결과적으로 이 범죄에 대해 $5,785,00의 벌금이 부과되었으며, 이 조사에 대해서는 추가 조사를 피하기 위해 즉시 효력을 발휘해야 합니다. 보험증 사본이 있습니다."

영문으로 쓰인 보험증사본 문장을 컴퓨터 내 번역기를 빌어 해석한 대략적 내용은, 김철진에게 $2,400,00 양도한다는 것이었다. 문득 석연치 않다는 의문을 번뜩 띄워 올린 철진은, 컴퓨터화면을 휴대전화기로 찍어 미국의 소피아(Sophia Corbett)에게 그대로 전송했다.

한 시간여 뒤, 앞전에 캄보디아 공항에 도착하면서 발신전화를 두세 번 시도했다, 언어가 안 통해 끊은 이후 컴퓨터메일로 연락을 전환한 그 요원은 믿을 수 없다는 불길 감이 안개처럼 일기 시작했다. FBI수사를 들먹이며-두 사람은 이미 FBI에 구금됐다며 겁을 먹고 있는 미상의 요원이, 아무래도 좋지 못한 가상의 모양새가 주요인으로 인용되면서 귀동으로 맴돌았다. 악덕 사기술로 사람을 홀리는 배후가 역력한 요원이 궁리로 짜내서 작성했을 가짜보험증임이 틀림없다는 의혹을 떨칠 수가 없었다. 철진은, 40대 음성의 요원이 호기심을 유발하려 위장술을 쓴다는 점도 소파아에게 페이스 북 문자로 전송했다.

소피아의 한참 늦은 답변 분위기는 요원이 보낸 사본은 진품임을 믿으라는 암시였다. 철진은, 그렇지 않아도 위태위태한 소피아와의 관계가 자칫 깨질 수 있겠다 싶어, 그녀 생각에 가급적 일치로 맞춰두려 조심스러운 성심을 들여왔다. 그렇지만 벌금 건은 벌써부터 수용불가로 기울여두고 있었다. 카드론 빚에 시달리는 판국이고, 끝이 안 보이는 빈곤 늪 탈출이 무엇보다 시급한 처지자로서는 부담이 너무 무겁기 때문이다.

그는, 요원에게 패키지 안의 돈으로 벌금을 내게 하는 권한을 내려 한시바삐 공항에서 빠져나오자는 제안을 띄웠다. 그러자 패키지 암호를 풀 수 있는 단 두 사람은, 당신과 자신뿐이라는 소피아의 강조답변이 돌아왔다. 남편으로 인정받았다는 긍정심이 부풀어 오른 속으로, 벌금 처리 건은 돈 많은 소피아에게 맡기기로 잠정 결론을 내렸다. 서로 남편-아내 호칭을 표면상 쓰며 부부행세를 내세우고 있기는 하나, 매일 보는 한 지붕 생활이 아닌 이상 성욕을 해소하는 실상의 부부일 수는 없다. 사무치게 보고 싶다는 가슴의 메아리일 뿐이다.

그렇지 않아도 만남이 여의치 않는 굉장한 알력이 작용하는 머나먼 이국 관계이다. 절박하게 매달리고 있는 철진 편에서는 그럴 리는 없겠으나, 만일, 사진만의 인물인 소피아 편에서 단 한 선의 경로인 페이스 북을 닫거나 탈퇴한다면, 그날로 공중 분해로 날아가 버릴 수 있다. 그만큼 살얼음 깨질 새라 위태하기 짝이 없다.

철진은, 그 답을 먼저 꺼내는 것이 왠지 두려웠다. 심장을 떼주어도 모자라는 사랑 자의 그토록 호소를, 가상의 남편으로써 속 시원하게 들어주지 못하는 무능의 압박에 짓눌려졌다. 이 때문에 삶의 조율·조합을 맞추기도 전에 이견이 노출되고 있는 형편이다.

간호사 일을 보는 진료실 한 곳을 집중 비추는 전등 밝은 실내 장면과, 집 소파인지에서 다리 포갠 교양 자세로 찍은 사진을 페이스 북에 올렸을 것으로 짐작되는 소피아의 무구한 해밝은 배후는, 의심의 여지없이 견실했다. 남을 속여 먹는 흑막의 성질은 결코 아닌 착한 자의 특징인-이해심 많은 이미지를 소개했다. 그래서 잠 설친 사랑에 푹 빠져들었던 것이다.

철진은, 울렁울렁 뛰는 자신의 심장소리를 가만히 듣고 있다. 그러면서 지금까지의 행위를 한 묶음으로 되돌아본다.

그는, 사업재개 밑천을 준비한다는 차원에서 소피아에게 2만 달러 투자를 요청했던 적이 있다. 소피아는, 부동산으로 큰돈을 벌었다는 아버지유산을 들먹이며 송금할 통장번호를 알려 달라 했다. 철진은, 주저 없이 개인정보를 전송했다. 그렇지만 저편은 세 차례나 시도를 했는데도 송금이 불가하다는 문자답변을 보내왔다. 그 사유의 요약은, 수상한 자금 해외유출 건이라는 것이었다.

그 와중에 소피아는 요원을 붙인 배편으로 한국으로 패키지를 보냈다는 소식을 알려왔다. 예상 밖이라 뭐가 뭔지 통 갈피를 잡지 못한 철진은, 그럼에도 그에 맞추어 마음의 준비에 들어갔다.

공항에 도착하면 전화로 알려주겠다는 미상의 외국인 요원이 건네줄 패키지, 어느 장소에서 어떻게 받을까? 뜬구름 환상놀이에 사로잡혔다. 이어 세관에 신고 되지 않고 밀반입된 큰돈을 어느 금융기관에 맡길까? 이후 한국에 들어와 살겠다는 소피아 원대로 피부미용실 설립 지역도 나름 구상을 마쳤다. 그러나 마른 침 삼켜지는 이 마력에 홀린 꿈은 결국 무위로 끝나고 말았다.

장악된 배신감에 정신머리가 혼란스러웠다. 그 속에서 한 영감이 불끈 치밀었다. 보증서 사진은, 두 연놈이 조작으로 꾸민 것이라는 확신이었다. 자주 통화한다는 요원과 은밀히 짜고 사랑에 빠진 나를 이용해 먹는다는 느낌에 다다랐다. 그는, 순수를 유지했던 사랑의 묘사를 악의로 전면 뒤집었다. 지금까지 한 치의 의심 없이 굳게 걸어뒀던 믿음을 산산이 깨부쉈다.

패키지 보험료납부 완료 때까지는 생애 처음 큰돈을 만져보게 된다는 희망찬 기다림은, 소피아와의 표면적 결혼준비도 포함되어 있었다. 그 꿈의 주술은 결국 허공 높이로 사라지고 말았다.

'나는 결혼해서는 안 되는 비운의 주책바가지 노인네인가 ......? 세련된 부자로 살고 싶은데......'

이쯤까지 왔다면 앞으로 무엇을 어떻게 할 것인가 질문을 몇 차례 던졌던 실존 없는 그녀와의 미령薾寧의 연애는, 유감이나 여기서 단념해야 함이 마땅하다. 모든 과정은 꼬임 수에 넘어간 거짓이었음이 드러난 이상-그에 오로지 맞춰둔 속병이 더욱 악화되기 전에-신명을 걸고 매달렸던 미시를 뒤편으로 썩 미뤄내야 한다. 일차신고 때 경찰이 들려준 말대로, 사진인물은 실상과 전혀 다른 사기꾼이라는 상기에 관자놀이의 핏발이 곧추세워졌다.

"악마를 도운 짝사랑과의 악수.....?"

철진은, 어처구니없다는 혀를 세게 찼다.

그 기대의 판을 기망의 편취로 모조리 깨버린 그녀는, 내 안에 선과 함께 공존해있는 악성을 일깨워줬다. 난, 모처럼의 행복감으로 삶의 긍정을 한껏 높여준 인연을 고려하여-그렇게까지 진정 하고 싶지는 않았으나, 경찰신고로 처벌할 것이다. 붙잡혀서 한국재판정에 서게 될 그 작자 도대체 어떻게 생겨먹은 인물인지 보고 싶기도 하다.

그 사이 달러 뭉치를 찍은 동영상이 올라온 데 이어, 희망적으로 무사히 반송됐다는 문구가 뒤따라 떴다. 약이 바싹 오른 철진은, 네놈은 여성가발을 쓴 남자라는 문자를 즉각 날렸다. 이어 남의 피를 빨아먹는 거머리 네놈은, 이미 저주를 받아 지옥자식이 되었다는 선언문을 반응 떠보는 식으로 내던지기도 했다.

지금까지 현혹에 가둬두려는 우롱인줄 까맣게 모르고, 그 이면의 검은 그림자 현란에 실컷 놀아났다는 배신감에 다시금 치가 부득부득 갈렸다. 아무것도 보이지 않아 분별을 잃은 시커먼 암흑이 뇌리를 뒤덮었다. 감쪽같은 속임수에 돈까지 빼앗겼다-? 좀처럼 분이 삭여지지 않았다.

정체불명 자의 신상정보를 왜 적극적으로 캐내지 못했을까? 자괴심이 전신을 무겁게 짓누른다. 하늘은 빙글빙글 돌고, 땅은 흔들려 정신을 차릴 수 없이 어지럽다. 아직은 혈액순환이 원만할 정도로 정신머리는 멀쩡하다. 그런데 실수를 거듭 낳는 저능아처럼, 근 3개월 만에 날카로운 송곳에 눈이 찔린 실명의 아픔을 또 당했다. 그것도 일차 피해 금액보다 더 크다. 멍청이 중에 멍청이가 아닐 수 없다.

며칠 후 다음과 같은 문자 연락이 도착했다.

'당신은 저를 사기 계획하고 당신의 계획이 작동하지 않을 때 당신은 사라졌다.'

제멋대로 책임을 전가하는 뒤숭숭한 말에 기분이 몹시 불쾌해진 철진은, 격심 담은 쌍욕의 문자를 지체 없이 즉각 전송했다. '패키지 접수번호와 보험료납부 영수증 보내 달라한 요청 불문한 네 정체 궁금하다.' 동문서답 같은 답변이 약 2분 후에 도착했다.

'또한, 계획이 진행되지 않을 때 갑자기 변경되었기 때문에 귀하의 의도에 대해서도 궁금합니다. 패키지가 성공적으로 배달된 경우, 귀하의 계획에 피해를 입었을 것입니다. 나는 당신에 대한 신뢰가 부족하기에, 그 정보를 당신에게 공개할 수 없습니다.'

자활근무와 병행한 경찰신고 접수는, 송금거래증명서 준비부족으로 네 번째 방문 날에 간신히 마쳤다. 그다음 날 오후에는 금융감독원에 전화를 걸어 피해보상에 관해 상담했다. 그편의 결론적 답변은, SNS채팅을 통해 당한 사기 건은 정상적 거래가 아니므로 보상은 없다는 것이었다.

철진은, 안에서는 잠기나 바깥에서는 열쇠를 맞춰 돌려도 잠금이 안 되어 꼭 닫아두기만 하는 복도 편 세시 문을 연 다음 방문을 열었다. 현관에서 한 손을 뻗어 올린 벽면 스위치에 맞추어 LED전등이 밝게 켜졌다. 벽지천장 한 구석에 시커먼 곰팡이가 덕지덕지 돋아있는, 33,058제곱미터 남짓의 반 지하방. 책상 위 모니터 너머-이웃 이층집과 맞대어진 블로크담장 벽 한 면이 내다보이는-불량하여 여닫음이 쉽지 않아 그때마다 애를 먹이는-희뿌옇게 더러운 유리 창문-10년 넘는 세월을 보낸-두문불출 속에서 유일한 생계 수단으로 고정해 놓은-고물상 여는 재기를 실 가닥으로 고대했으나, 동서남북을 둘러봐도 밑천 마련 가망이 전혀 안 보여 잠정 접어둔 체념 상태의 어둠 색상과 똑같이-한 치의 변함없이 옛 간직 그대로인 누런 빛깔의 벽지-그렇게 취약한 주거 환경은, 말문이 막히는 수치를 새삼 느끼게 하면서 기분을 망가트렸다.

'언제까지 이렇게 살아야 하나?'

코로나 기승이 맹렬하다. 공중 전파 또는 입 밖으로 튀는 비말과, 밀접하게 접촉한 사람 간에 전염된다는 신형바이러스 코로나19는, 생계전망이 망연한 약자들만을 콕 찍지는 않겠으나, 그에게 잡혔다 하면 가장 먼저 쓰러지면서 숨결을 멈추게 한다. 원인은, 낮은 의료 진료와 영양부족이 복합적으로 얽혀 있기 때문이다.

이곳 퇴거가 물리적으로 불가피해졌다. 합선으로 끊긴 전기 사고로 큰 공사가 불가피해졌으니, 방을 구해 나가달라는 문자 통보를 집주인으로부터 받아뒀기 때문이다. 한데로 내쫓길 악화요인 하나가 더 추가된 셈이다. 이 문제 해결책으로, 구청에서 연결해준 주거복지 부서와 처음으로 접하게 되었다. 보증금 다 까먹었고, 월세도 몇 개월 밀려있다는 철진의 암담한 쪽정이 사정을 알아 들은 상담여직원과 이틀에 걸쳐 확인된 전말은, 비 주거인 고시원생활 3개월을 채워야 정상적 주거를 소개받을 수 있다는 것이었다. 이와 별개로 주민센터 창구에서 임대주택 예약도 신청했다. 그 뒤로 기회를 놓친 때늦은 후회에 뒷목이 당겼다.

지난 4월인가? 그 일 년 전에 자료수집 차 사글셋방을 한번 찾았던 LH 여직원의 전화문안을 받은 적이 있었다. 단발의 여직원은, 이모저모의 안부를 물은 말미에 임대주택에 들어가 살 의사 있느냐고 물었다. 철진은, 당시에도 기개가 완전히 꺾인 우울증에 푹 저려있었기에, 머리 쓰는 정신력이 극도로 쇠약해 있던 상태였었다. 그 속에서도 절벽에 내몰린 경제문제만은 놓지 않고 무망하게 붙들고 있었다. 직원의 말에 맞춰 이사비용 부담이 제일 무거웠다. 그래서 속과 다른 건성으로, 익숙해진 생활에서 떠나기 싫다는 핑계 성 답변을 내고 통화를 끝냈다.

5일간 쓸 수 없었던 전기 불이 들어온다? 이렇게 밝은 세상을 되찾게 된 계기는, 퇴근 후 인터넷 뉴스를 즐길 수 없게 된 답답증이 극해 달해진 철진이, 토요일 오후에 전기불능 원인을 나름 해명해보겠다며, 열 가구 전체 전기 상황을 한 눈에 들여다 볼 수 있는 사각 모양의 나무함을 열어봤기 때문이었다.

모든 두꺼비집은 정상적으로 올려져있는 데, 하나의 차단기만은 아래로 내려져 있었다. 그 차단기를 올리자 웬일인지 순식간에 온 방에 정전이 덮였다. 진종일 TV이를 껴안고 사는 두 가구 포함 반 지하 네 방주인들이 한꺼번에 전기함에 달려들어 눈길을 모았다. 그 맞은 편 방에 사는 안경잡이 늙은이가 가장 크게 지랄 떠는 변덕을 부렸다. 출신지는 물론이고, 뭐했던 여자인지 과거 행적도 전혀 알 턱이 없는 무식쟁이 키 작은 뚱뚱이노파와 동거하는-낯짝에 도수 높은 안경을 쓴-칠칠치 못하게 덤벙거리는 건설현장 일용잡부 졸부였다.

다음 날 오후, 집 주인은 꼭 1년 전에 오래되어 삭아서 절로 떨어진 현관 편 섀시 문을 고친 바 있는 그 구두수선공을 다시 불렀다. 전기도 볼 줄 아는 그의 손길이 거쳐진 후 방마다 전기가 들어왔다. 덕분에 철진도, 아무것도 할 수 없이 눕는 일만이 유일했던 칠흑의 암흑에서 벗어날 수 있었다.

일주일 뒤 돈 빼앗긴 사기로 양해를 구해놨던 월세를 내든지, 방을 비워 달라는 재촉 문자가 또 왔다. 편치 않게 불안했다. 그는, 신용회복위원회 상담일정 예약을 서둘러 잡았다. 퇴근 곧바로 직행은, 예약시간보다 한 시간 남짓 일찍 도착하였다. 상담은 접수 이후 기다림 없이 이내 마주앉을 수 있었다. 그만큼 손님 수가 두세 명에 불과할 정도로 한산했다.

투명 칸막이 너머 남자직원의 마스크 발음은, 내담자의 청력이 문제인지 헤아림이 쉽지 않았다. 철진은, 못 알아 들었다는 불편함을 솔직하게 털어냈다. 남자직원은, 업무에 떠받친 유순한 눈빛을 돌연 긴장으로 바꾸었다. 남자직원은, 마스크와 모자로 인상착의는 가렸으나, 남은 양 눈가의 깊은 주름으로 사회은퇴를 해야 할 연령대임이 확연한 내담자가 낸 용무의중을 직업적 안목으로 정확히 짚어냈다. 백지에 펜글씨를 크게 써가며, 순발력으로 들려주는 설명이 시각과 청력으로 쏙쏙 밀려들어왔다. 연체기간 61일 째인 오늘 접수하면, 이자 반 10%+원금+만기+8년 거치 약 23만원이나, 29일 뒤에 재 접수할 경우 원금+무이자+8년 거치 약 15만원의 내용이 괜찮았다. 철진은, 후자를 지목하고, 29일 뒤 예약도 미리 잡아뒀다.

사회구성은 사람이 짜낸 틀에서 기반 되었다. 그러므로 문제의 해답은 그 안에 있다. 실타래처럼 엉켰던 굴욕거리들이 하나씩 진정된다는 평안은 들바람 맞는 유쾌를 안겨줬다. 이 배후에는 앞전에 구청복지관에서 주거급여-생계급여 명목의 57

여만 원의 입금 확인이 있었다. 오래간만에 돈다운 돈을 만져본 것 같아, 여느 때와 사뭇 다른 생기의 감흥이 높다.

　이튼 날 점심시간에 농협은행 점포를 찾아 압류방지 전용통장에서, 그 돈 일부를 빼 다른 은행통장을 거쳐 한참 늦은 지난 달분 방세를 해결했다. 포위당한 사면에 갇힌 절망을 더해 의기를 끌어내리기만 했던-그 자체로써 절대 용서 못할 철천지원수인 그 양면의 돈이, 쭉정이 백수 때를 한풀 벗겨줬다. 이달 말경에는 근무 일수에 따른 첫 급료가 들어올 예정이다.

　대면시간이 맞지 않아 전화상으로 합의본대로 집배원이 맡겼다는 동네우체국을 퇴근길에 들러 한통의 우편물을 받아들었다. 집에 돌아왔다. 알이 밴 종아리 피로를 풀 겸 등받이 회전의자에 눌러앉아 잠시 쉰 후 우편물을 개봉했다. 서울남부지방법원에서 특별송달로 보낸 우편물은, 1차 해외금융사기 건 결과보고서 아닌, 채권자 OO카드사에서 전자로 올린 소송 건이었다.

　'지급명령서' 큰 글귀의 제목 아래로 청구금액 12,666,773원이 적혀있었다. 그 세부 내용은 다음과 같다.

　'위 금액 중 196,750원에 대하여는 20xx/08/08부터 다 갚는 날까지 연16%, 금742,500원에 대하여는 20xx/08/08부터 다 갚는 날까지 1,210,917에 대하여는 20xx/08/08부터 다 갚는 날까지 연24%, 금10,299,046원에 대하여는 20xx/08/08부터 다 갚는 날까지 연 18,9%의 각 비율에 의한 지연 손해금'

　*독촉절차 비용 66,600원(내역:송달료 61,200원, 인지액 5,400원) '청구 취지는 원인 별지와 같다. 채무자는 채권자에게 별지 청구취지 기재의 금액을 지급 하라. 별지 독촉절차 비용은 채무자가 부담한다.'

　매우 기분 나쁜 짜릿한 충격이 머리서부터 발끝까지 전류로 흘렀다. 그동안 비대면 통신으로 치른 뜻밖의 경험으로 미뤄 손해를 절대 안 보려는 카드사의 집념은, 잡초 따위 말려 죽이는 일은 문제도 아님을 절실히 깨달았다. 다른 사람이 경험한 사례를 든 가령이나, 당사자 입장은-초등생일지라도 사정 봐주지 않고 깔아뭉개고-어디든, 어느 장소든 마구 들이닥치는 채권자들의 끈질긴 추적의 발이 밟고 지나간 장소는, 풀 죽은 맨 땅만이 남는다는 것이다. 빚쟁이들이 그들의 손아귀에 잡히지 않으려 주체를 잃고, 도망치거나 극단적 선택을 하는 예는 흔한 현상이 되어버렸다.

사람은 남녀노소를 망론하고, 제 눈에 좋다싶은 물건이면 당장 훔치고 싶다는 심리부터 키운다. 일종에 자신을 속이는 가면 짓이다. 경제사정이 굉장히 어려운 최상위자일수록, 이 유혹의 강도는 더욱 세차 보는 눈이 없다 싶으면, 손부터 뻗어 집어든 그 물건을 재빨리 주머니에 넣는다.

시간을 효과적으로 활용하지 못하는 가난 자체는 인화된 죄가 아니라 하나, 남몰래 움츠려 들게 하는 절규의 빚더미는 분명 바른 성장에 해악을 끼치는 환경 병이다. 한 닢의 동전도 놓칠 새라 꼭꼭 움켜쥐는 가난한 삶에는, 몸 빠지는 수렁이 많다. 심장박동을 팔아서라도, 그 거미줄 시험에 걸려들지 않으려, 눈물을 머금고 발버둥 친다. 부자의 지척에라도 다가가고 싶어 안달 쓰는 가난은, 어쩌면 기품을 잃고 사는 구걸인지 모른다.

국가에서 경제적 함정에 빠진 이런 사람들만을 대상한 구제정책 무엇인지 알 도리 없으나, 요즘 정치권에서 화두로 내비친 기본소득 권 제도를 그들은 학수로 고대하고 있다. 취약계층의 한 시민으로서는 한 푼 날아갈 사안일 수 있겠으나, 국가차원에서 만일 기본소득 제를 활성화한다면 발생되는 문제점은, 근로의욕을 저하시킬 수 있다는 우려이다.

기본소득만을 믿고 아무런 일을 하지 않는다면, 물론 국가의 장래전망은 당연히 어두울 수밖에 없다. 이 보완 책으로 한 경제전문가의 말처럼 공통소득 안이 답일 수 있다. 그의 구체적 공론은 공통소득 제(생활에 필요한 소득보다 약간 낮은 수준의 소득) 자체로 균형재정을 이루면서, 기존의 복지예산과 저소득층 지원을 공통소득 제로 해결해 보자는 제안이다.

'채무자는 이 명령이 송달된 날부터 2주일 이내에 이의신청을 할 수 있다. 채무자가 위 기간 이내에 이의 신청서를 제출하지 않으면, 이 지급명령은 확정판결과 같은 효력을 가집니다.'

바로 오늘이 이의신청 마감일이다. 오늘밤 자정을 넘기면, 카드사 측에서는 등에 업은 법을 앞세워 언제든 기습공격을 할 수 있다. 상대적인 만큼 이성적으로 당사자에게 사전통지는 하겠으나, 시간표대로 압류절차를 시작할 수 있다는 뜻이다.

철진은, 그동안 인터넷에 경험사례를 올린 타인들의 이의 신청서를 참고삼아 나름의 문구를 구상했었다. 우편물을 보낸 여성법원 주사와도 몇 차례 전화통화를 나누면서, 피해를 줄이는 범위 내에서 집행을 피할 구실을 나름 모색하기도 했었다.

법원주사의 사무적인 건조한 형식적 답변은 매양 똑같았다. 기한 내 이의신청이 접수되지 않으면, 이유 불문하고 법이 허용한 집행을 밟게 된다는 것이었다. 도리가 없어 보인다. 다른 경로를 알아봐야 할 것 같다. 그는, 함정에 빠져들지 않을 묘수를 여러 경로로 찾고 찾다, 신용회복위원회에 전화를 걸어 오후 4시로 상담일정을 급하게 잡았다. 앞전에 예약해둔 일정을 크게 당긴 시간 합의였다.

'빚으로 대신할-돈이 될 만한 값나갈 살림도구 하나 없이 구차한 지하방 뒤져봤자 실망할 것이 뻔하다할지라도, 우락부락한 인상대로 들이닥치자마자 도망치지 못하도록 멱살부터 움켜 쥘 두셋의 건장한 체구들의 구둣발에 짓밟히게 하고 싶지는 않다.'

철진은, 이런 생각을 골똘히 굴리면서 턱뼈가 새겨지도록 어금니를 욱 물었다. 역시 전날처럼 한층 절반을 쓰는 6층 신용회복위원회 분위기는 한산했다. 곧바로 상담창구에 마주 앉을 수 있었다. 상담자는, 인상이 시원한 곱슬머리 삼십대 중반쯤의 남성이었다. 철진은, 법원에서 연체금 지급명령서 우편물을 받았다는 말부터 건넸다. 직원은, 상담자 주민번호로 연 금융연계 확인을 거친 두 눈을 컴퓨터화면에서 상담자에게로 세웠다.

"빚이 많네요."

직원의 은근한 말속에는 졸음기운이 정도껏 실려 있었다. 책상머리 직장인들이 겪는 노근한 오후 녘 환경의 영향 탓이다. 이 무렵 시간 때면 개별 성향에 따라, 잔신경거리에도 귀찮다는 짜증을 본의 아니게 드러내기도 한다.

"네, 매끼마다 밥을 먹여 달라는 목구멍에 거미줄 치게 할 수 없어서, 그때그때 빼 쓴 것이 그만 피눈물 쏟게 하는 덫이 되고 말았습니다."

"지금 하시는 일 무엇입니까?"

"자활근로 하고 있습니다."

"기초생활수급자세요?"

"네."

"이일 하신지 얼마나 됐습니까?"

"한 달을 갓 넘기고 있습니다."

철진은, 앞으로 돈을 갚아 나가야 할 전망의 유·불리를 전혀 따져보지 않고, 당면의 처지를 깍듯한 존대로 솔직하게 풀어냈다. 내세울 것 하나 없는 자존심 따위는 내던지고, 위급에 몰린 법원의 지급명령서 피할 해법에만 오로지 매달렸다.

수긍했다는 뜻을 고개 끄덕임으로 나타낸 아들뻘 직원은, 곧바로 왼손 오른손을 동시에 쓰는 겸낌내기로 자판기 두드리는 업무처리에 들어갔다. 직원은 잠시 후 복사용지 한 장을 내밀었다. 채무조정 신청 접수증이었다. 짧은 문구를 대충 숙지한 철진은, 신청비 면제 부분 란을 특히 눈여겼다. 크든 작든 돈 쓸 일이 생기지 않았다는 반가움이 위안을 안겨줬다.

'*김철진 님은 예납금豫納金 납입대상이 아닙니다.*'

그 아래 다음 문구는 아리송하게 생소하여 당장 이해가 와닿지는 않았으나, 대략적 해석으로 약속 기한 전에 미리 예탁해야 하는 돈이란 뜻이 아닐까 싶다. 직원은, 이어 넉 장 분량의 인쇄물을 투명칸막이 하단 구멍을 통해 창구 밖으로 떠밀었다. 채무조정에 따른 유의사항이었다. 장수마다 꽉 채워진 많은 양의 글귀라 시간이 걸리는 내용이었다. 파리하게 지친 육신과, 수분 부족의 메마른 건조에 잠긴 정신적 피로감으로 당장 숙지하는 것이 힘들게 부담스러워진 철진은, 분량만 대충 넘겨보고 턱 따라 자연적으로 쳐든 시선을 직원에게 던졌다.

"이거 저도 받아 볼 수 있습니까?"

"드릴 겁니다."

철진은, 머리를 끄덕이고 맨 하단에 서명을 남겼다. 이틀 후 카드사 측에서 전화문자 한 통을 보냈다. 그러나 철진은, 신용회복에 채무조정을 일임해둔 사실을 모르고, 또 독촉인 줄로만 알고, 내용을 한 자도 읽지 않고 이내 삭제를 눌러 지워버렸다. 절대 취약자의 시름을 덜어주기는커녕, 되레 잠 못 이루도록 괴롭히는 행태에 보낸 암묵의 비난이었다.

'가난의 일차 인격모독은 멸시이다. 불황의 불균형 선을 긋지 마라. 경계도 세우지 마라. 하나를 둘로 가르는 분열 난 원치 않는다.'

철진은, 자신에게 힘을 불어넣는 미소를 동화처럼 지어냈다. 동시에 베일에 싸인 의미는 하나의 연결고리에 닿아 있다는 좀 난해한 생각을 끄집어 올렸다.

제3장

-중립의 침묵-

"이모에게 갓난아기의 양육을 맡기겠다."

심리학자인 진용훈은, 일순 미간을 좁히면서 가느다란 눈썹을 기치旗幟로 세웠다. 가없이 애처하다는 표정이었다.

"네, 직장에 매인 몸이라, 도저히 아이를 안고만 있을 수가 없었어요."

앞 포대기에 감싸여 애송이 엄마가슴에 안겨 있는 젖퉁이 아기는 사내이다. 양볼 살이 포동하고 균형이 뚜렷한 검은 두 눈매는, 티 없이 깨끗하게 맑다. 몸집 작은 그 젖퉁이를 등을 붙인 의자에 앉은 장난기 자세로 두 다리로 받쳐 안고 수시로 어르고 달래는 엄마는, 철부지 기운이 역력한 19세 나이이다. 학력으로 따진다면, 고등학교를 갓 졸업했을 풋내기이다. 투표권을 갓 취득했을, 행위무능력 년대를 막 벗었을 그 영악한 숙맥의 나이로 파수破水를 열어 사내아이를 낳았단다. 치킨배달원인 한살 연상의 곱슬머리 남자와 단번에 불꽃 튀는 눈이 맞은 그 피시방 뒷문계단, 냉기 피는 차가운 대리석바닥에 신문지 한 장만 고작 깐 위에서 한껏 달아오른 육체를 태우는 선을 넘고 낳게 된 그 신생아란다.

다행은, 청년 측에서 아빠노릇을 그럭저럭 하고 있다는 안심이다. 자신은 동네슈퍼에서 초보단계를 막 벗은 막내직원으로 근무하고 있단다. 호적을 파가라며 서슬 퍼런 몽둥이 들고 집 바깥까지 쫓아 나온 천둥의 격노로 동거를 극구 반대했다는 양측 부모와는 연을 끊다시피 하고, 저희들의 힘으로 가정을 세우려는 진면이 참으로 기특하기까지 하다.

소박한 자태가 아름답게 귀여워 첫 대면 시 싹수가 노란 타는 부정부터 떠올리며 정중을 흩트렸던 심금 상태가, 지금은 인정이 넘쳐흐르는 여유의 기분에 젖어 있다. 편치 못하게 떨게 했던 지레 걱정거리 따위 싹 거둬지고, 너희들의 장래를 축복하고 싶다는 소소한 애정이 불타오르고 있다. 또 한편으로는 심리적 불안의 요인인 블루코로나 유행으로, 인구감소 추세가 두드러지게 나타나고 있는 요즘 시대에 비쳐볼 때, 실로 소중한 한 생명이 아닐 수 없다.

용훈은, 이런 생각들을 꿈결의 동화처럼 이어가면서 유의미한 미소를 흘렸다. 일을 저지르고만 섣부른 불장난은 화살의 비난을 감수해야 하는 큰 고통이다. 골격의 이성을 갖췄다는 어른들도 숨겨둔 연인과의 간통이 탄로 나면, 뭇매의 시선들이 두려워 몸부터 사리며 숨어들지 않는가.

사실 관습에 굳어진 사회는, 편견의 기반으로 형성되어 있다 해도 과언이 아니다. 나이 어린 남녀아이들의 이른 성교를, 가정교육 잘못 받은 비행이라며, 무작정 지옥의 자식으로 차버리는 매도가 그 예이다. 성경에서 소개되는 하나님도 눈에 거슬린 악인에게 내리는 징벌이 끔찍하리만치 가혹하지 않았던가(창 38:7~10.죽은 형의 아내인 형수와 대를 잇는 동침 중 그 씨를 땅에 설정한 죄목으로 죽은 오난). 생명을 지닌 인격대우를 않고, 일방적 죄인으로만 낮춰봤기 때문이다.

용훈은, 내심 겁을 살짝 머금고 있는 새파란 안색의 이면으로, 겪어보지 못 했을 과도한 상업화의 물결로 신변위협이 높은 거친 세파를 과연 헤쳐나갈 의지가 있는지를 잠자코 헤아린다. 언제나 그렇지만, 남의 인생을 이론 체계인 학문의 식견을 앞세운 판단은 금물로 해야 하는 게 정설이다. 지성의 학문보다, 영적계시로 예언을 내는 신통神通의 점쟁이나 박수무당이 아닌 이상, 피조의 미완성 실수를 얼마든지 낳을 수 있기 때문이다. 임의적 해석은 자의적 판단이지, 넓은 의미의 공적선행은 결코 아니다.

정서적 교류로 인격을 형성하는 아이들에게는, 골격이 굳어가는 만큼의 성장 통이 있다. 그 아픔의 과정은 환경지배의 영향을 크게 받는다. 여기서 방향의 기로가 갈리는데, 목적이 분명한 의지파는 계발의 연마를 거듭 다져 마침내 정상에 서게 되나, 세상을 먹고 사는 무대로만 삼는 미시 자는 땅만 내려다보며 걷다 늙어버린다. 인생은 남이 돼보는 배우의 흠모에서 출발한다. 즉, 남이 하는 행동을 먼저 보고 배우면서 다양한 방식의 존립을 키운다.

"나의 걱정 단 한마디는 그 양육 위임으로 오늘은 편할 수 있겠으나, 장차 아이 정서에 친엄마 아닌 이모 입김의 성향이 입혀지면 어쩌려고요?"

입가에 조용한 미소를 머금음 표면대로, 아주 듣기 좋은 저음 성대로 속 깊은 대답을 낸 용훈의 이 말의 배후는, 과거 사례가 있기 때문이다.

세 아이 엄마는, 직장 일에 좇기는 동생을 대신하여 조카 양육을 맡게 된다. 온종일 뼛골 빠지게 아기를 돌봐줘도 좋은 소리 듣지 못하는 게 한 핏줄 사이이다. 신세진다는 생각은 아예 않고, 당연하게 여기기 때문이다. 아이가 엄마 품에 안기지 않고, 유별나게 아이를 좋아해서 돌봐준다는 오해를 사게 된 궁지에 몰린 언니의 치맛자락만을 붙좇는다는 불평을 본데거리로 늘어놓으면서 교육부재를 탓한다. 이 강도가 세지면 골육지친의 자매간일지라도, 감정이 얽히는 앙금의 골은 생겨나기 십상이다.

아이는 피부접촉이 잦은 어른을 엄마로 따르는 성향이 있다. 어쩌다 놀아주는 잔정의 친엄마를 바라보는 샛별눈은 낯선 사람 취급으로 마지못해 허벅지에 허룩하게 걸터앉기는 하나, 솔직히 엄마로의 인정은 아니다. 이 무렵이면 동생의 구시렁거리는 눈치는 미움으로 가득 차인다. 시샘이 많은 여자의 성질상, 얻는 것 없이 빼앗긴다는 긴장의 핏발이 서면 용서를 잃게 된다. 그래서 나는 네 엄마, 너는 내 아들로 맺어진 관계를 보다 친밀하게 다지려면, 가급적 아이와 피부접촉의 온기를 나누는 시간을 충분히 가지라는 말을 들려주고 싶다.

"생활형편이 넉넉하지 않아 아기만 안고 있을 수 없다는 현실 잘 이해하고 있어요. 그러나 좀 어려운 말로 운명은 개척이에요. 나의 노력으로 내가 주인공이 되는 세상을 만들고 싶죠? 그렇다면 주의할 점은, 꿈꾸는 미래세상은 누가 안겨주지 않는다는 거예요. 둘러싸인 환경 여건상 힘들겠지만, 아들만은 모성애로 키우겠다는 의지를 식히지 말았으면 해요. 어쩔 수 없는 잠깐이라도 친엄마라는 인식을 심어주는 것이 중요하니까요. 또한, 물질로 아이를 키우겠다는 욕망은 되도록이면 버리도록 해요. 자유분방으로 풀린 아이는 낭비 버릇으로 부모 속을 태우는 경우가 잦으니까요."

"전 좋은 엄마가 되고 싶어요. 그러나 아이를 좋은 환경에서 키우려면 돈을 벌어야 해요."

경제력을 갖춰야 삶의 질이 높아진다는 사회 외침의 흐름을 그대로 인용한 입매가 야무지다. 그 한편으로는 풍선이 터질 때까지, 입 바람을 불어 넣어야 비로소 진성이 풀린다는 유형이라 해야 할까? 한창 신나게 떠들고 놀 사춘기 나이인데, 일찌감치 아기엄마가 돼서 그런가? 그 나이에 어울리지 않게 훌쩍 커버린 어른처럼, 화장기 없는 안색이 늘쩍지근하다. 피부맥박은 탄력 넘치게 싱싱하나, 꾸미지 않은 대충 차림-대략 오십 킬로 미만일 체중 무게가 이를 더욱 뒷받침하고 있다.

"좋은 엄마의 기준 알고는 있나요?"

"직장 동료 중에 사십대 주부님이 계셔요. 틈만 나면 책장을 펼치거나, 그림에도 취미를 가져서 그런지 성품이 얌전하게 좋으신 분이셔요. 그분께서 '나다운 나의 주인으로 살아가는 것이 아이에게 든든한 엄마다.'라는 일깨움을 줬어요."

"훌륭하신 분이네요. 그분께서 일깨움 주신대로 삶의 방향 그리 정했나요?"

"오늘의 제 구차한 형편 이름 없는 연약한 들풀과 같으나, 그 자리에도 태양빛이 비춘다면, 전 아이를 위해서라면 어떤 희생도 감수하기로 마음을 먹었습니다."

"결의는 항상 유지되는 것이 아니라, 시간 환경에 따라서 모양새가 이지러지는 달처럼 언제든 바뀔 수 있는 데도요?"

갑자기 손아름의 안색에 영문 모를 근심의 그림자가 후줄근히 드리워졌다. 아랫입술을 드러낸 앞니로 욱 물고 내리깐 눈질로, 좀처럼 가만히 있지를 못하는 아기의 오른손을 꼭 쥔다.

"아이아빠가 걱정되기는 해요. 언제든 제 곁을 떠나려고만 하거든요."

"아이 키우는데 들어갈 비용 부담이 너무 커서 무서워 그럴 거예요."

"그 불안의 진정 해답을 전문가 분으로부터 들으려 상담신청을 올린 겁니다."

조급하게 매달리는 눈매가 악착하다. 뭐가 뭔지 잡히지 않는다는 어지러운 망상도 한 몫 거들었다.

"아이아빠를 찍어 눌러서라도 마음을 붙들 수 있도록 도와주세요."

"경제적 열등에서 비롯된 문제이니, 경제적 개가로 풀어야 마땅하나, 그 능력이 바닥이니 저부터 속상하지요?"

"네, 제 편에서 아이아빠 밀어줄 힘이 없으니, 맨날 도망치며 어떡하나 조바심에 떨곤 해요."

결격이 서린 눈빛이 순간 여리게 떨렸다. 차도로 야산이 두 쪽으로 갈린 그 양면의 시뻘건 단에로도 보인 그 흙빛의 차가운 독기. 떼려야 뗄 수 없게 된 운명의 한 남자를 놓치고 싶지 않다며, 맵싸하게 꼬나 박는 절규. 미성숙한 여림이 아니라, 자유 시장 경제체제 사회성이 뭔지 모르고, 그저 손을 뻗어 돈이 되는 그 무엇이든 쥐어보려는 어린엄마의 기름진 강인한 정신력이다.

용훈은, 말없이 견뎌야 하는 연대 간극의 경계를 부각시킨다. 나의 중심으로만 보면 다른 사람의 입장을 이해하지 못한다는 경우를 우려하는 상호작용이다. 상담 소재의 실체는 내담자의 처지에 맞추어지는 해답이어야 한다는 것이다. 그렇지 않으면, 시간과 돈을 낭비했다는 비활성의 반응으로 돌려받게 된다.

너에게는 어떤 한계도 없다고는 하나, 나다운 나 자신으로 살아가기가 심히 벅찬 야수시대이다. 우선의 전제는, 물질만능이 회오리를 불러일으킨 자본주의 병폐의 회한이다. 푸른 놀이의 영혼이 메마른 건천을 보는 것 같이-머리 위로 둥둥 떠다니는 공기먼지 보는 듯이-희뿌연 현상을 겪는다. 도대체 생명다운 생물이 안 보인다.

"비현실인 벼락의 큰돈을 바라보기보다 지금의 내가 할 수 있는 것이 무엇인지 생각부터 갖추는 것이 순서라고 봐요. 예를 들자면, 젊음의 한창 기세엔 안 맞을 수 있는......나만 바라보고 한눈 팔지 마 욕구가 어느 정도인지, 자신을 유심有心으로 점검해 보라는 거예요.

첫 머리글만으로 어림을 잡았다며 그 아래 설명문을 대충 흝어보거나 건너뛰는 사람의 성질은, 눈여겨보는 인내가 제멋대로라, 중요한 내용을 놓치는 우愚를 자주 범해요. 싫증내기가 급물살이라, 한곳 집중이 약하다는 뜻이에요. 이런 친구를 환장의 돈으로 붙들어보겠다.....? 그 감미의 뒷맛이 사람을 죽이는 독이라면 어쩌려고요? 제복이 될 성 싶지 않으니 포기하고 대신 10년 후 설계 책으로 공부를 시켜 봐요."

"공부요.....?"

손아름이 두 눈을 부릅 뜨고 단발을 세차게 흔들면서 되물었다.

"얘 아빠는 공부에는 넌더리부터 치기에 고등학교를 때려 치웠거든요."

"부모의 사랑을 제대로 받지 못 하고 성장한 사람은, 산만하여, 위함의 주체가 뒤죽박죽일 수 있어요. 우선, 이 성격부터 정심으로 잡아 줘야, 천금이든 만금이든 경각심을 갖고 올바르게 쓸 줄 알게 돼요. 선택은 자유이나, 당장 보이는 것에 오금을 박기보다, 인생의 배움 과정인 미래투자에 뜻을 모아 봐요."

"선생님 말씀이 귀에 쏙쏙 들어와 그에 맞추어진 열정이 일시로 일긴 합니다. 그러나 강아지도 아닌.....자칭 똑똑한 고등인간이라고 떠버리는 사람을 제가 어떻게 제어로 눌러 다룰 수 있겠습니까? 전 절대 못합니다. 동태눈알의 싸움거리만 잦아질 뿐이에요"

"그 강아지가 고분고분 내 품에 안기기를 바란다면, 밥을 잘 먹이고 머리를 자주 쓰다듬어 줘야 해요. 만족을 잃고, 내 기준의 의도를 깐 기氣만을 잡겠다며 바가지 긁는 트집부터 퍼붓는다면, 어느 누가 순순히 말을 듣겠어요. 역이지만, 오랜 싸움에는 두 편 다 나쁜 사람으로 몰아넣는다는 거예요. 이해됐나요?"

영이 신령한 예언자처럼 집안 사정의 실상을 들려준 할아버지뻘 정신건강 심리사에게 새삼 탄복한 손아름은, 치장 않은 맨얼굴의 고개를 끄덕이며 침묵에 잠긴다. 때마침 포대기에 감싸인 아기가 엄마의 관심을 뺏는 빌미를 제공했다. 졸리는지 샛별눈을 자꾸 내리감으며, 엄마의 손길을 불러들였다. 성인의 문턱 직전에 선 앳된 엄마는, 앙증맞은 코 아래로 절로 늦추어진 흰색마스크를 비로소 인식하고 정상으로 끌어올린 반대로,

내리깐 눈길의 손길로 아기를 토닥토닥 달래기 시작한다.

잠이든 아기를 아름으로 안고 의자에서 일어난 엄마는, 인사를 남기고 등을 돌렸다. 선심 띄운 표정으로 미뤄 전혀 돌아보지 않아 풀이 무성한 밭을 갈아엎은 듯이 가슴을 온통 헤집은-잔 돌멩이 걸러내며 토질에 맞는 씨를 뿌려보겠다는 용트림 혜안에는 반가움이 크나, 그와 동시에 경험이 전무 한-체계 없는 자신의 역량으로는 실행이 쉽지 않을 것 같다는 분위기이다. 콩 줄기는 콩밭에 심겨져 있어야 잡초 아닌 식욕거리 곡물로 인정받는 법이다.

용훈이, 운감 밝은 엷은 미소를 입가에 매달고, 회전의자에서 막 몸을 세울 즈음에 진동으로 돌려둔 휴대전화기 벨이 울렸다. 그는, 손님이 문을 나서기까지 기다렸다 다시금 의자에 등을 붙이면서, 난 화분 놓인 책상 위에서 저 혼자 떨며 구르는 전화기를 집어 들었다. 발신자 이름은 초등학교동창 최구성이다.

"응, 그래 나다."

용훈은, 신경 쓰지 않는다는 어투로 가볍게 응대했다.

"웬일이니? 잘 지내고 있는 거지?"

"볼 장 다 봤다. 신물이 날 지경이라, 사업장 문 닫을까 고민 중이다."

말을 끊어 잇는 전화기 저편의 목청은, 말 그대로 수기水氣가 메말랐다.

"넌 어떠니? 일감 끊이지 않았니?"

"나도 힘들다. 코로나 대유행으로 살 소망 끊긴 사람들 퍽 늘어났을 터인데, 그 손님들 대체 어디서 빛 잃은 캄캄한 응어리 푸는지 비대면 수도 거의 실종 상태다."

"너도 나도 죽는 소리뿐이로구나. 하긴, 경기가 스러진 나무 비 맞는 꼴로 가라앉았으니, 어느 누가 신이 나겠어. 새순이 안 보여요."

"누구나 겪는 환경 고통이다."

"우리 기억에 남아있는 언덕지대 보릿고개 다시 넘는 심정이다. 나무껍질과 초근목피도 목숨부지의 양식이라며 꾸역꾸역 목줄로 밀어 넣고, 심한 변비로 항문을 찢는 고충을 감수해야 했던 그 춘궁기春窮期 시절 말이다."

"명아주 풀을 메주된장 찍어 허기를 달래기도 했던 그때의 먹을거리는 그뿐이었지. 시간 개념을 잃게 한.....무조건 남보다 더 일하자 표어를 뇌리에 박아두고, 꼭두새벽에 일어나게 하는 근력이었지. 코로나가 국가전반에 끼친 경기침체 보통 심각한 게 아니나, 현대 기준에 맞추어서 한번 돌이켜 보자.

오늘날 쇼설미디어에 잔뜩 취한 전 세계인들.....원래 종교축제로 출발한 핼러윈 파티를 변질시켜, 오늘날 젊은이들의 소음장인 된 그 고막 찢는 재주부리 대중놀이를 잠시라도 즐기지 못하면, 죽음에 다다른 중병에 걸리기라도 한양 안절부절 떨지 않는가. 어떤 문제이든 깊이 파고 들면 성하지 않는 게 뭐 있겠는가마는, 어느 평민은 모임 파하고 집안 식구들 간에도 마스크 써야 한다는 정부지침을 이렇게 해석하데.....병균이 득실거리는 비말 욕 줄이고, 절제를 배우는 시간이라고 말이야."

용훈은, 슬슬 밀려드는 심리위축의 무료감을 달래려 말이 길어지는 입을 잠시 다물고, 생각정리에 들어간다. 코로나는 개점휴업이나 다를 바 없는 한산을 불러들였다. 그래서 집합금지령이 한층 강화된 사회 분위기상 더는 손님이 올 것 같지 않다. 손님이 넘쳐났던 전성기 때 11명까지 뒀던 정규직원 수, 일 년 새 업무를 보조해주면서 전화상담도 병행하는 여직원 한 명만을 쓰고 있는 실정이다.

"아무래도 얘기가 길어질 것 같은데 시간 어떠냐?"

"백수나 다름없어 시간은 남아돈다."

"잘됐다. 기다리고 있을 테니 이리로 와라."

"기대한 바다. 알았다. 30분 후에 보자."

용훈은, 상담실내부가 들여다보이는 유리벽 문을 밀어열고, 정중앙에 원목수납장 하나만을 배치한 복도로 나왔다. 330,579㎡ 너비의 공간을 7호실로 나눈 구조이다. 그러나 전반적 불경기로, 방마다 전등이 꺼져 있다.

유일한 직원인 한영숙은, 우측 벽면 TV로 일류가수를 꿈꾸는 후보자들 간에 노래경쟁을 벌이는 지상파 방송을 시청하고 있던 고개를 냉큼 돌렸다. 방영 프로그램이 재미있는지, 진종일 하릴 없이 손님만 기다리는 하품 기운 온데간데없이 기색이 생생하게 화사하다. 정 복판 가르마 두피 선이 선명한 양편에서 갈린 긴 머릿결이 어깨춤까지 닿아있다. 이년 전 이맘 때, 중소

기업에 다니는 그 직원 편에서는 늦장가인, 일곱 살 차 39세 남자와 결혼하여 2살배기 사내아기를 둔 새내기 엄마이다. 그 아기가 엄마의 숨결을 세세히 듣는 젖을 빨며 재롱을 부리다 잠들 곤 했을, 그 두 거유가 긴소매 회색원피스 위로 잔뜩 부풀어 올라있다. 평범한 인상의 특이는, 초생 달 모양의 눈썹이 검게 짙으면서 콧등이 낮다는 것이다.

"한 선생, 차를 준비해 줘야겠어."

한 공간 근무시간에 한해 호흡을 함께 하는 영숙은, 말없이 등받이 방석의자에서 일어나 책상머리를 벗어나와 주방용도로 도 쓰이는 수돗가 앞에 섰다. 그 머리 위로 찬장과 한 세트인 찻잔 장이 있다. 손잡이 머그컵과 도자기커피 잔 외의 찻잔들을 뒤엎어 둔 선반이다. 그 우측으로는, 각 이름이 붙은 다양한 종류의 차 용기들이 가지런히 놓여있다. 녹차·백차·황차·홍차·청차·흑 차, 이른바 6대 다류 차로 불리는 차들이다. 취향이 제각기 다른 손님들 대접을 위해 준비해둔 기호식품이다.

제자리로 돌아온 용훈은, 팔걸이에 댄 팔 끝의 주먹손으로 턱을 괴고 시간을 기다린다. 생각은 자연스럽게 곧 보게 될 최구성에게로 모아졌다.

포도밭주인의 2남3여 오남매 중 맏아들인 그는, 신체적으로 생기가 약한 눈매성질을 가지고 있다. 행동하는 성질은, 냄비근성이라 열정을 빨리 식히는 타입이다. 공부보다 놀기를 좋아했던 그의 별명은 땅강아지이다. 땅강아지(맨제기)는 물론이고, 헐랭이(오른발 왼발 번갈아 사용)와 어지자지(양발차기) 제기놀이를 주특기로 잘 했던 그가 용훈에게 보내는 칭찬 말은, 번듯하게 출세한 주인공이다.

고등학교 2학년 때 구성과 용훈은, 나라 전체가 문 닫고 쉬는 추석명절에, 동네에서 한참 먼 산림 초입지에 위치한 야외수영장 인근으로 놀러간 적이 있다. 여기저기서 들려오는 아이들의 폭죽 소리는, 개울물 흐르는 산중에서도 마찬가지로 시끄러웠다. 주머니에 폭죽을 넣어둔 솜털얼굴의 두 친구는, 입새가지 무성한 늘 푸른 소나무뒤편-큰 바위 굴곡 안에서 서로 부둥켜안고, 달콤한 연애에 빠진 두 성인남녀를 어섯눈으로 발견했다. 순간, 장난기가 발동된 두 학생은, 뜻을 묻는 웃음을 교환하고, 타고 오른 그 자락 뒤편에서 성냥불을 붙인 폭죽을 그 방향으로 내던지자마자 재빨리 낮춘 신체를 가렸다. 맑은 공중에서 난데없이 펑 터진 날벼락 폭죽에 소스라치게 놀라 자빠진 두 남녀는, 행복한 향연의 시간을 서둘러 접고 매무새를 고치며 자리를 떴다.

최구성은, 삼수를 끝으로 대학의 꿈을 영영 포기하고 말았다. 그러면서 남아도는 시간을 동네에서 껄렁한 아이들로 불리는 몇 명과 어울렸다. 그는, 담배를 피면서 대마연기도 곧잘 내뿜었다. 가출하여 쉽게 끌어들일 수 있는-소아성애 대상인 중고 생계집들과 집단생활을 하면서 문란한 성욕을 해소했을 뿐만 아니라, 술기운을 빈 패싸움도 자주 벌였다. 당연히 집안에서는 "네놈 때문에 동네 마실 다니기 민망하니, 속 아닌 겉만 낳은 호적파가라. 공돌이로 썩을 놈아, 너 언제 뒈져 죽을 거니?"라고 깔아뭉개는 능멸의 욕설을 귀 따갑게 들어야 했었다.

불뚝골과는 거리가 먼 불량기질자는, 사회질서의 파괴범들이다. 인식의 방향이 그날그날의 쾌락에만 쏠렸기에, 가해로 입힌 생명의 고통을 되레 즐기는 편이다. 비행을 일삼은 최구성 일당은, 경찰조사를 수차례 받았다. 그러나 어찌된 영문인지-사람들의 범행을 다루는 법들도 모든 현실을 다 담을 수 없다는 증언인지-그때마다 수갑 채워지는 운명은 면했다. 회갑을 훌쩍 넘긴 나이에 들어서서 비로소 손자손녀들에게 어른 된 위상 점잖아야 한다며-철모르고 재밋거리로 껄떡거렸던-낯짝 쳐들기 부끄러운 그 지랄방정의 짓거리-희끗희끗해진 제 머리카락 아무리 쥐어뜯어도 뽑히지 않는 그 과거 회개의 몸태질로-그 시절의 반항을 털어서 잊겠다는 속죄차원에서 교회를 다닌다고는 하나, 학습기간이 짧은 탓에 그 억양은 여전히 난잡하기 그지없다. 신앙을 말하거나 집안 내막을 들려주는 어설픈 목청은, 아직도 인성회복이 덜 됐다는 인상을 풍겼다. 이 배후의 이력 때문인지, 전화기 너머 낭하廊下 같은 구성의 성대는, 기분이 찌푸려질 정도로 좋지 않게 가슴을 후볐다.

체구가 작으면서 마른 듯이 호리한 최구성은, 인적이 끊겨 서늘한 기류가 피부로 와 닿는 실내로 발을 들였다. 앞서 두 차례 본 사무직원이 자리에서 일어나며 반겨 맞았다. 그녀는, 이내 손님을 원장실로 안내했다. 용훈은, 몸을 일으킨 회전의자를 다리목으로 뒤로 밀치고, 책상 너머로 주먹손을 내밀었다.

까칠한 웃음을 만면에 머금은 최구성도, 같은 동작으로 친구의 인사를 맞받았다.

소파로 내려온 용훈은, 다음 말을 기다리는 이방인처럼 우두커니 서 있는 동창에게 자리를 권했다. 테이블을 사이에 두고 마주 앉은 두 친구는, 질병대란은 마침내 미국대통령까지 확진자로 격리시킨 코로나19 이야기부터 입에 담았다. 신종바이러스의 영향력이 너무 광대하여 속 뒤집히는 파탄 피해를 크게 입고 있는 형편의 걱정을 화두로 꺼낸 것이다.

노크에 이어 출입문이 조용히 열렸다. 김이 피는 쌍화차 두 잔을 흰색쟁반에 받쳐 든 한영숙이었다.

"그래, 피해가 얼마나 크냐?"

용훈이 자신의 시련이기도한 코로나비상사태를 에둘러 들추었다.

"맹렬한 기세에 휘청거리는 현상 나뿐이 아니겠지만, 정말 세 빠지게 힘들다."

반년 사이 그새 살이 빠진 건지, 숱 적은 머리뼈를 구성하는 마름모꼴의 광대(관골觀骨)뼈가 솟아 오른 안색 핏기가 마르듯 푸석한 최구성의 낯빛은 매롱하다. 속 타는 세월을 보낸다는 증언이다.

"한계에 다다랐다. 유동인구가 많은 번화가라 손님 끊길 날 없겠다 싶었는데, 웬걸 하나 같이 굶기로 작심했는지, 쌓아둔 식자재 말라가는 꼴 정말 못 보겠더라. 배알이 꼴리는 건 배 곯게 된 소상공인들은 죽어가는 몸뚱이를 횃불로 삼으려 해도, 정부정책은 생계비로 얼마씩 소분으로 줄 터이니 먹고 떨어지라는 개똥 취급이라는 거야. 우리가 뭘 잘못했기에 그깟 전염병에 문을 닫아야 하는지, 혀가 말려 말이 안 나올 지경이다."

"세상이 캄캄한 거 나도 마찬가지다. 세상이 온통⋯⋯영혼이 어둠 속에서 헤매고 있다."

용훈은, 듣게 된 흥분 말에 덩달아 수입이 퍽 줄어 운영이 어렵게 된 속병의 감정을 인위적 가면으로 애써 다스리며 태연을 꾸몄다. 솔직히 정신을 가다듬지 못할 정도로 여러 모로 힘든 상황에 직면해 있다. 행복하지가 않다. 아프고 싶을 정도로 쓰리고 쓰린 고독이다. 이대로라면 얼마나 버틸지 감이 안 잡힐 지경이다. 늙은이 몸속에 채워뒀다는, 참고 견디는 습성도

소용없이-코로나19 예방을 대대적으로 앞세운 이면으로, 집권 연장을 기획하고 있는 것이 아닐까? 의혹과 연계하여, 386세대로 뭉친 좌파세력을 남몰래 욕하게 된 까닭도 이 때문이다.

"너 지난 번 만났을 때 하겠다는 운동 안 하지?"

최구성은, 주제에서 벗어난 갑작스런 역질문에 어안이 벙벙해진 인상을 단번에 찌푸렸다. 설익은 감처럼 떫다는 안색을 노골적으로 표명해냈다. 그는, 아래로 떨구었던 두 눈을 쳐들면서 입을 열었다.

"복근 힘이 퍽 약해졌다."

"자동차 의존이 몸에 배서 그래. 멀지 않는 출퇴근 때만이라도 걷는 습관을 길러. 아무리 기초를 일러줘도 실천을 안 하니, 다음 순서의 답을 못 내놓겠다. 관절 있냐?"

"응, 환절기 관절인지 무릎이 시큼시큼 아리며 시리다. 장사 신경에 스트레스도 높아, 그 영향의 정신피로를 달고 다니기도 하고……"

"아무 생각 없이 푹 쉬는 게 상책이다. 이참에 공기 맑은 산중에서 기분전환의 시간을 가져보지 그러니."

"그러고 싶어도 맡길 사람이 없다."

이렇게 딱 잘라 말한 최구성은, 축 늘어진 심경을 솔직하게 드러냈다. 덩달아 선 굵은 이마주름도 몇 가닥 띄워 올렸다. 다른 한편으로는 이런 상황에서 도움이 될 만한 경험을, 소구력으로 갖추고 있지 않아 위기대처가 쉽지 않다는 그림자도 동시에 빗면 거렸다.

"나에게 보내는 응원이기도 한 이말 우리 분발하자. 희망은 절망의 끝자락에서 자란다 하지 않는가."

용훈은 잠시 다물었던 입을 다시 연다.

"손님들에게 친절하고 일 잘하는 딸이 있잖아. 그 여식에게 영업전반을 맡기면 되잖아. 내려놓을 줄 아는 사람은 멀리 내다보지."

"마른 수기水氣를 채우라는 말을 들려주고 싶은 거지?"

구성은, 처량한 비웃음으로 친구를 놀렸다. 턱뼈 지도록 어금니 물고 경화更化를 새겼다.

"어렸을 때부터 성질이 차분하게 온순했던 넌 종교지도자가 됐어야 했는데....."

"그 꿈을 버리고 정신건강 임상심리사로 눌러앉게 된 계기는, 신학공부 중 하늘의 부름을 받은 계약의 소명이 내게는 없다는 판단을 내렸기 때문이었어."

"쉽지 않았겠다."

"너도 잘 알다시피 목사인 아버지의 후임을 이어받겠다며 애병愛病으로 나섰던 건데......그래서 아쉬움이 컸었던 것은 진심이야."

"아버지 후광만을 업고 세습을 좇는 그 아들들이, 세파에 약한 이유 잘 알겠구나."

"당사자 일 수도 있는 입장이라 조심성이 띄워지기는 하나, 그 입장을 벗고 답변한다면 개척정신 빈약이야. 온상의 식물이니 한데 기후를 몰라요."

"왜 그렇게 생각하니?"

"그러면서 빗자루 들고 마당낙엽을 쓸 줄 모르는 주제를 하나님의 축복이라 으스대는, 그 말재간 설교를 듣는 성도들 참 불쌍하다 할 수밖에......"

"비판 참 무섭다."

구성은 놀랍다는 표정을 감추지 않고, 두 눈을 휘둥그레 키웠다.

"그들도 사회 추세에 맞춰 사는 사람들이 아니더냐?"

"그러냐? 그들은 영적 체험 없는 성경지식만으로 유식을 떨며, 성도들을 천하의 권위로 누르는 음습한 거짓말쟁이들이지."

"예수를 배신한 가룟유다 같다."

"난 현실을 말할 뿐이야. 비이성의 전형이지. 판단착오로부터 광기에까지 이르게 하는 비이성은 부정적인 면이 강해."

"말이 새는 것 같은 그건 또 어떤 이론인가?"

"쉽게 말해 자동차의 안전벨트-브레이크 같은 안전장치는 정신 나간 비이성의 행동을 가진 운전자들의 보완책이라 할 수 있어."

"이해 쉽게 얘기해봐. 도대체 못 알아먹겠다."

"노력 없이 부모가 다 이룬 업을 통째로 이어받는 세습은, 정상적이지 않아. 믿음의 빛은 맨땅을 개간하는......고초가 수반되는 역경을 통해 강해져. 그런데 세습 자들은 이 과정을 전혀 거치지 않아, 그 무릎이 체질적으로 약할 수밖에......봄철에 입맛 돋우는 나물보다 더 못한 존재라고 봐도 무방하지. 체면상 목사이니, 저도 만나보지 못한 하나님을 소개한다?.....얼마나 비상식하게 가소로운 가. 모든 사람들의 안녕이 소수의 안녕보다 더 중하다는 구조 말을 자신부터 실행하지 않으면서, 남에게만 실천하라 떠미는 강요는, 완전 속과 겉이 다른 불일치 설교가 아니고 뭐겠어."

용훈은, 입을 다물고 동창친구의 가마 부위를 뚫어지게 응시한다. 눈길이 미치지 않아 볼 수 없어 알지 못하는 어떤 상처나 검불을 찾겠다는 집중이 아니라, 얼굴을 숙인 채로 오른편 허벅지를 가볍게 두들기며 딴청을 보이는 중인 친구가, 말을 제대로 듣기나 하는지 궁금하다는 사견私見의 시선이다.

"코로나 전파진원지가 되어 사회적 지탄을 받는 교회실상 넌 어떻게 생각하니?"

"내가 뭘 아냐. 예수의 예자도 모르는 교회 밖 신자가 뭘 알겠나."

"관두자."

용훈은 입맛이 갔다는 표정을 살포시 지어냈다. 구성이 고개를 쳐들어 침울 기색을 옅게 띄운 그 얼굴을 마주 대한다.

기독교에서 믿음의 대상은 예수 그리스도이다. 즉, 영혼은 그 주님께 인정받아야 불길의 위협도 물리칠 수 있다는 인도이다. 그런데 고뇌 없이 물줄기만을 탄 세습목사들은, 자신이 부모로부터 교회를 물려받은 대의 결정은, 하나님의 불가사의한 축복의 선택이었음을 마이동풍馬耳東風으로 장여 놓고, 그 위선을 대단한 의인인척 행색 떠는 웃음을 안팎으로 버젓이 팔고 다닌다.

주변에 많은 사람들이 몰려든다는 것은, 일단은 성공으로 보인다. 너나없이 길이 열릴 축복기도를 부탁한다며 머리를 들이미는 인정의 대우는, 진정 큰 환희이다. 세습 자들은, 그동안 환경에서 보고 들은 그 답습의 숙수熟睡에 맞춰 성도의 소원인 만사형통을 빌어준다. 문제는, 여느 사람들처럼 땅의 소산물을 먹는 육체 중심의 기능을 지녔다는 것이다. 사람의 변별은 이 기대처에서 나타난다. 안락이 몸에 밴 세습 자는, 그 파도를 헤쳐 나가는 의지가 원체 약골이라, 닥칠 고생 면할 궁리부터 서두른다.

최소한의 이해 안에서 움직이는 사람은-믿음의 이해를 막 넘어서려는 성도는-눈을 뜨고도 뭘 보고 있는지 해명을 못하는 미시 자의 설득은-성경 한 구절이며 족하다. 목사들이 선한 모습의 편발로 종종 써먹는 거룩한 무기이다. 부드럽게 잘 도는 혓바닥의 미사여구 위세가 높아질수록 더더욱 성의聖儀가 돋보이도록, 고상함을 꾸며야 하는 자리가 단상에 선 사람들이다. 입담일 뿐인 목사의 그 설교가 참인지 거짓인지를 객관으로 가려보지 않고, 마치 천국에서 살고 있다는 듯이 맹신의 주관으로 자랑 떠는 신자들이 가여운 이유이다.

용훈은 모태신앙인이다. 집안 분위기 전체가 꼭두새벽부터 찬송·기도·예배로 시작되므로 알게 모르게, 싫든 좋든, 자나 깨나 그 의식에 푹 젖은 성장의 과정을 밟았다. 그래서 인성 좋은 모범생이 될 수 있었다 해도 과언이 아니다. 그 원천의 모든 힘은, 하나님의 은총만을 푯대로 삼은 양친의 덕택이다. 그래서 존경하는 아버지의 뒤를 이어 목사가 되고 자는 심기를 굳히고, 심도 깊은 연구를 병행한 신학공부에 매달렸다. 세상과 타협 않는 외골수로, 하나님의 든든한 신원만을 앙망하며 전신의 신망을 다 쏟아 바쳤다.

그렇지만 낙타무릎의 헌신적 기도도 쓸모없이, 하나님에 대한 생명의 믿음은 더 이상 자라지 않았다. 되레 기대가 높았던 만큼 깊은 침체에 빠져들었다. 항상 샘물이 마르지 않아 활력이 넘쳤던-언제나 푸른 초원인 꿈의 성聖 시온은 어디에서든 존재하지 않았고-발이 빠지면 탈출이 쉽지 않은 수렁의 갯벌뿐이었다. 뙤약볕 아래 목마름을 견뎌가며 기다리는 인내가 드디어 바닥에 이르렀다. 지름이라 믿었던 희열이 꺾이면서-사명감으로 불탔던 호렙산 가시떨기 불길은 점차 잦아들기 시작했다.

마침내 긴 시간 동안 기다리며 대기했던 노울 빛도 서산 너머로 사라지고 말았다. 속았다는 허탈은 맹렬한 반감을 불러일으켰다. 상처투성이면 도무지 아프지 않는 차원이 아니라, 창달을 내는 머리의 기름이 메말라버렸다. 우롱에 놀아났다는 배신감은, 애지중지 품었던 성경을 아궁이 속 활활 불길에 내던져버리는 지경에까지 이르렀다.

하나님이 우리 인간을 버렸다는 증언일까? 악은 인간 사이에 있다. 악마도 자비의 하나님처럼 인간을 도구로 써먹는다. 살인

마는 살생을 저지르도록 악성惡性을 지피고, 사기꾼의 정신머리에는 속이는 흑막을 내려 남의 재물을 빼앗는 수단의 술책을 부리게 한다. 그 복판에 선善 역시도 인간과 인간 사이에서 동반으로 활동한다.

자신을 위장하는 색형色形이 탁월한 사탄도, 태초부터 현존하는 하나님처럼 육안으로 볼 수 없는 영물이다. 내일 일어날 일을 알지 못하는 사람들을 유혹하려 광명의 천사로 위선 떠는 악마의 입담은 달콤한 꿀 송이다.

목회는, 성경지식의 힘보다, 나의 나 되게 하는 하늘의 영성 즉, 성령강림의 갑옷을 입는 것이 첫 번째 덕목이다. 그래야만 양떼들에게 영안의 길을 밝혀주는 영의 사람으로서 거듭난 면모를 자신 있게 소개할 수 있다.

그런데 잡념 없이 후렴으로 묻고 또 물었지만, 간절한 소망이었던 하늘보좌의 은총을 입지를 못했다. 양들과 하나님의 관계를 맺어주는 중보자 역할이 끝내 맡겨지지 않았다. 양털이슬의 시험을 두 차례 내걸고, 사명의 응답을 확신했다는 기드온의 신비의 기적은커녕, 엘리사가 나뭇가지로 물속에 가라앉은 쇠도끼를 건져 올렸다는 그 부표조차도 볼 수 없었다. 믿음대로 되리라는 이상의 신비체험을 못 한 용훈은, 결국 목회 꿈을 접고 심리학 쪽으로 방향을 틀었다.

용훈은, 심리상담사로 활동하면서 자신이 기독교신앙과 어느덧 거리를 두고 있음을 발견했다. 지나친 부담감은 되레 독이 되듯이, 성경으로부터의 전면 일탈은 아니나, 인간생활에 편리한 합리해석을 적당히 달아 써먹고 있음을 돌아보게 되었다. 이 기저에는 여느 누구와 마찬가지로 처자식을 먹여 살려야 한다는 인간적 의무감이 깔려있었다. 또한, 개인적 품위를 지켜야 한다는 압박감도 있었다.

모든 일에는 돈이 따라진다. 돈의 힘은 무능 자를 보좌에 앉힐 뿐만 아니라, 죽을 자를 살려내기도 한다. 또한, 화해의 도구이기도 하면서, 사람과 사람 간에 원만한 연대를 맺어준다. 반대로, 사람과의 관계를 멀게 하는 가난은, 빚쟁이의 화를 돋게 한다. 그렇게 싸우면서 어느 한 날에 갑자기 세상을 떠난다. 그래서 살아 숨 쉬는 그날까지는 육체의 능력을 다져 놓아야 한다. 그 뒤를 빨리 따라 붙는 속도는 열풍이 달아오른 주식투자가 있다. 그러나 아직은 돈을 좇는 종목 선택에 좀 더 신중을 기해야 한다. 주식의 위험부담은 한 순간에 투자비와 함께 한 낱의 휴지조각으로 날려버릴 수 있기 때문이다.

"가자."

용훈이 자리에서 일어나면서 힘차게 말했다.

"어디?"

구성이 번뜩 뜬 눈길로 대뜸 물었다.

"어디긴 어디냐. 네가 좋아 하는 술집이지."

"야, 너 코로나 따위는 문제가 되지 않는 하나님을 버린 거냐?"

"버린 게 아니라 중립의 침묵을 지키기로 했다."

제4장

-세노인-

　신성훈은, 심리상담사 진용훈의 전화를 받은 후 시간에 맞춰 퇴근길에 올랐다. 약속 장소 식당은 때 시간인 데도 한산했다. 전체 열 두 식탁 중, 두 식탁만이 음식물이 차려져 있을 뿐이었다. 통유리 문을 밀고 들어서자, 그 한 식탁의 두 손님이 동시에 눈길을 던지며 흐뭇한 웃음기를 머금은 낯빛으로 반겨 맞았다. 단번에 그들과 눈길을 맞춘 성훈은, 다가가서 차례로 주먹악수를 교환했다. 그는, 몇 달 전에 본 용훈보다, 근 삼 년 만에 보는 최구성에게 특히 초점을 두었다. 낭인 시절을 보낸 기억이 인상 깊게 되감아진 것이다.

　구성의 인상착의는, 검은 눈매가 크고 삼각형 모양의 턱 관절이 선명한 골격은, 어렸을 때부터 보증이 강하여 잊지 못하게 낯이 익어 단번에 알아볼 수 있었다. 상동기관인 두피가 훤히 들여다보일 정도로-옛 검은 빛이 은빛으로 전면 탈바꿈 된 그 머리숱이 현격하게 줄었다는 변형이다. 그 속에서 오늘날 제비꽃이라 불리는 오랑캐꽃 이름으로 더 잘 기억하는-그 46년 전에 입은 5센티미터 길이의 상처자국이 슬쩍 엿보였다. 그때의 상처자국은 아문 상태이나, 그 흉터는 아직도 희미하게 남아있다. 볼의 살이 푹 꺼진 대신 광대뼈가 두드려지게 솟아오른 부위 역시도 고찰 대상의 한 곳이다.

　부모 속을 지글지글 썩었던 십대 후반부터 이십대 초반까지 저잣거리 방탕 시절을 보낸 그는, 그 당시 함께 어울렸던 동네 불량배와 가출한 18세 단발여자 차지를 두고 설전을 벌인 적이 있었다. 당시 보조개가 상큼하게 예쁜 계집의 안중은, 자신을 잘 챙겨주는-체중이 호리하여 동작이 날랜 꺽다리에 쏠려있었다. 그 평형하게 소소한 친절의 보답으로 계집은, 그 남자가 월세로 방 하나를 빌려 사는 여관에서 두세 번 몸을 허락한 적이 있다. 그 사이에 제 말을 잘 듣지 않는 것은 물론이고, 고슴도치 대하듯이, 거리를 두려는 그녀를 내 여자로 만들고 말리라는 집념의 질투로 끼어 들어 방해를 놓은 또래가 최구성이다. 분노의 혈기에 가까운 과잉은 급기야, 두 남자 간에 대판싸움을 벌이는 상해를 불러들이고 말았다.

강한 힘이 실린 주먹으로 면상을 선제로 맞은 아픔에 화를 참을 수 없게 된 꺽다리도 질 수 없다는 자존심이 대단하여, 닥치는 대로 야구공을 내던져 가슴 부위를 맞춘 다음, 방구석 방망이를 재빨리 집어 들어 머리통을 가격했다. 그 일격에 구성은, 두피 파열로 피를 쏟아냈다.

그 한복판에 도리 없이 옴짝달싹 못하고 가엾게 낀 미성숙 계집은, 핏덩이를 보고 돌린 얼굴을 두 손으로 얼른 감쌌고, 꺽다리는 머리를 감싸 쥐고 고통을 호소하는 구성의 된 신음에 온몸을 떨었다.

두 연인은, 서둘러 택시를 불러 병원으로 데려갔다. 용도가 급해졌을 경우에 쓰려고 깊이 숨겨뒀던 비상금을 털어 인간의 도리를 발휘했다. 그 덕분인지 가슴을 조마조마 졸인 생명위태는 한결 덜어졌다. 그렇다고 타인에게 폭력의 상해를 입혔다는 본질의 죄책까지 씻긴 것은 아니었다.

환자는, 꺽다리의 용서를 일견 받아줬다. 꺽다리와의 관계를 일격에 청산하면, 연모하는 여자와의 교제도 동시에 영영 끊길 수 있다는 염두에 따른 계산적 수용이었다. 볼썽 사나워진 피난자 사태를 계기로 계집을 놓치게 된다면, 스스로 불행을 자초하는 거나 다를 바 없다는 여지 확보를 남겨둔 젊음 혈기의 조급이었다.

병원응급실에서 정수리부위를 꿰맨 봉합수술을 마치고, 일반 병실침상에 누운 구성의 칭칭 감긴 붕대 꼴은 가관이었다. 건조하게 마른 가무잡잡한 안색과 대조하게 휑해진 두 눈발에는, 굶주린 맹수의 독기를 머금고 있었다. 이때, 병실을 지키고 있던 계집이 가책으로 찢긴 심금의 밑바닥에서 길어 올린 눈물의 위로 말에 구성은 복수의 살기를 녹였다.

그 계집애 차지는 끝내 못하였다. 포기가 아니라, 이기심이 선을 넘으면 여자에게 불안감을 끼치는 것은 물론이고, 사람을 잃게 된다는 반성의 양심으로 물러난 것이었다. 그 후 서른 살에 다른 여자와 결혼식을 올려 슬하에 두 살 터울의 남매를 뒀다. 종합일간지 신문사에 17년째 근무로 중견 반열에 오른 아들은, 몇 년 전에 결혼하여 가족을 꾸렸고, 아들의 누나인 딸은 시집못간 노처녀 몸으로 부모가 함께 운영하는 식당 일을 돕고 있다.

"구성이 너 그새 많이 변했구나."

성훈이 등의자에 앉으면서, 퍽 늙어 보이는 친구에게 눈길을 떼지 않는 채로 이 말부터 건넸다.

"어디가 그렇게 변했는데.....?"

구성은, 누리끼리한 자신의 왼뺨을 손바닥으로 매만지면서 친근미 담은 목청을 냈다.

"어디 보자."

성훈은, 눈질을 왼편에서 오른편으로 천천히 옮겨가며 혈색이 까칠한 구성의 얼굴 전체를 살핀다. 그러면서 불룩 솟은 눈두덩과 양 눈 가엣 살집이 늘어져 있는 것을 더 발견했다.

"그래, 맞아. 흰 눈썹의 눈살이 짝짝이다."

"나이는 속일 수 없지. 너도 내 나이가 돼봐라. 신체구조 바뀌는 건 시간문제인 것을 알게 될 게다."

동갑내기 친구로써의 농을 농으로 받아친 구성의 성대는 갈라지는 느낌을 안겨줬다.

"자식, 너만 나이 먹었냐? 또 하나, 목덜미 살도 늘어졌는걸."

성훈은, 감정을 선동하는 놀림의 어조를 썼다. 둘은 눈가주름을 동시에 새겨낸 눈길을 서로 교환했다. 곁에서 지켜보는 용훈도 덩달아 입가를 길게 늘어트렸다.

"너는 대체 나이를 어디로 먹는 거냐?"

목덜미 지적에 고개를 쳐들고 이번엔 제 목덜미를 쓰다듬는 구성이, 나이 무게가 실린 회상의 부담을 살짝 없은 저음으로 점잖게 물었다.

"인생의 고초 따위와는 아예 거리 멀다는 듯이 정말 이마주름도 없지 않는가. 건강한 거지?"

용훈도 나이에 비해 10년은 젊어 보이는 성훈을 향해 농을

쳤다.

"책임감을 갖고 살자는 신조가 주효한 건지, 아픈데 없이 건강하다."

성훈의 속 채운 당당함에 구성은 부러워하는 눈빛을 일순 흘겼고, 용훈은, 여유는 평안에서 온다는 생각을 신수가 훤한 안색으로 고스란히 대변해냈다.

"난 말이야 코로나로 장사가 안 된다는 노심 초산에 떠는 정도가 심해서인지 잠이 안 오더라. 치료 방법 뭐가 있냐? 궁금하다."

"우울증에 시달리지?"

"응, 그래. 죽겠어. 사나이 체면에 이런 말 내뱉는 거 부끄럽지만, 이때면 산체로 썩는 울적 기분이라니까."

용훈 편으로 푸석 기운이 선명한 얼굴을 돌린 구성의 성대는, 낮에 활동이 감소되는 11월의 밤처럼 음울하게 어두웠다. 정서가 불안정했다.

"어떤 때는 완전히 그로기 상태라, 정말 자살로 모든 고통을 잊자는 충동에 사로잡히기도 한다니까."

"그 증세 가장 심한 시간 때 언제냐?"

"아침녘에 겨우 붙인 잠 깨우는 낮때야."

"게을러졌구나. 사람의 인체는 말이야, 밤에 자둬야 생기가 펴거든."

"글쎄 그 버릇을 고쳐달라니까."

"네 자신과 행동에서는 도망칠 수 없는 법. 중요한 정보인데 아무래도 맨 입으로는 안 되겠다."

"자식, 불알친구 간에 보상을 가리냐. 치사하다."

삼겹살 한 점을 금속젓가락으로 집어 벌린 입에 넣느라 턱을 쳐든 구성은, 기분이 상했다는 안색을 다소 격하게 지어냈다. 침묵의 미소를 머금은, 용훈의 시선이 그대로 성훈에게로 옮겨졌다. 성훈은, 인과와 결부된 무안함을 어깨 들쭉으로 묵직하게 나타냈을 뿐, 지켜보는 고자세를 그대로 유지하고 있다. 그러면서 그는 살짝 내리깐 겹눈 질로 의복을 부풀려 올린 구성의 뱃살을 눈여긴다.

"어떤 경험이 중간에 끊어지면 재미도 함께 끊기는 것을 심리학에서는 쾌락의 방해라고 하지."

용훈이 생각의 정리를 대략 마치고, 분위기를 살리는 운을 떼며 잠시의 침묵을 중후한 목청으로 깼다.

"너의 노들하게 푹 가라앉은 지금의 그 우울증 기분 충분히 이해한다. 우리 셋 다 블랙코로나 속에서 고전을 면치 못하고 있다. 덧붙여 아직 희망의 끈을 붙들고 있는 사람에게는 기회는 사라지지 않는다는 점 상기는 하고 살자."

"자위적 대자代子로 오늘의 시름 잊자는 뜻이냐? 지랄 방정!"

구성이 못마땅하다는 입맛 다심으로 반론을 폈다. 심경 거슬린다는 노기였다.

"너 말 잘했다. 자위적 대자라.....? 참 멋진 말이다."

칭찬을 아끼지 않은 용훈의 어감에는, 수틀린다며 토라진 삐딱한 자세의 마음을 일깨워주려는 반전의 심리가 깔려있었다.

"그렇게 받아들여도 무방하겠다만, 내말에서 진정 내포하는 주제는, 내가 어떤 재주를 부리느냐에 따라 상황 전개는 달라질 수 있다는 거야. 세상에서 가장 든든한 후원자는 누구라 생각하니?"

"글쎄.....? 모르겠다."

"혼돈의 난감에 빠져있을지라도 자신을 믿어 의심치 않는 신뢰가 아닐까 싶구나."

"듣고 보니 그럴싸하다."

구성이 고개를 끄덕이며 긍정했다. 그 전염은 곧바로 성훈으로 하여금 동심의 미소를 머금게 했다.

"넌 여전히 시사時事에 뒤떨어지지 않으려는 노력파다."

"진절머리 떨치려면 어려운 심령술이나 영어회화는 아닐지라도, 신문에 연일 실리는 정치·경제·사회가 어떻게 돌아가는지는 대충이라도 알고 있는 것이 친구 사귐이잖아. 입이 맨숭맨숭 말라봐. 그대로 탈락이라고."

"일선무대 활동이 점점 좁아지는 노인에게 남는 것이 있다면, 알아 두면 어디서든 써먹을 수 있는 시사뿐이지. 암, 그렇고말고. 입담을 놀려야 양치질 버릇 곧잘 잊어, 암내와 함께 구린내 풍기는 결례 면해지지 않겠나."

구성의 주접부리이다. 그가 잠자코 입을 다물고 있는 성훈에게로 시선을 돌렸다.

"책장사 잘 되냐? 방콕시대라 책 쓰는 사람들 부쩍 늘었다는 소식 언론방송으로 들었던 거 같긴 한데....."

"나도 접하긴 했는데, 나와는 무관하다."

"왜? 너도 영업 때려치울 작정이냐?"

"아니, 몸을 놀리면 늙음의 추잡이 더 빨리 찾아들 것 같아 계속 유지는 할 참이다."

"일감이 끊이지 않아야 지속이 가능한 거 아냐?"

"얘 말처럼 현상에 어울리지 않는 헛소리 같은 망아忘我 일지라도, 인생은 돌고 도는 쳇바퀴다."

용훈과 일전에 나눈 한 대목을 인용한 것이다.

"하여간 '손님이 적어 편하시겠다.'라는 현장과 맞지 않는 꼰대소리로, 음식업계 전체 가슴의 밑장을 건들인 그릇된 정치인이 존재하는 한 우리 업계구제는 힘들어 보인다."

이렇게 비관어린 볼멘소리로 주제를 돌린 구성은, 큰 목청으로 공깃밥을 주문했다.

"아직 상황에 적응하지 못했다는 소리로 들리는구나. 그렇다고 초가삼간은 태우지 말거라. 시간이 늦다 싶은 힘든 고난은, 내 능력을 되돌아보게 하는 연구대상이다."

용훈이 정칙定則으로 운을 띄웠다.

"일리가 있는 말이다."

"힘내자. 남은여생 퇴행의 잠만으로 보내서는 안 되잖아."

"코로나와 상관없이 내 밥줄로 붙들고 있어야 어쩌겠어."

"가진 것을 놓치지 않겠다는 종신제직권 인정하지. 우리에게는 안전하고 예측 가능한 방향으로 나가는, 또는 나아가려는 성향이 있다, 라는 뜻으로 해석하면 되겠구나."

"익숙한 것이 안전의 담보이니까."

"나나 성훈도 마찬가질 게다. 요즘의 내 느낌은 내 몸을 내가 간질이는데, 왜 간지러운 느낌이 일지 않을까에 초점이 맞춰져있다는 거야. 아내나 아이들이 손을 대면 금방 움찔 떠는데 말이야. 학습 결과 내 손가락의 움직임을 미리 예측하고 간질이기에 별 효력이 닿지 않는다는 발견이었어."

"감각이 무디면 생산은 묻히는 법이지."

성훈의 예리한 이 한마디 혜안에, 두 친구는 동시에 눈빛을 크게 떴다.

"대단한 지혜다. 그럼 넌 어떠니? 지식문화의 한 부류인 출판계 잘 돌아가고 있는 거냐?"

외모가 점잖은 용훈이 물었다,

"누구나 물리며 아픔을 느끼는 법인데, 너의 그 물음에 상처가 다시 도진 것 같다."

"농담도 참 무섭게 한다. 어렵지?"

"판매부수를 제대로 알려주지 않는 것은 물론이고, 그 인세지불도, 여러 변명을 내세워 차일피일 미루는 출판계 행패에 비위가 상해 출판사면허를 취득한 건데 말도 말아. 판로 경로에 따른 그 비용 부담 너무 벅차다."

"출판계는 각 신문사들의 부수를 취합해 사회유통에 공개하는 에이비시협회 같은 종합매체 없냐?"

"없어."

"뭐? 없다고?"

"응!"

"그거 참 가관이네. 그렇게 않는 이유 있을 게 아냐."

"영업비밀 노출을 꺼리는 출판사들의 비협조가 주된 이유야."

"그러니까 판매량에 따라 들어오는 그 금액을 숨겨 소득세금을 내지 않겠다는 속셈이잖아."

"그런 셈이지. 서점들 역시도 이에 암묵적 동의를 하고 있고…… 이러한 불균형·불공정에 울고 있는 대상은, 글 쓰는 작가들이야. 책에는 부가가치세가 붙지 않는다는 점을 잘 아는 책상머리 작업자들은, 책을 내 시중에 깐 출판사에서 입금해 주는 인세로 사는데, 출판사 측에선 판매된 부수 소개를 제대로 안 해줘."

"작가들 참 불쌍하다."

"불쌍한 존재들이지. 뼈 깎는 고통의 보상도 거의 받지 못하는 형편이니 오죽 속이 타겠냐."

"그들의 구제는 진정 없는 거냐?"

"에스에프 과학소설을 주 장르로 취급하는 어느 출판사에서, 그 책을 쓴 저자와의 동의 없이 오디오북을 무단 올린 것과, 인세지급 늦장부린 계기루 정부의 한 기관에서 출간된 모든 책들을 통합 관리하는 출판유통통합전자 망을 구축하려는 모양인데, 출판사 협의체 장으로써 출판계 동향을 지금까지 도맡아 소개해온 기존의 문화협회 등의 극구 반대로 애로가 많은가봐. 문화체육부산하 한국출판문화산업진흥원에서 주도하는 그 작업이 완료되면 작가들은 자기 책이 얼마나 유통되는지와 재고 등을 쉽사리 알 수 있게 되거든."

"그래, 넌 어느 편이냐? 작가 편? 아님 출판사 편?"

"작가 편!"

"내 판단에는 복잡함이 감지되는 환경이라면 피하기부터 서두르는 너의 편향에 비추어서, 이것저것 다 비우고 전업 작가로만 활동하고 싶은 게로구나."

"잘 봤어. 그래, 현실에 반 정도의 발만 담가두고 있는 격이면서, 중지를 모으는 도전정신의 자력이 약해지기 전에, 공기 맑은 산골짝에 처박혀서 온종일 글만 쓰고 싶다."

"무자비 하에서는 희망의 완화는 아무래도 힘들 수밖에.....또 하나, 어째 주변의 누군가가 특이한 작품으로 대중적 인기를 밟아가는 과정을 내심 부러워하는 뉘앙스로도 들린다?"

"분별력이 뛰어나다. 솔직히 나는 왜 저런 화려한 환대 맛볼 수 없나 회의에 곧잘 빠져든다."

"인간은 너나 할 것 없이 불행의 씨앗인 비교하는 저울질을 갖고 있다더니.....최소한의 시름이 만족으로 가는 길이 아닐까?"

"똑같은 경험이 언제나 낯익은 적응으로 이끌어 주는 것이 아니므로, 감지되는 온도 차 속에서 지름을 찾아야지. 다닥다닥 붙어있는 포도송이도, 가끔씩 치고 박으며 동료를 밀어내기도 하잖아."

"흔히들 상처만 아문다면 다시 예전의 일상으로 돌아갈 수 있다 떠드는데, 내 생각은 그와 좀 달라. 물론, 피치 못할 사정으로 중지해야만 했던 그 일을 중지한 거기서부터 이어나가는 사람은 많아. 그러나 전신이 밧줄로 꽁꽁 묶여 하반신이 마비된 사람의 경우는-예전의 나의 본 모습이 아님을 알게 되었을 때 그 충격의 좌절감, 얼마나 끔찍할까. 교제가 단절됐다는 건, 부대끼는 시끌벅적한 온기를 잃었다는 것과 다름없잖아."

"네가 말하고자 하는 요점은 뭐니?"

"국가유지법 중 하나가 사람 간에 옮겨지는 전염병 차단이야. 그전까지 우리는 나들이 잃은 형무소 안에서만 자유인이야."

"코로 맡아야 할 냄새를 목구멍으로 맡으라는 거냐?"

눈빛을 따갑게 키우며 내뱉은 구성의 악담은 거칠었다.

"난 은행 빚으로 겨우겨우 버티고 있다. 그 돈으로 두 명만 남긴 종업원 월급도 해결하고 있다. 시장이 열려야 경제활동에 대해 말할 수 있는 게 아니겠냐."

"맞는 말이다. 성훈은 어떤지 모르겠으나, 그 사정 나도 똑같다. 박박 긁어도 채워지지 않는 그 심정 왜 모르겠니. 이런 궁핍에 갇힌 사람들은, 대체로 실망스런 일만 닥친다는 비관에 쉬 잠겨들지. 처한 현실에 적응하지 못한 부정 때문이야. 그에 대한 나의 대처 방법은, 온전히 나의 몫인 장단점 모두를 나로써 수용하자야. 우선 내 속부터 편해야 만물을 제대로 음미할 수 있다는 전제를 깔아 둬야 관계가 열린다는 주관이지.

공업 분야에서는 시장에 내보낼 양품良品 비율을 '수율'이라고 하고, 반대로, 수요자에게 공급되지 않고 외부로 버려지는 물량을 '무수율'이라 하지. 우리가 일선에서 떠밀리는 퇴색의 연령대임은 분명하나, 인성 자체를 못 쓰는 불량품으로 만들어서는 안 되잖아.

인생연륜이 긴 노인의 체질은, 조금만 땀을 빼도 기운이 처진다는 거야. 타 연령층에 비해 정상 체온이 낮기 때문이지. 구성아, 우리처럼 경험자 위에 선 노인네들은 말이다, 정체불명의 냄새를 코로 맡는 것이 아니라, 미각 잃은 혀로 냄새를 맡아. 무슨 말인지 알겠지?"

"난 미각 안 잃었다. 된장국 맛 참 구수하다."

구성이 새끼손가락 마디 하나가 안으로 굽은 오른손 숟가락을 입에서 떼면서 입맛을 쩝쩝 다진다. 중도 상해인지 소싯적에는 보지 못한 굴지증이다.

"그게 너의 복이다. 살 좀 불려라. 바람에 날아가겠다."

"태풍이 불면 전봇대나 아름드리나무를 꼭 끌어안음 되지 뭐가 걱정이냐."

"바로 그 정신이다."

"우리는 노후老後의 시사時事를 즐기는 늙은이들이다."

구성의 큰 목청에 두 친구는 동조한다는 의미의 눈치를 모았다.

만날 때마다, 시간을 음양으로 거꾸로 되돌리는 코 흘리게 시절부터 인연을 맺은 사람은, 친구 이상의 친구이다. 대함이 친밀한 사람은 마음을 열게 한다. 그 마음이 하나로 트였을 때, 점화의 관계는 날로 깊어진다. 반면, 의문의 계산을 깔고 상대를 대하는 사람은 근접한 친구가 될 수 없다.

자주 만나 더욱 가까워진 친구는, 굳이 실체를 파헤칠 필요가 없다. 그 자체로써 신원의 기본을 갖췄기 때문이다. 가장 좋은 친구를 가진 사람은, 삶의 여정에 가장 큰 힘을 받는다. 그 뿌리부터 굵은 소싯적 친구들은 어깨 기대기가 남달리 편하게 동가同價가 깊다. 젊음의 욕망이 터져 나오는 극한의 불꽃놀이를 연륜 깊은 참을성에 묻어두고 있는 그들은, 해마다 7·8월이면 우기雨氣 철임을 인생의 나이로 충분히 터득하고 있는 것처럼, 시대별 얘기들에 막힘이 없다.

친구는 생활의 활력을 안겨준다. 애증의 사랑은 아닐지라도, 적어도 인생비관은 건너뛰게 한다. 고락을 함께 한 피눈물을 나눈 한 가족은 아닐지라도, 따뜻한 우애가 스며있다. 밑바닥부터 채워져 있는 우정의 되감기라 해야 할까? 생리적으로 거리감이 안 느껴진다. 그러나 이 바탕에는 냉정한 저면이 깔려있다. 생업을 걸어둔 직장이나 사업장을 갖고 있어야, 현실보장인 관계가 길어진다는 암묵이다.

시간만이 갖고 있는 힘이 있다. 생물의 성장을 돕는 것이 그하나이다. 시간의 또 한 측인 공간은 인간을 갖가지 결박에서 해방시켜 주는 것은 물론이고, 순식간에 체질적 늙음을 재촉한다. 시침을 딱 떼고 한 순간에 머리 허연 노인으로 만들어버린다. 어느 날 자신의 늙은 모습을 거울을 통해 확인한 그들은, 새파란 젊은이들처럼 자신을 극대화하려는 성향이 그다지 높지 않다.

해 저물어가는 황혼인들 중에, 아직도 사회활동이 두드러진 노인들 다양하게 널리 펴져있다. 무엇이 그들로 하여금 움직이게 하는 걸까? 사회성 관계를 오래토록 유지하겠다는 의욕의 행동인식 때문이다. 동기부여와도 맥을 같이 한다.

"참, 시인인 길수 걔 어떻게 지내는지 아니? 너랑은 친했잖아."

용훈이 밥술을 뜨고 있는 성훈에게 물었다.

"중학교 건너뛴 고등학교 동창이고, 지원한 대학이 달라 그 간동안 간격을 뒀던 길수 걔 아내 잘 만난 덕에 호강하고 있다."

"아내 부친이 제약사 회장이라 했나?"

"응, 돌아가신지 한 십삼 년 됐을까? 홀로 되신 사모님을 길수 내외가 모시고 있는 가봐."

"아버지사업을 이어받은 아들이 아니고, 딸이 모시고 있다?......드문 경운데.....이따금 다녀간다면 모를까."

"거부감 없이 편하다면, 그게 다복이지 않을까. 한 달 전인가? 내외가 내 사무실을 방문한 적이 있어."

"길수가.....? 왜.....?"

"거기도 코로나로 커피숍 운영이 쉽지 않은 것 같아. 집합금지로 환경운동도 꽁꽁 묶인 무료감을 달랠 겸 나왔다, 생각이 떠올라 들렸다더라. 좋아 보이던데."

"금실 부부야. 그래, 무슨 얘기 나눴니?"

"결혼 십칠 년 차인 아들이 이혼 문제로 고민이 큰가봐."

"아들이 누구의 보증을 섰다, 그 당사자의 갑작스런 자살로 빚쟁이가 됐다는 얘기는, 아버지 길수에게서 들은 적 있어."

"그 얘길 듣고 난 이혼 얘기를 먼저 제안한 며느리 설득에 초점을 맞추라고 주문했어."

"며느리 입장에서는 머리 복잡해질 일에 얽매이지 않겠다는 방어 표시겠지."

"그렇다고 문제를 함께 풀어보자는 의합 대신 가정을 해체하겠다는 배타적 선언은 신중하지 못한 처사가 아닐까."

"밀어닥칠 비극의 규모가 예상 밖으로 감당 힘들게 무겁다 싶으니까, 비켜나겠다는 말을 선도적으로 꺼낸 거겠지."

"네 말을 헤아려 본다면, 며느리가 그냥 해본 실언이었다는 감지로 읽힌다?"

"고민은 끌어안을수록 커지기 마련이다. 며느리는 세상을 겪지 않은 고색의 규수여자야. 늘 잔걱정이 많고, 잊어도 무방한 일을 훌훌 털어내지 못하고, 꽁 뭉쳐둔 소심증 여자가 며느리거든. 한데 기후를 모르는 온상여자지. 잠깐의 찬바람에도 화들짝 놀라며 움츠러드는 이런 여자는, 제 편한 것만을 선호하므로 분노조절이 쉽지 않을 뿐만 아니라, 자기 판단에 조금이라도 께름칙하다 싶으면, 더 이상 말하지 말라며 신경질 높인 눈을 세우지."

성훈이, 두 친구가 주고받는 얘기를 턱을 괴고 잠자코 듣기만 하는 구성을 잠깐 돌아봤던 시선을 용훈에게로 다시 고정했다.

"아무리 그렇다 해도 공동책임을 갖고 남편을 도와야지....."

"며느리는 발상자체를 몰라요. 아침잠에서 깬 첫 본성을 누군가에게 안기는 것으로 시작하는 여자는 말이야.....이처럼 남편에게 의존은 걸어두고는 있어. 그렇지만 남성과 여성이 불공정한 제안을 받아들이는 빈도 율은, 보통 60대40임을 감안해서 말을 덧붙인다면, 남자는 불합리한 현상과 맞닥트리면 처음엔 영문을 몰라 당황했다가도, 시간이 흐르면 수용하는 편으로 기울이나, 여자는 그 충격을 오랫동안 뇌리에 담아두고 있다는 거야."

"그래서 지갑의 돈은 부부로써 공동으로 쓸지라도, 기분 상하게 한 바깥 돈은, 일을 저지른 당사자가 해결하라는 의미 차원에서 이혼 얘기부터 선뜻 꺼냈다는 거냐?"

"일종에 나와는 상관없다는 선수방어인 셈이지."

"재밌다. 범위 넓은 통계는 자신과는 꽤나 멀어 별 관심을 안 보이나, 가까운 이웃의 고통에는 눈물을 흘려가며 동정심을 드러내는 며느리에게 어떤 설득이 통하겠냐?"

"심기를 건드리지 않는 것이 잠재의 해답일 거라 생각해. 며느리는 일단 과도기로 젖혀놓고, 아들이 어떻게 효율성 있게 대처하느냐 지켜보는 것이 우선순위이다."

상당한 근거를 갖춘 혜안이 아주 적절하다. 용훈은, 만족의 웃음으로 친구를 지그시 바라본다.

"너 언제 길수 만날 생각이냐?"

"만날 때가 됐긴 했는데....."

"날 잡아라."

용훈의 고개가 구성에게로 돌려졌다.

"요즘도 약 먹니?"

몇 년 전 위암수술의 안부를 물은 것이다.

"응."

"병원은 다니고?"

"삼 개월에 한 번씩 검진 받고 있어."

"장수해라."

"체, 요즘 같은 불경기에 스트레스가 진을 누르고 있다."

"어째 어두가 바뀌었다."

"어두가 바뀌었다니.....?"

두 동공을 크게 키운 구성이 되물었다.

"태풍이 불면 전봇대 붙들어서 라도 살아보겠다던 그 정신실종을 말하는 거다."

"지금 현재의 힘든 시련을 말한 거지, 네 말대로 종신제직권 정신은 여전히 살려두고 있다."

"지금까지 해온 행동패턴은 유지 하겠다.....? 좋지. 나이에 갇히지 않고 산다는 건, 그만큼 노화방지 일환이 아니겠어. 또한, 삶은 횟수가 아니라 그 가운데 나의 삶이거든."

"그 긍정 내 것이었으면....."

이렇게 혼자 중얼거린 구성의 낯빛에 신분상 어울리지 않는 수수께끼 같은 사색이 아련히 떴다. 속 모르게 흔들리는 불안증도 빗면 거렸다.

"믿음은 듣는 귀에서 자란다고, 힘의 조절을 키우면 돼. 삶은 하나의 음 높이로만 불리지 않고, 여러 높낮이 음들이 오락가락하며 음률을 살려내듯이, 코로나가 우리에게 이 시험을 치르게 하고 있어."

"얜 음악에도 조예가 깊네."

세 노인은, 시간을 잊고 20-30년이라는 세월은 한 숨의 찰나에 지나지 않고-밭에서 뽑은 가을배추 실은 달구지에 매달려-입고 있는 의복소매로 흙만 털어낸 고랭지 먹었던 추억-귀여운 손자손녀들을 보면, 우리의 어린 시절이 반추로 떠오른다는 얘기에서는 함박웃음을 터트리며 동조한다는 고개를 끄덕인 뒤로-발광체가 흐려져 더는 아름다움에도 흥취 할 수 없이 무산霧散해졌다는 침울함에 잠기는 감정을 여과 없이 드러내기도 했다. 젊은 여자들의 날씬한 각선미를 보면, 어쩔 수 없이 눈길이 쏠린다는 양념 얘기도 주저 없이 쏟아냈다.

아담의 원죄로 인류는 완전무결하게 건강한 사람 없고, 또한, 수명제한을 둔 형벌감수는 수고의 땀으로 갚게 됐다는 말머리로 분위기를 확 바꾼 용훈의 말을 받아, 동양의 유교사상에서는 예禮의 바탕에서 인간입식의 본성은 선이다, 라는 성훈의 반론도 있었다.

"하여간 얘는 박식해. 언제 그 많은 공부를 한 거냐."

친구 자랑이 몰씬 배인 용훈의 말투는 훈훈했다.

"너희들도 알잖아. 우리 아버지 경제학교수 재직 중 정계에 깜짝 입문했다, 난데없이 일어난 교통사고로 돌아가신 거."

"참, 네 아버지 적이 많았지?"

"흔들리는 갈대였다면, 불운은 그토록 빠르게 닥치지 않았을 거라는 의문, 자식으로서 갖고는 있어. 그 점이 아쉬워. 성품이 워낙 강골 하셔서 부조리가 판을 치는 정치판 꼴 못마땅해 하셨거든. 그래서 위정자들의 비리가 터질 적마다 권력의 중심을 겨냥한 비판이 가열했다고 봐"

"그럼, 누군가에게서 위장 살해당했다는 거니?"

"정황상 그렇게 의문은 두고 있어. 관두자. 한이 솟구친다."

성훈이 어금니를 욱 물며 눈시울을 붉혔다.

"구성아, 나 술 한잔 줄래."

"어, 그래!"

구성이 집어든 술병을 기울여 성훈의 잔을 채웠다. 단숨에 잔을 비운 성훈이, 한잔 더 달라며 오른팔을 쭉 뻗었다. 고의로 술을 회피하는 용훈의 눈빛에 5분 전까지 유지했던 다정감이 삽시에 사라지고, 차가운 냉습함이 서렸다.

성훈이 아버지 신훈성은, 미국에서 경제학공부를 했다. 학문의 엄격한 통계셈법 이론과는 달리, 집안에서만은 모든 것을 잊은 채로 장난기가 좀 있는 편이었다. 아들의 이름을 자신의 이름과 뒤바꿔 작명한 이유도 이 때문이다.

일제강점기 때, 포목을 파는 점포상인으로 큰돈을 번 할아버지 신정훈의 장남인 아버지 훈성은, 직계자손 성훈의 장래를 부정적으로 내다봤다. 기대를 걸지 않고, 일개 회사원 수준의 인물로만 취급했다. 말을 잘 듣고 굽실굽실 기는 사람의 성향이 그러하듯이, 자기로써의 확립이 취약하다는 점만을 부각하고 관심을 기울이지 않았다. 사나운 맹수들이 밤낮없이 들끓는 정글에서 잡혀먹기 제격이라는 비관 하에, 생물학적인 특수 동질성만을 인정하는 지원만을 암묵으로 보냈다. 그 밑거름 부족 때문인가? 성훈의 사회생활은 두뇌 뛰어난 실력에 비해 오늘날까지도 빛이 바랐다.

인간 존재의 기초는, 의식을 하던 안 하던 개인생활의 영위이다. 바보도 천재도 아닌 성훈은, 아버지의 나대지 않는 무심한 눈빛으로 아들을 대하는 태도에서 참 안됐다는 무시표상의 음습을 발견했다. 따분하여 흥미가 떨어진다는 결합과의 일체였다. 성훈은, 아버지에 대한 환상을 즉각 버렸다. 부정을 굳혔다. 한 지붕 아래에서 부자관계는 서릿발 같은 타관부이처럼 냉랭했다. 아들은, 성질이 급해 실수를 자주 낳는 어머니와, 두 살 터울의 여동생 성희와는 떨어지고 싶지 않았지만, 눈물을 머금고 군대에 자원입대하여 아버지와 거리를 두는 선택을 내렸다.

아버지의 교통사고 건은 최고위 권력자가 뒤를 봐주는 비밀요원에 의해 자행된 것이 틀림없다. 그럼에도 아들인 성훈은, 호사가들이 정권을 때리며 무너트릴 수 있는 물때라며 떠들어대는 주변의 권고에도, 진상 규명에 나서는 일엔 꿈쩍도 않고 있다. 그 앙금의 차가운 무게가 여전히 가슴을 짓누르고 있기 때문이다.

드디어 올 것이 왔다. 파마머리에 날씬한 이목구비가 뚜렷하면서, 움푹 파인 인중 아래 두 입술의 입매가 정중한 여자주인이, 9시 영업제한으로 이젠 그만 문을 닫아야 한다는 사정을 머리 조아리며 건넨 것이었다. 용훈과 성훈은 아쉽다는 입맛을 쩝쩝 다시면서 의자에서 느린 동작으로 일어났고, 절제했다고는 하나, 혼자 소주 한 병을 마신 양으로 몸의 균형이 어느 정도 비정상인 구성은, 용수철처럼 재빨리 일어나 먼저 출입문 손잡이를 붙들었다. 업종의 실태를 잘 아는 습관성 순발력이었다.

가로등과 상가 몇 곳의 전등이 거리를 밝히고 있다. 국민적 일상이 대부분 끊긴 어둠침침한 낙담의 분위기라 속빈 구석이 많다. 기척만 들리면 저 잡으려 쫓는 줄 알고, 차량 밑으로 잽싸게 숨어들어 앞을 지나는 발자취를 들으면서, 야광 눈으로 훔쳐보는 고양이들만이 가로등 흐린 골목을 한가롭게 누비고 다닐 뿐이다.

세 노인은 서로를 잇는 어깨동무로 길을 걷다, 중앙차선 버스정류장에서 각자 헤어졌다.

제5장

-자활근로-

　전화벨 소리에 폴더를 열고 확인한 발신번호는, 전혀 낯선 유선전화기 번호였다. 귓속고막으로 한가득 넘쳐흘러드는 음정은 젊은 여성이었다. 저편은 통화 가능하냐는 양해를 먼저 물었다. 때마침 기가 막힌 퇴근 직후라, 아무런 잡음도 들리지 않는 혼자만의 편안한 시간이다.

　차분하게 가라앉은 목청에 따른 절묘의 맞춤인지, 약간의 조심성을 머금은 앳된 음색의 주인공은, 이내 부산북부경찰청 소속임을 밝혔다. 순간 철진은, 자신이 알지 못하는 어떤 범죄의 연류를 뜨끔 상기했다.

　"임영애 씨, 아십니까?"

　영문 모를 뜬금없는 질문이다.

　"그분의 통장으로 지난 10월18일에 42만원을 입금하셨던데, 무슨 목적의 돈입니까?"

　잊지 못할 삼 개월 전의 뼈골 쑤시는 충격의 기억이 모락모락 피어올랐다. 페이스 북에서 만나 채팅으로 한층 가까워진 미국간호사와 얽힌 사연이다. 몇 장 올린 사진 상 활동으로 미뤄, 성격이 밝고 건전할 거라는 판단을 앞세워 장장 삼 개월 넘도록 휴대폰문자를 주고받았던 그녀이다. 그러던 중 괘씸한 갈색머리 여자는, 사전 예고 없이 미국에서 보냈다는 패키지 현재 캄보디아공항에 정착하여, 앞으로 살아갈 한국행 대기 중이고-그 거액의 달러박스 세관비 완납 후 운반을 맡은 외교관으로부터 집 앞에서 받으라는 문자를 보내왔다.

　그 당시, 소위 세관비라는 비용 마련의 과정은 쉽지 않았다.

통장잔액조차 부족하여 발을 동동 구르다, 친하게 지내는 정신과의사에게 도움을 요청했다. 이후 내일 갚겠다는 철진의 미실행으로 두 사람 간의 감정은 크게 악화됐다. 그 돈을 쪼개 농협은행을 통해 두 차례, 마지막 세 번째는 저편에서 역시 문자로 띄워준 부산은행 임영애 명의 통장을 참고삼아, 우리은행 자동화기기로 송금을 마쳤다. 당시 그는 정신이 멍해 지나쳤다, 나중에 깨달은 외국인 아닌 한국인 이름에 고개를 갸우뚱거린 적이 있었다.

"보이스 피싱에 사기 당한 돈입니다."

"임영애 씨 그분 사망하셨습니다. 선생님보다 더 큰 금액사기를 당한 그분에 대해 수사하던 중, 선생님의 이름이 올라있어 확인 차 전화를 드린 겁니다."

철진은, 잠시 침묵에 잠긴다. 그러면서 임영애 씨는 사기건 충격으로 극단적 선택을 했을 거라는 추측을 띄워 올린다. 동시에 그동안 풀지 못했던 의문의 수수께끼를 풀어내기도 한다.

'Lim young AE 계정을 왜 보고 했습니까? 이제 그녀의 계정이 차단되었습니다.'

"돈은 찾을 수 있습니까?"

"선생님께서 입금하신 직후 통장명의 분 사망하셨기에, 돈을 보내신 은행에서 알아보셔야 할 것 같습니다."

전례로 거슬러 이해를 도모한다면, 범인이 잡히기 전까지는 피해 금액은 찾을 수 없다는 해답에 닿는다. 지극히 불안정하여 표현이 안 되는 허무감이 밀려들었다.

'빌린 돈 갚아야 하는데......'

한파특보가 내려진 -18℃. 하천에서 밀려드는 칼바람으로 체감온도가 더욱 낮은 금요일 아침. 가건물 창고 앞에는 언제나 그 얼굴에 그 얼굴인 십여 명의 자활근로자들이, 동녘에서 떠오르는 붉은 태양빛을 쬐고 있다. 좁은 공간에서 자활근로자들과 뒤엉켜 집합해야 하는 복잡으로, 열흘 전부터 장소를 바꿔 출근도장을 찍는 몇몇 여자들도 섞인 이십 여명의 공공근로자들이 전방 저만치서 내려다보인다. 대교 아래 하천을 등지고 있다. 철진은, 동료들에게 출근한 모습을 보이고 곧바로 빠져나왔다.

그는, 상체를 깊이 굽힌 반허리 자세로 바깥 정자바닥 밑 안으로 엉금엉금 들어간다. 정자건물에 내내 가려져 있어 햇볕도 비·눈도 일절 들지 않아, 항상 메말라 있어 흙먼지만이 푸푸이는 경사면 제방 일부이다. 그 안에 정자의 네 목재기둥을 완벽하게 붙잡고 있는, 사각 모양의 시멘트덩이 기단이 있다. 그는, 그 틈새에 끼워둔 파란 공용봉투를 끄집어낸다. 그리고는 아스콘바닥과 도로포장을 반반씩 나눠 조성된 제방산책로 가변으로 올라와, 둘둘 말린 50리터 낱장봉투를 활짝 열어젖힌다. 그 안에는 철재집개와 손잡이용 빗자루가 들어있다. 그는, 그 용구를 장갑 손에 각각 나눠들고 작업에 나섰다.

담당 구역은 공공근로자들의 집합 장소─동파 문제로 꼭 잠가둔 분수대 그 내 우측으로 여러 명이 앉을 수 있는─표면이 반질한 넓은 석반석 외에, 개인용 원 모양의 돌 의자 몇 개가 일정 사이를 두고 비치된─햇살이 한 점도 들지 않아 그늘추위가 으스스 짙은─하천 위를 가로지른 차도대교 경계 바깥부터이다. 이미터 간격을 두고, 하나씩 박은 나무말뚝 상하 구멍에 맞춰 한 바퀴씩 감겨서 연결한 두 굵은 밧줄선 너머 하천과 구분을 가린─메마른 일년생 풀들의 터전인 비탈 둔지 위가 산책로이다. 동장군의 위세와 더불어 이젠 면역의 일상으로 받아들이게 된 코로나 유행 탓인지, 산책 나온 사람 수는 소수이다.

어린이 물놀이장 일대를 두루 살피며 버려진 휴지를 찾는다. 그때, 댓 명의 사람들이 지나던 걸음을 멈추고, 그 중 한 명이 다가와서 말을 건넨다.

"커피 한 잔 하시죠."

초면인 사람은 당연히 좋아할 거라는 전제를 깔고, 어깨에서 무작정 푼 배낭지퍼를 우편에서 좌편으로 열고, 먼저 쥐어준 일회용종이컵에 뚜껑 연 스텐물통 안 커피를 따른다. 모락모락 피는 김 줄기에 동녘해살이 서리자, 순간 연록의 금색으로 입혀진다. 귀마개용 털모자에 허리 춤 오리털파커를 걸친 안으로 긴 감색목도리를 몇 겹 돌려 두른 그의 인상착의는, 나이든 흰 눈썹노인이다. 한눈에 만남이 잦은 노인들끼리의 나들이임을 알 수 있었다. 그 참에 철진은 앉아 쉬는 시간을 갖는다.

앞을 내다보는 두 눈만을 남겨 놓고, 부피 두꺼운 검은색 롱

패딩에 달린 모자를 눌러쓴 머리부터 양 귀와 마스크 쓴 입 아래턱까지 하나의 두건으로 뒤집어썼는데도, 매서운 삭풍은 쉴 새 없이 옷 속을 파고 들어 사지를 떨게 한다. 예전에 누가 다른 옷가지와 함께 보내준 그 오리털패딩이다. 태생적으로 경제적 유복과는 거리가 아득히 멀어, 값비싼 물품 구매가 절대 불가능한 천빈자로서 함부로 입을 수 없어 아껴 뒀다, 한파예보에 맞춰 처음으로 입은 패딩이다. 그런데도 시린 증세가 극에 달해있어, 장갑 안 열 손가락 전체를 제대로 펼 수 없는 것은 물론이고, 동동 구르는 두 발의 행보에도 감각이 얼얼하다.

상하 어금니가 서로 맞부딪치는 탁탁 소리가 귀전에서 떠나지 않고 있다. 성질이 전혀 다른 바깥 쪽 찬 공기와, 체내에서 내뿜어지는 따뜻한 호흡기가 전선에 가로 막혀 감히 섞이지 못하고 저항하는 극렬의 마찰로-연신 흘러내리는 콧물과 내쉬는 입김을 차단하고 있는 마스크도 축축하게 젖어 있는 상태이다. 그 마스크를 매번 벗어 손수건으로 흡착하나, 그 액체물질을 조금 덜어내는 정도에 지나지 않는, 색다른 경험을 치르기도 한다. 자체에서 생산된 코로나19 바이러스에 실제 감염되어 병석에 눕게 되지 않을 런지-건강 염려증 환자처럼-괜한 걱정에 기분이 영 찝찝하다. 문제는, 이후에도 새로 바꿔 쓸 여분의 마스크가 없다는 아쉬움이다. 이 하나의 마스크를 퇴근 때까지 계속 착용하고 있을 수밖에 없는 가련한 입장이다.

대략 백 미터 넘는 거리 왕복은, 휴지 줍는 속도에 따라 1시간에서 1시간 반 사이이다. 주말 이틀휴일을 보낸 월요일이 제일 바쁘고, 여기에 환경전환의 휴식 겸 나들이 나왔던 불특정 산책객들이 어지러 놓은 장소바닥을 빗자루로 쓸 시에는, 그 시간을 초과하는 경우는 제법 있다. 그렇다 할지라도 5일 근무 전체 총량으로는, 한 봉투에서 조금 상회하는 정도이다. 이를 감안하더라도, 대체로 10시30분 전후로 일과는 마쳐진다. 한주 마감인 오늘은 쓰레기 수거량이 적다. 이대로라면 1/5분도 채우지 못할 것 같다.

한 바퀴 도는 현장 일을 마치고 처음 장소로 되돌아온 철진은, 하부만을 겨우 채운 소량의 쓰레기를, 서른 층은 족히 되는 상 위치 나무계단실壺 가변에 둔 기존봉투 안 쓰레기와 합친다. 그리고는 집게와 빗자루를 넣고 둘둘 만 봉투를 들고, 계단실과 사이를 낀 감나무 숲을 지나 그 옆 정자 기단 틈새에 끼어 넣는다.

절로 오돌오돌 떨리는 몸을 녹일 따뜻한 실내가 못내 그립다. 시간을 당겨 무단이탈 격인 근무지 경내를 벗어나 외부로 빠져나온다. 빠른 걸음으로 30분은 족히 걸리는 집까지 가야한다는 감안에 따른 서두름이다. 몇 차례 경험상 이 시간대면 1시 안으로 충분히 돌아올 수 있다.

기본 생활비에도 한참 못 미치는 최저의 수입에 맞춰 지출내역을 짜야 하는 금전가계부의 첫 번째 결의는, 돈을 아껴 써야한다는 절약정신이다. 근무에 한해 중식 비는 사천 원이다. 외식을 할 경우 초과 비용이 얹어진다. 그래서 거리가 멀어 피로도 높이는 종아리통증을 감내하면서도, 어제 저녁에 미리 해뒀거나, 그 저녁식사에서 남긴 찬밥을 데워먹든, 반찬 없는 라면을 후루룩 마시든, 이따금 집에서 점심을 해결한다. 빈자의 고달픔이다.

정자 좌측 양지 바른 나무계단실이 철진이 임의로 지정한 쉼터이다. 그 아래 코로나19로 휴장이 내려져있는 어린이 수영장이 있다. 작년 여름, 며칠째 이어진 대홍수로 하천이 범람하게 넘친 강물 같은 흙탕물에 한동안 잠겼다, 일주일 뒤 본래의 모습을 되찾은 물놀이장이다. 지금도 흰 타일 벽면으로 그 붉은 얼룩이 더러 새겨져있다. 어린이풀장 앞 자전거도로 변 우측과, 첫 번째 계단실 하면은 맞붙어 있다.

그 두 번째 계단 가편 난간을 우편으로 두고-하천을 바라보며, 편의점에서 샀을 법한 찬 도시락을 먹고 있는 홀로의 여성이 있다. 정면으로 대한 적은 한 번도 없으나, 일주일에 한두 번 정도 뒷모습만으로 보게 되는 긴 머리여성이다. 색상 짙은 두꺼운 외투를 입고 있다. 그 위 중간-철진이 발을 디딘 층과 정 반대 끄트머리 계단참 감나무 숲 편으로 은박돗자리를 깔고 둘러앉은 몇몇 여인들이 더 있다. 이편 역시도 일주일에 두 차례 보는 계모임 백발할머니들이다. 가져온 간식을 풀어 서로 나눠먹는 모습에서 정감 깊은 우애가 엿보인다.

자전거도로와 물결모양을 본뜬 풀장지붕구조물 바깥과 지면의 경계를 나눈 대리석 찬 바닥에 앉아있는 한 여인. 그 연면 첫 번째 타일계단에 굽 낮은 검은색 구두를 신은 두 발을 딛고 있다. 그 마지막 세 번째 계단 앞쪽 바닥 면에 바짝 붙여 세워 놓은 휴대용 접이식 삼각 단 스탠드 보면대를 마주보며 있다. 그 보면대 위에 악보가 얹어져있다. 여인은 그 음계악보를 수시로 들여다보면서 현악기의 꽃이라는 바이올린 연습을 하는 중이다. 바이올린의 현(Strings)을 활로 켜는 실용의 용모에 꿈을 키우는 열정이 실려 있다.

꼬불꼬불 짧은 파마머리 중년여인과의 거리는 대략 십오 미터 남짓이다. 대리석바닥에서 피는 냉기 막으려, 색상 짙은 긴 코트끝자락을 억지로 깔고 앉은 부자유 자세가 대각 방향이라 왼편은 볼 수 없고, 등 우편 일부만이 시야에 잡힐 뿐이다. 브리지로부터 진동으로 울리는 선율의 곡명 선별은 거리상 불분명하다. 나름 멋대로 상상을 굴린다면, 아마 슈베르트의 아베마리아이지 않을까 싶다. 왜냐하면 여인의 뒷모습에서, 성당입구에 고정 세워진 성모상이 은연자중 연상됐기 때문이다. 이 감은 라디오를 통해 맛을 들인 클래식음악을 즐겨 듣는 배후에서 힌트를 얻었다.

강추위를 견디며 경지에 이르려는 열중이 대단한 그 학습자에게 보내는 응원이랄까? 내리 쬐는 오후 초 햇살이 은빛으로 반사되는 하천 수면을 박차고, 창공을 막 날기 시작한 한 쌍의 청둥오리가 고유의 꽥꽥 소리로 존재를 알린다.

'얼어 죽을 이 판국 추위에.....? 노력이 대단하네.'

어느덧 2시가 넘었다. 어김없이 낯익은 세 사람이 자전거도로를 지나간다. 자활근로 동료인 뻐드렁니와, 상체를 구부정 수그린 로또와, 한 벌의 단일 국방색복장 차림새가 호리호리 엷어 추워 보이는-6개월 단기근무를 하는-용모 빼빼한 공공근로자이다.

철진은, 한 공간에서 근무하는 동료들의 이름을 알지 못한다. 총괄지휘자 구청치수과 계장은 물론이고, 기간제 공무원감독도 포함된다. 단, 일의 과정을 익히는 초반기에 전직기사 다음으로, 석 달 남짓 한 구역을 함께 관리했던 그 한 동료만의 이름과 전화번호를 예비적으로 저장하고 있을 뿐이다. 그는, 교통사고 후유증으로 신체가 부자유한 장애를 갖고 있는 인물이다. 장애수당을 받고 있다는 소개를 들은 적이 있다. 성미는 말수 적게 조용하고, 외견의 복장이 늘 깔끔하게 단정하여 거부감이 일지 않는 유일한 동료이다. 그래서 누가 누군가의 이름을 부르면서 그 행동의 배경을 설명하면 꼭 "그 사람 누군데?"라고 묻는다.

철진이 모진 성질로 그들에 대해 알고 싶지 않다며 외면의 부정부터 젖는 기본적 편견은, 신분이 하잖게 낮은 자활근로에서 한시바삐 벗어나겠다는 고뇌 없이-오늘만 무탈하면 된다는 노회老獪한 사고방식에 따른 경멸이다. 저학력 노동자는 '인지 비축분'(두뇌가 즉흥적으로 일할 수 있는 능력)이 부족하여 알츠하이머에 취약하다는 통계가 있다.

실상 그들은, 세 시 퇴근 전까지 할 일이 없어 빈둥빈둥 하품이나 하면서 시간을 보낸다. 그러면서 혼자는 심심하다며, 어느 한 장소에 삼삼오오씩 구시렁구시렁 모여 앉기만 하면, 마냥 누워서 졸음에 눈이 감길 때까지 시청한 바보상자 텔레비전 오락프로 이야기나, 포장마차에서 술잔을 주고받으며 입이 열리는 대로 해서 떠들어댔을 잡담 따위로 지루한 무료를 달랜다.

그들은, 하나 같이 장래준비를 않고 있어 눈빛 기상이 색맹하다. 먹여주고 입혀주는 몸통은 살아서 여기저기는 다니나, 정신력 면은, 지금의 헐벗은 나뭇가지처럼 앙상하게 메말라 앞을 내다보는 안목의 식견이 전무하다. 생김대로 산다고, 무지성하게 제 손바닥에 얹어진 구슬놀이만을 즐길 뿐이다.

정기적으로 다달이 들어오는 정산의 총 일수임금과 별개로, 국세청에서 저소득층 근로자들에 한해 격려 차원 형태인 근로장려금을 분기 별로 더 받는 혜택의 관심만을 주요 얘깃거리로 삼는 것이 자활근로자들의 정형화된 모습이다. 특별한 재능을 갖추지 못해 밑바닥 근무로 끝자락 삶을 붙들고 있는 그들로서는, 그 가욋돈이 신분이 화해지는 위안이다. 그렇지만 무슨 영문인지 철진만은, 그 분기별 가욋돈을 받지 못하고 있다. 왜 이렇게 불평등 한가 궁금증에 떠밀려 관할세무서에 전화로 문의했더니, 종합소득신고 정례 달인 오월에 신청하라는 답변을 들어야만 했다.

이 허드렛일도 65세가 되면 도리 없이 경계 밖으로 떠밀린다. 이후, 국가가 정한 새로운 편입에 따라 기초연금을 받는 한편으로 주거급여도 계속 유지되겠지만, 통합의 걱정은 국민세금인 나랏돈 수령만을 바라보며, 남아도는 시간을 허위허위 놀이

감에만 좇지 않을까 이다. 사람은 나이를 떠나 유용한 생산적 일을 해야 젊음의 보람을 오랫동안 지켜낼 수 있게 되는데 말이다.

철진은, 생활개선에 별 도움이 되지 않는 이 일을 조만간 그만둔다는 계획을 세워두고 있다. 전망 없이 시간만 때우는 격인-단순근무에 지나지 않아 신분가치를 높일 수 없는 이 일과 결별한 후, 죽을 먹든 밥을 먹든, 한때 실효의 경험으로 일머리 사정을 그나마 아는 고철사업에 본격 매달릴 작심이다. 할 수 있는지 없는지를 머리 싸매고 고민할 바에야, 차라리 온몸으로 부딪치는 쪽을 택하겠다. 오지 않는 기회 무한정 기다린다는 것은 시간낭비일 뿐이다-이와 같은 결의를 다진 밑그림 청사진이다. 이 대비 차원에서 자활근로 일원이 되기 두 달 전에 사업자등록을 마친 상태이다. 아마 그래서 국세청에서 일반근로자로 보지 않고 제외한 것이 아닌가 싶다.

그는, 이와 병행하여 동네도서관에서 빌린 책을 참고삼아서 컴퓨터를 통해 상거래기술력을 틈틈이 익히고 있는 중이다. 또한, 태생부터 소금에 절여진 배춧잎처럼-초등학교 졸업 이후-족보 없는 엿장수 아버지 조수로 따라 다니며, 굴뚝소재·고철수집 등의 일을 할 수밖에 없었던-그 밑절미 된추위 한을 씻기 위한 나름의 공부도 하고 있다. 한 분야를 파고드는 전공은 아니고, 다양한 책을 읽는 독서로 글을 깨우치면서 일반상식을 배우는 수준이다. 누구와도 어떤 대화에서든 밀리지 않겠다는-개인만의 철학바탕에서 행복지수를 높여보겠다는 야심의 독서이다. 나이 적으로나 제도권 공부 량이 원체 얕아 비교 대상은 될 수 없으나 "국보인 내가 신문을 보아주는 것만으로 영광을 알아야지"라는 너스레로 신문 값을 내지 않았다는 국문학박사 양주동(어머니의 마음작사) 같은 여유만만 한 인물이 되고 싶다는 소망의 기저를 깔고 책과 씨름을 하고 있다.

그동안 무식이 깡통이 전형인 나와는, 물과 기름처럼 전혀 맞지 않는다는 거부감으로 매번 밀쳐냈던 공부는, 역시 쉽지 않은 도전이다. 책을 가까이 한 이후로의 심경 변화는, 자신감이 붙어간다는 긍정이다. 덧붙여 이해가 어려운 문맥의 뜻을 해독하려 머리를 꿍꿍 쓴 덕분에, 치매 전 단계 경도인지장애의 증세가 현격하게 낮아졌다는 반가움이다. 또 하나의 깊은 은혜는-그 가장 슬픈 병에 쓰러지면 어쩌나 걱정을 안고 다녔던 치매센터 출입을-시간도 부족하고 해서 수개월 전부터 아예 끊었다는 감사다.

굳은 머리의 나이로는 기억에 담아지지 않아, 돌아서면 쉬 잊는다며 잠복된 성질의 화부터 버럭 내질렀던 그 지랄방정의 불통을 깨고, 생각이 자유롭게 넓어지는 지식의 힘에 전폭적 의존을 걸게 된 계기는, 볼 적마다 안전감의 품위가 돋보이는 심리상담사 진용훈과, 시인인 이길수의 역할을 빼놓을 수 없다. 물론 시기적절한 대응으로 존재를 과시하는 두 풀뿌리 친구는, 공부로 출세하라는 말을 한 적은 한 번도 없다. 자신의 멋대가리 하나 없는 허량한 빈 깡통 신세-후줄근한 판무식判無識을 속병으로 비교하다, 그 전철을 밟으리라는 마음을 먹게 된 것이 시발이다.

그의 독학을 알고 있는 친구는 아무도 없다. 단 한 사람, 독서가 치매저하에 유효하다는 말로 격려를 해준 치매센터 여직원만은 예외이다. 마흔두 살의 두 자녀 엄마이다.

휴대전화기로 이런저런 뉴스거리를 찾아 읽고 있던 철진은, 고의로 어마지두를 둔 그들과 시차를 두고 자리에서 일어났다. 보폭 느린 아주 한가한 걸음으로 아스콘 산책로를 걷는다. 벚꽃 길 명칭이 붙은 그 좌측으로 작년 11월경부터 긴 녹색펜스가 쳐져있는데, 서해안 간선도로와 연결된 지하차도 마지막 지상구간 토목공사로 인한 안전조치 방편이다. 그로 출입통제 구간이 설정되면서, 폭이 일 미터 가량 좁아졌다.

그는, 펜스 밖 아래 벽면에서 안전모에 안전화를 신은 몇몇 근로자들이 힘을 모아, 이편의 옹벽을 치는 작업을 몇 분간 물끄러미 굽어보다 발 머리를 돌렸다. 그러면서 방향감각을 깜빡 잊었다. 지금 여기가 어디며, 어디로 가려고 이토록 서성거리는 줄을 어리어리 짚어 내지를 못하였다. 손에 쥐고 있는 머리빗을 찾겠다며, 여기저기 뒤척이는 일시적 실족이 아닌-기억력 감퇴로 의심되는 망각忘却의 건망증이다. 자가진단을 내린다면 이런 현상은, 누적된 피로에서 키워진다는 것이다. 그나마 다행은, 현기증세로 머리가 핑 도는 어질어질 가운데서도, 일말의 의식은 살아있다는 안심이었다. 그는, 정신력을 동원하여 벚나무 아래 공사먼지로 뒤덮인 나무벤치에 등 붙여 앉자마자 두 눈부터 감았다. 이내 잠이 밀려들었다. 잠깐의 선잠에서 깨어나자, 모호하게 흐릿했던 정신에 온전한 빛이 비쳐들었다. 현실에 눈이 떠졌다.

철진도, 하천을 가로 지른 인도교 아래 집합장소에 도착했다. 삼십 오명 남짓의 자활근로자-공공근로자 모두도 한 자리에 모여 있었다.

몸매 마른 눈빛이 편견 한 사십대 안경잡이 감독이, 개인사정으로 장기간 출근을 않는 동안, 현장지휘를 임시로 맡게 된 기간 제 공무원(실효적 권한 없는)이, 금년에 새로 들어온 공공근로자들 중에서 한 사람을 뽑아 반장 직을 맡겼다. 얼룩무늬 바지와 한 벌인, 그 색상과 똑같은 외복지퍼를 활짝 열어둔 상의를 추레하게 걸친 전직 철재공이다. 무거운 짐을 편치 않게 이리저리 날랐을 그 고생의 이력 흔적을, 겉늙은 주름으로 고스란히 드러내 놓고 있는 안색피부가 검게 싯누런 하다. 그 임무를 부여받은 새 반장이, 자신만 알아보는 초등생 수준의 비뚤비뚤 자필로 노트종이 낱장에 적은 명부 자와, 그 사람의 얼굴이 맞는지를 대조하고 있다.

철진은 그 현장과 동떨어진 상거에서 겉도는 배회를 보이고 있다. 얼레를 쥔 사람이 가는 실줄 하나로 상공에 뜬 연을 요리조리 조종하듯이-그처럼 이리 왔다 저리 갔다 하는 행위를 반복하며 있다. 발꿈치 종에 불과한 너희들과는 한 통속으로 어울리고 싶지 않다는 속내의 반사체 행동이다. 자기들의 낮은 수준으로는 이해할 수 없다 싶으면, 비웃음부터 날리는 그 구린내를 구린내로 맡지 못하는 싸구려 잡초인생들과는 가급적 상종을 않겠다는 비난의 회피였다.

모두 다 미움의 대상이 아니다. 계절이 바뀌면 그제야 내내 단벌을 벗고, 그 기후에 맞는 복장으로 새롭게 갈아입는 로또 외 몇몇과는 간혹 단편적 얘기는 나누곤 한다. 일주일에 한 번씩 사행성 운수를 건 로또복권을 사서, 틈만 나면 혜택 못 본 그 회 당첨번호를 연구하듯이 적어 놓은 메모지를, 관심을 갖고 묻는 동료들에게 설명을 붙여 보이는 로또의 경우는, 먼저 다가와 말을 거는 편이다. 그러면서 철진이 그에 대해 대략 알게 된 신상은, 학교공부를 어느 정도 했을 법한 정결하게 바른 필체를 넘어, 한문과 일본어에도 능하다는 것이었다.

철진은, 학력을 불문하고 공부에 뜻을 두어 미래의 먹거리로 삼으라는 조언을 몇 차례 들려준 적이 있다. 그러나 알 도리 없는 어떤 충격의 사고 때문인지, 구부정한 신체장애에 더해, 마스크에 감추어진 부실한 치아 사이로 내뱉는 말투가 더듬더듬 어눌하면서, 사리를 분별하는 인식수준이 모자라게 낮아 필요성이 떨어진다 싶은 로또는, 여태 그에 관한 답변이 없다. 그 로또가 지금도 눈짓으로 가까이 오라고 부르고 있다. 철진은, 응하지 않고 시선을 감춘다.

아까부터 반장 면전에서 철진을 향해 손가락질을 해대며, 편집광적인 욕을 내뱉는 이가 있다. 앞니가 입 밖으로 튀어나온 뻐드렁니였다. 철진은, 지금까지 해온 방식대로 모른 척 하는 불쾌를 떨떠름하게 씹는다. 뻐드렁니의 격분 띄운 도리도리 해살은 충분히 알고 있다. 자신을 상대해 주지 않는다는 읍소의 비난이다.

그날은 여름비가 진종일 지루하게 내리고 있었다. 정자에 모인 자활근로자 오륙 명은 3시 퇴근을 기다리면서, 이런저런 얘기를 나누는 중이었다. 배의 힘인 밥보다, 술과 담배가 과도하여 마른 체모가 비실비실 난잡한 냄비근성 그대로 분을 쉽게 터트리는 건설현장 잡부출신 혼자만은, 말을 섞는 소재거리가 딱히 없어 삐딱한 불량자세로 난간에 기댄 채이었다.

그때, 검은색 끈 가방을 어깨걸이에서 한시도 떼어 놓지 않는 뻐드렁니가 마지막으로 뚱뚱한 자태를 드러냈다. 빗물이 주룩주룩 흐르는 3단 우산을 접자마자, 녹색페인트로 덧칠된 목재바닥에 아무렇게나 내던진 뻐드렁니는, 누군가와 전화통화 중인 철진을 바지엉덩이로 다짜고짜 밀어내고 자신이 그 자리를 차지해 앉는 무례를 보였다. 선임자라는 기득권 행패였다. 지정석이나 다름없는 자리이니, 비키라는 몸태질이었다.

철진은, 좌우로 바싹 붙어 앉은 두 동료들로 도리 없이 비 내리는 정자바깥으로 쫓겨난 신세가 되어버렸다. 그 수모에 기분이 몹시 상한 철진은, 그러나 눈살 찌푸린 표상과 달리 너그러운 기분으로 받아들였다. 그뿐 아니라, 일전에 돼지 멱따는 큰 고함으로 먼저 시비를 발동한 잡부출신과의 몸싸움 징후를 미리 눈치 채고 뜯어말린 주변 덕분에, 다행히 몇 마디 언쟁에서 그친 적이 있던 뻐드렁니는, 유산균음료로 사람을 차별하는 편견을 수차례 드러낸 적이 있었다. 몇몇 동료는 수에 맞춰 산 음료수나 아이스크림을 모두에게 돌렸는데 말이다.

온전히 자기중심적인-개화改化가 꽉 막힌 막무가내 성질자이면서, 보통 사람의 의식수준에 비해 저급의 격차가 현저하게 낮은 인물이라, 공정-공평에 까막눈이라는 동태는 얼마든지 수용이 가능하다. 문제는, 어둠의 자식인-일가붙이 한 명 없는 외로운 환경에서 자란 가정교육 부재이다. 사리분별을 제대로 갖춘-이성이 바른 사람들과는 교제가 전무하여, 자신이 진정 누구인지 모르고 함부로 나대는 저렴함의 민망이다. 그러니 꼿꼿이 서려는 진위의 부양 없이 언제까지나 신분 낮은 인물로 낙인이 찍힐 수밖에 없다는 그런 본데없는 무지렁이자이다. 나이 64세인 점을 감안한다면, 그 암담함은 더더욱 멍청한 비관으로 다가온다.

철진은, 악의 성 욕설을 계속 퍼지르는 뻐드렁니의 행위를 더는 묵과할 수 없다는 결론을 내렸다. 그는, 쳐다보기만 하면 분기부터 불컥 치밀어지는 화기를 높이 쳐들었다. 눈에 띄는 아무 물건이든 집어들어 머리를 내리쳐서-한번쯤은 까불지 못하도록 골빈 정신머리에 혼쭐을 불어넣어줘야겠다는 독기를 세웠다. 그는, 앞으로 달려 나가 새 반장 앞 뻐드렁니의 멱살을 와락 잡아채고, 자기편으로 세차게 끌어당겼다.

"네 이놈!"

철진의 쩌렁쩌렁 고함은, 사방팔방으로 울려 퍼졌다. 산책 중 벤치에 앉아 하천 방향을 바라보며 쉬고 있는 뭇 사람들은 물론이고, 동료 모두의 시선도 한곳으로 집중 모아졌다. 멱살 잡힌 살기위협으로 숨결마저 깊이 삼킨 뻐드렁니의 피 솟구친 시커먼 얼굴 윤곽은, 평소의 형태를 잃고 벌벌 떨렸다. 놀라자빠진 흰자위 두 동공은 휘둥그레 커졌고, 속눈썹 아래로 드리어진 그늘의 공포심은, 살집 통통한 표정을 흉하게 일그러트렸다.

"이리와!"

철진은, 부여잡은 멱살을 놓지 않고 지대 높은 제방 길과 그 아래 낮은 지대를 펜스로 구분 지은 공중화장실 뒤편으로 놈을 거칠게 끌고 갔다. 그리고는 위편 공중화장실바닥 높이에 맞추어 쌓은 보강토 옹벽 면으로 사납게 몰아붙였다. 그 옆이 자전거 보관서이다. 그는, 성대빙의 목줄을 눌러 조인 숨통을 잠깐

만에 풀었다. 폭력을 써서는 안 된다는 타이름을 자신으로부터 들었기 때문이다. 그렇게 수세에 몰린 뻐드렁니는, 목이 메는지 아무 말도 하지 못하고-반사를 잃고 때리면 그저 맞겠다는 천치바보 철판을 깔고 있다. 그 무지몽매한 면에서만은 그 나름의 이성이 돋보였다.

"무릎 꿇어."

강아지 법 무서운 줄 모르고 버릇없이 까부는 무도한 행위에 대해 용서를 싹싹 빌라는 호통이었다. 그러나 해 벌린 두터운 입술 사이로 앞니 두 개를 반쯤 드러낸 뻐드렁니는, 말을 듣지 않고 뻗댄다. 그때, 두 사람의 다툼을 지켜보고 있던 새 반장이 펜스 너머 위에서 "시시티브이 조심하세요."라는 주의를 던졌다. 철진은, 눈알이 시뻘겋게 달궈진 눈빛을 그 방향으로 재빨리 돌렸다. 과연, 거리 내 이동물체의 모든 일거수일투석을 반짝 빛으로 낱낱이 찍어 담는 카메라렌즈는, 인도교각 밑 한 구석에 설치되어 있었다.

"가지마!"

멱살잡이를 풀면서 철진이 경고를 내렸다.

인원점검을 마친 반장 입에서 "퇴근들 하세요. 수고하셨습니다."라는 말이 이윽고 선언되었다. 동료들이 제각기 흩어지기 시작했다. 철진은, 도망이 우려되는 뻐드렁니의 옷소매를 부여잡고 따라 오라는 으름장을 박았다. 사람들의 시선이 덜 미치는 어느 구석으로 끌고 가서, 좀 전에 시간상 쓰지 못한 분풀이 주먹질을 할 작심이었다. 말을 들어먹지 않으면 붙박은 그 자리에서 주위를 무시하고, 당장 늑골을 부스러트리고 말겠다는 결기의 이를 앙 물었다.

"할 얘기 있으면 여기서 하세요."

낮고 낮은 가는 목청을 처음으로 연 뻐드렁니의 안색에는, 보일 듯 말 듯이 옅은 비웃음의 기운이 서렸다. 상대해보니 싸움꾼이 아님을 낙관했다는 옹알이었다. 저능아에게도 소신을 지키는 감정이 있음이 확인된 순간이었다.

이미 그 사이에 광기의 강도가 퍽 약해진 철진이다. 상대방에서 화를 북돋는 득세를 보이지만 않는다면, 화해로 끝내자는 차분함이 여울로 흐르고 있는 중이다. 그는, 뻐드렁니의 어깨를 오른손으로 힘껏 눌러 바로 뒤편 벤치에 앉혔다. 그리고는 뻐드렁니의 두 다리 사이로 제 오른발을 끼어 넣었다. 말을 들어 먹지 않는 이상한 짓거리 성질을 부린다면, 그 즉시 무릎으로 사타구니를 차 지르겠다는 속셈을 깐 준비행위였다.

서녘으로 기우는 태양의 붉은 노을이 철진의 등을 비추고 있다. 인상착의를 아무리 뜯어봐도 양보하는 미덕을 찾아볼 수 없는 뻐드렁니의 신체전체에, 철진의 그림자가 한가득 뒤덮였다.

저질 한 환경에서 제멋대로 자란 뻐드렁니는, 누가 봐도 구제할 수 없을 만큼 인식수준이 저속하게 낮은 저능한 인물이다. 만일, 알려준 길을 따라 가면 반드시 엉뚱한 장소에서 헤맬거라는 예상이 충분히 가능한 경계선지능장애인이다. 그만큼 대처하는 행동이 미숙하여 나잇값을 못하고 있다.

"넌 어미가 지어준 밥을 먹지 못하고 자라서 그런지, 남을 대하는 근성태도가 아주 나빠. 나는 너에게 해될만한 짓거리 한적 없는데, 왜 나를 그토록 미워하는 거지?"

"....."

마스크를 쓴 반백의 상고머리 뻐드렁니는 대답을 않고, 치켜뜬 멀뚱 눈만을 끔뻑거린다. 그 눈 속에서 굵은 눈물줄기가 뺨을 타고 흘러내린다. 노인성 안구건조증이다. 추위로 닭살이 가득 핀 안색피부는 안면홍조로 불그스레하다.

철진은, 생식력 제련을 잃은 동료 모두에게 들려주고 싶은-자리보전 담보로 상사를 섬기는 하인 식 눈치거리로 굽실굽실 굴욕하지 말고, 진위가 떳떳한 나의 자존의 권위를 가지라는 말을 이참에 뻐드렁니 귀에 넣어주기를 원한다는 생각을 머릿속에 담았다. 그러면서 한편으로 골빈 망나니 주제로는 이해의 수용은커녕, 그럴 만한 용기를 내지 못할 속 좁은 바늘구멍의 늙은이라는 점을 상기했다.

지금까지 쟁치라는 단어를 모르고 살아온 잿빛 노인네이다. 삶의 현실을 똑바로 바라보지 않는 무신경 자에, 바른 책임감이 무언인지를 알지 못하는 귀밑거리 노인네이다. 그만큼 지능연령이 초등생 수준으로 낮아, 잔디밭 위 그림자의 감도 깨닫지 못 하는-글을 모르니 대신 읽어 달라 조르는 퇴화의 무식쟁이다. 그러나 아직은 체력이 피둥피둥 튼실하다는 여망은 갖추고 있다. 그 잠재력 바탕에서 정신을 바싹 차리고 아무 기술이든 배워둔다면, 보다 나은 미래를 열 수 있겠다 싶은 건강자이다. 문제는, 어제 태어나지 않은 노인임에도 형용을 그릴 줄 모른다는 암담함이다.

"상황 파악이 왜 그리 무디냐. 왜 가만히 있는 사람을, 이 사람 저 사람에게 나쁜 사람이라 선전하고 다니느냐 말이다."

철진은, 뻐드렁니의 멱살을 다시 와락 움켜잡았다. 무섭게 다르지 않는다면, 습관으로 다져진 제멋대로 버릇은 영영 고쳐지지 않고, 언제든 다시 발동한다는 염원에 따른 협박성 일침이었다. 그렇지만 푹 가라앉은 화기의 맥은 약하여, 깨부수는 파괴와는 거리가 멀다. 사랑 결핍증환자라, 온정기운을 한 터럭도 찾아볼 수 없는 뻐드렁니가, 한 치도 말려들지 않고 빤히 쳐다보면서 엷은 숨결을 무한정 내쉬는 안색거울이 그 증언이다.

"모르겠어요. 그냥 말을 하다 욕이 된 것 같아요."

뻐드렁니의 그저 주워 담았을 허접한 말을 듣자, 그에 관한 요 근래 행실이 반추로 되새김되었다.

그날 역시도 퇴근을 앞둔 시각이었다. 양지 바른 한 곳에서 간격을 두고 이리저리 서성거리는 근로자들과는 달리 로또, 전직기사, 뻐드렁니 세 사람은 건조하게 마른 언덕 제방 숲을 등진 경계석에 나란히 걸터앉아 있었다. 그의 두서없는 시시껄렁한 언행을 먼발치에서 잠자코 들으면서 심리를 헤아린 철진은, 뭇 시선들의 관심을 유도하는 속빈 짓거리임을 쉽사리 알아차렸다. 이를 증명하듯, 뻐드렁니는 때마침 어깨에서 푼 낡은 가방의 지퍼를 연 그 안에서, 마구 쑤셔 박은 지폐뭉치를-엄지손가락이 비정상으로 큰 한 손 줌으로 끄집어냈다. 일만 원 권과 일천 원 권이었다. 일부는 아스팔트바닥에 흩뿌려지면서 때마침 스친 미풍에 가볍게 날렸다. 두셋의 공공근로자들이 냉큼 달려들어 어지럽게 흩어지는 지폐를 주워 주인에게 돌려줬다. 이처럼 간추린 단정을 볼 수 없는 저질 한 노인네이다. 대충의 너절한 복장처럼, 얼마나 자신 정리를 게을리 하는지 알게 된 단면이었다.

"혀를 잘 놀리는 괴벽의 나불대는 어디서나 말이 새는 법. 넌 저질 해. 무슨 뜻이냐면, 넌 도대체 예의범절이 없어."

철진은, 분명한 어조로 상대를 쥐어박는 흉으로 몰아붙였다. 바보는, 욕이든 칭찬이든 천진한 웃음으로 받아들인다 했던가.

뻐드렁니는 귀가 먹었는지, 저의 나무람을 아무렇지 않게 수긍하는 태연으로 일관한다. 꾸밈이 아니라, 아무것도 모른다는 순진한 본색 그 자체였다. 외로움을 달래줄 친구를 사귀고 싶다는 그 바탕의 심성이 악의 없이 더부룩했다.

상을 찌푸리며 미간을 좁힌 철진은, 한층 더 맥이 풀렸다. 여기서 끝매듭을 짓고 이자를 보내자는 설득이 고개를 쳐들었다.

"얘기하고 싶었어요."

이때껏 철진의 말을 듣기만 한 뻐드렁니이다. 그래서 지금까지 이리 뒤집고 저리 뒤집는 주도권을 잡은 개지랄을 떨며, 많은 양의 비말과 함께 속사포 욕을 마음껏 쏟아낼 수 있었다. 철진의 이런 맹탕적인 흥분을 뻐드렁니는 충분히 관찰했을 것이다.

"무슨 얘기? 직접 몸으로 겪었잖아. 형편없는 사람이라는 걸. 인간의 본성을 깡그리 잃은 깡패라는 걸."

"어떤 분인지 알고 싶었어요. 못 본 척 피하기만 했잖아요."

"체!"

철진은, 혀를 찼다. '너 같이 사리분별이 한참 뒤떨어진 인색한 바보자식에게는 제대로 된 설득이 무슨 소용이냐'는 반문을 낯빛에 새겼다.

"관두자! 아무에게나 나이 상관없이 반말을 찍찍 해대는 안하무인은 말이다 저 잘난 맛에 살 거든."

철진은, 의도와 다르게 말이 빗나가고 있음을 얼핏 돌이켰다. 그는, 그 자책으로 눈살을 찌푸렸다.

"난 사업자야. 대표자지. 그래서 너희들과는 신분이 다르다면서 거만을 떨었던 거구."

"알고 있어요."

"어.....? 난 누구에게든 이 말을 해준 적이 없는데, 누구한데서 들은 거야?"

"젊은이에게 서요."

창고지기를 말하는 것이다. 작년 후반기 6개월 근무를 마치고, 동한凍寒 동안 자취를 감췄다, 다시 부름을 받은 미혼의 사십 중반 공공근로자이다. 이 배후에는 연령 비슷한 안경잡이 감독의 천거가 있었다 한다. 출근하는 자활근로-공공근로자들에게 장갑·쓰레기봉투 외에, 필요를 말한 사람들 손에 연장을 들려주는 책임을 맡고 있다. 누구에게나 인사성이 사근사근 밝고 참하다. 이따금 계단실을 찾아오는 그에게만 언제쯤 그만둔다는 설계안을 들려준 적이 있다. 그렇다면 때가 될 때까지 누구에게든 발설해선 안 된다는 약속을 뒤에서 깼다는 얘기가 된다. 철진은, 사수를 걸 정도의 비밀은 아닐지라도, 신의를 저버린 젊은이를 다시 새겼다.

"그래, 말대로 조만간 난 내 사업으로 돌아갈 거다. 그날까지 우리 잘 지내자."

뻐드렁니는 땟국이 서린 검은색 파카소매를 살짝 거둬 손목시계를 들여다본다. 세 번째이다. 초조한 기색은 아니나, 빨리 가고 싶다는 의사 표명임은 분명했다. 철진에게 붙들리기 아까 전에 "먼저 갈게!"라는 말을 교환했던 그 동료와의 만남을 고대하는 눈치였다.

그 안경잡이 동료는, 대우가 좋았다는 직장에 다닐 시에 낮술을 퍼마신 직후, 시동을 걸고 올라탄 이륜차 오토바이로 차도를 무단 건너다, 추돌사고를 일으킨 피의자이다. 사고를 유발한 가해자라, 디젤승용차 차주로부터 경찰신고 대신 아무런 보상도 못 받고-자기 돈으로 장장 10개월 동안 병원신세를 졌단다. 그 사고는 평생의 절뚝발이 신세로 전락시켰다. 다리병신이 된 불구로는 취직이 쉽지 않아, 도리 없이 어떤 경로로 알게 된 기초생활수급자 자격을 얻어내고, 자활근로자의 일원이 된 것이다. 반 곱슬머리인 그의 품행은, 항상 바르지 못하고 난잡하다는 점이다. 잘못을 했는데도 애를 태우는 기색 없이 그냥 넘어가는 변명의 언어 역시도 지저분하기 그지없다.

"우리도 퇴근하자."

더 이상 지체는 시간낭비일 뿐이라는 것을 인지한 철진이 말했다.

뻐드렁니의 태도는 고분고분했다. 기득권 위세를 떨던 자취는 온데간데없이 사라지고, 동갑내기와 마침내 친구가 됐다는 식의 웃음을 절절 흘리며, 행실 바르지 못한 어설픈 몸짓으로 상대를 높이는 인사까지 올렸다.

제6장 || **-화목-**

   "정말 못해 먹겠구나. 언덕비탈이야. 코로나 이 자식, 정말 사람 죽이네."

   이길수는, 정장차림으로 현관을 나서면서 문을 닫은 아내 뒤편에서 이렇게 중얼거렸다. 메스버그(몸에 벌레가 기어 다니는 현상)의 성깔을 실은 목청이라, 작은 중얼 수준인 데도 크게 울렸다.

   정말이지 진절머리하게 지루한 요즘 시대는, 불안을 먹고 사는 양안복시(시야가 좁아지는 증상) 시기가 아닐 수 없다. 머리가 표적을 삼아 겨눠야 할 대상은 맥박이 뛰는 심장이지, 활력을 갉아 먹는 악랄한 괴질이 아니지 않는가? 한데, 긴장감을 한창 높이는 중인 그 흉악한 뿔각의 병균체가 터주세 강한 전 세계 인류를 교란의 대란으로 쫓아내려 하고 있다. 아침에 살아있던 사람이, 저녁에 죽어 땅 속에 묻힌 수백 만 명에 달하는 생명들이 그에게 속수무책으로 잡아먹히고 있는 중이다.

   인류는, 그에게 바쳐지는 희생의 재물을 최대한 줄여보려 온갖 종류의 백신생산으로 적극 막고 있는 중이다. 그럼에도 지구 곳곳마다에서는 코로나19 바이러스로 인구감소 현상이 지속적으로 이어지고 있다. 바이러스virus는 살아있는 세포 안에서

만 기생-증식하는 성질을 가진 무생물의 중간적 존재이다. 바이러스 종들은 대부분 작아서 광학현미경으로도 볼 수 없단다.

인류는, 지구의 지배권을 갖고 있다. 동양철학에서 말하는 하늘을 다스리는 주재자의 명을 집행하는 상재지명上宰地名의 천자天子이다. 그 주인들이 공중권세를 부리는 신종 바이러스에게 무릎을 꿇고, 제발 안전범위 밖으로 물러나든지, 죽어 땅에 묻히든지 하라는 청을 열심히 올리고 있다. 엄금-엄금 쩔쩔 매고 있다.

그 머슴을 다스리지 못한다면, 주인의 존엄의 가치는 구덩이 속으로 나뒹굴 수밖에 없다. 기형의 존재에 지나지 않는 전염성 괴물체에 불과한, 이젠 무의식의 총체로 받아들일 수밖에 없게 된 그놈의 세력, 무섭기는 하다. 모든 인명들의 정신머리에 자신감을 잃게 하고, 나의 포기로 몰아넣는 공포심은 의사들이 가장 두렵게 경계하는 우울증을 널리 퍼트리지 않았던가. 그 강도에 비해 한결 가벼울 수 있는 유당불내증(우유를 먹으면 설사하는 경우)이 아니다. 멀쩡한 성격을 한 순간에 망쳐 놓는 알코올중독-마약중독을 넘어, 극단의 선택으로 명줄을 끊는 줄줄이 사례가 이를 잘 대변하고 있다.

땅의 모든 사물들을 무용지물無用之物로 보는 영지주의자들은, 이러한 현상을 우주질서 병란으로 보고 있는 모양이다. 예언자 노스트라다무스는 일찍이, '그들의 거대한 도시는 치명적인 질병으로 오염되리라'하지 않았던가.

모든 사정을 미루어 길수의 세상 보는 눈은 여물한 편이다. 추상적인 명료성을 감각적인 음영으로 끌어올리는 재료별 능력은 뛰어났다 할지라도, 온 인류가 동반으로 겪고 있는 블랙코로나 시대에는 도대체 의식을 깨우지 못하겠다는 식이다. 나이층 쌓은 무게의 반영일 수 있겠으나, 그보다는 바깥 활동이 정지된 갑갑증의 체념이다. 그렇다고 정신 줄마저 놓아둘 수는 노릇이다.

나이 차가 세 살 터울인 아내도 이젠 환갑을 넘긴 할망구이다. 그 곱게 밝았던 꽃다운 피부매력은, 가을낙엽처럼 윤기는 잃었어도, 몸매 가꾸는 노력은 여전하다. 자신 명의로 연 카페를 운영하면서, 자연보호 운동에 곧잘 동참했던 덕분에 아직은 활기가 넘쳐흐른다. 성미에 딱 맞는 일이라, 지칠 줄 모르고 부지런을 떤다.

그런데 코로나로 문을 닫을 지경으로 내몰리고 말았다. 정부의 모임금지 정책의 반영이었다. 정부에서 코로나전염을 차단하겠다며 강제한 행정조치는 국민적 위축을 불러일으켰으며, 개인별로 생활의 궁핍을 몰고 왔다. 영원한 동반자이자 아내인 허경자의 오늘 외출도, 이의 타개책으로 손님이 있든 없든 가게를 열려는 속셈에서 비롯되었다. 위력의 행정 강제가 한 단계 완화됐다고는 하나, 옛 영화의 실속을 되찾을 수 있을지? 장담할 수 없다. 언론매체로 이름이 꽤 알려진 연예인 몇몇도, 파리만이 날릴 뿐인 사업을 이미 닫았거나, 접으려 한다하지 않는가.

아내는, 부친이 설립한 제약회사의 지분을 10포인트 정도 갖고 있다. 그러나 아내의 동생이면서, 아버지의 뒤를 이어 십칠년째 사업을 이끄는 그 아들의 회사경영에는 일체 관련을 않고 있다. 지경의 범위를 골치 아프게 끝없이 넓혀야 하는 영향력이 모자라서 그런다는 표면의 이면으로, 작은 규모가 더 알차다는 주관에 맞추어 커피숍 운영에만 신경을 쓰고 있다. 종업원 수가 12명에 달한다.

아내는, 손님이 거의 끊긴 불황터널이 끝없이 길어지기만 하는 데도, 종업원 수를 한 명도 줄이지 않고 있다. 사업운영의 손발인 식구 같은 그들에게 생존권 박탈은 똑같은 생명체를 저버리는-곧 죽음으로 내모는 잔인이라며 출퇴근 보장을 해주고 있다.

또한, 은행대출로 그날그날을 어떠어떠케 버티는 여느 가게들과는 달리, 재난지원금도 정양하듯이 신청하지 않았다. 자신 명의의 갓물주(건물주를 신에 빗댄 합성어)를 보유하고 있기 때문이다. 그 앞으로 50석 규모의 정원 같은 야외석도 갖추고 있다. 이곳 본점 외에 규모 면적이 제각기 다른 이러한 직영점이 전국적으로 10여 곳이 더 있다. 커피시장 식견이 넓은 일류급 지점장 책임 하에 운영되고 있다.

부유한 집안의 자녀인 아내는, 그 호강을 톡톡히 누린 적이 있었다. 스마트폰 보급이 막 시작될 무렵인 23-25년 전 쯤에 간단한 식사 한 끼보다 비싼 커피사치를 부린 덕에, 된장녀라는 별명으로 불린 경력이 그 예이다. 그 입맛에 푹 빠져 커피숍을 연 동기가 되었다.

일이라는 것은 본질의 자유를 속박한다. 원치 않는 일을 마지못해 하고 있다면, 그 비관 치수는 더더욱 높아질 수밖에 없다. 생존 수단의 일이 희망의 고문이기 때문이다. 그런데 수많은 사람들이 코로나 영향으로 이 일마저 빼앗긴 서러움의 눈물을 연시 흘리면서, 어류魚類계 및 해초 보고寶庫인 드넓은 수평의 훈훈한 바람이 살갗에 닿는 감미를 탄성의 여유로 즐기는 사람들과는 달리, 그 바다를 시커먼 먹물로만 들여다보거나, 산림 우거진 산 숲에서 길을 잃고 헤매면서, 이리 찢기고 다치는 피눈물을 쏟아내고 있다. 형편이 메마르게 핍박해진 절박의 사람들 중에는, 못 쓸 놈이라는 욕을 해대는 이면으로, 그 코로나에 걸려 죽기를 소망하는 이들이 상당수라는 정보가 있다. 정부에서 모두의 안전 차원에서 곧바로 화장장례까지 치러주기 때문이다.

의지가 나뭇가지처럼 꺾여 자주적 억양도, 눈물의 씨앗도 더 이상 짜낼 수 없게 된 그들에게는, 무자비한 폭풍우가 대유행으로 퍼져가는 팬데믹과 무관하게, 오늘도 골프나 세계여행, 종교의 향유를 충분히 즐기는 부유층들의 그 자유분방을 남몰래 부러운 듯 훔쳐보기 보단, 청소일이든 식모살이든 당장이라도 해야만 목구멍 거미줄을 거둬낼 수 있다는-그 음울함에 말문이 절로 막히는-그 밝음을 잃어버렸기에 효과적인 대처는 고사하고-가만히 앉아 있지 못하는 초조감에 안절부절 떨면서-축사畜舍 안에서 호사를 누리는 돼지들을 부러워하는 시선으로-일상생활의 방편인 그 보장 값이라도 벌어보려, 공기 찬 새벽부터 신발이 닳도록 뛰고 있다. 불신과 분노에 열이 올라 어지러울 지경의 사족으로 매달리며 일자리를 쫓아다닌다.

긴장 되는 일에는 신경소모의 피로를 불러들인다. 입을 다문 침묵의 일종인 조용한 이면에는 어두운 그림자가 있다. 활동이 없으니 생존 여부가 애매하다.

길수가 길지 않은 환경운동 단체와 정치권 입김을 막은 업적은, 영양 풍력발전소 단지 건설계획을 백지화시킨 것과, 흑산도 공항 조성 절대 불가라는 두 가지 승기를 꼽을 수 있다. 문제가 있는 현장을 그렇게 두루 다니면서 크게 배운 한 가지는, 동식물을 망론하고-모든 생물들은 자체 힘이 떠받쳐진 기술력과 동시에 방어력을 앞세우고 싸움에 나서야만, 존립의 근원이 지켜진다는 것이었다. 에너지원을 필요로 하고, 에너지 확보와

생체구성에 필요한 물질 확보의 합성을 위한 물질대사(세포)를 가진 생물과 달리, 물·모래·바위·산 등의 무생물 역시도 나름대로 세월의 인고를 안고 있다.

생태 환경의 가장 큰 문제는 식수오염이다. 대한하천 학회와, 환경운동연합 소속 회원들과 공동으로 전국 하천을 다니면서 채수·채토·수질을 조사한 결과 발표에 따르면, 낙동강수질이 가장 심각하다. 남세균(녹조)현상이 우려 수치를 넘어선지 오래이다. 낙동강 하류의 경우, 수질을 생물학적 산소요구량(BOD)3단계2,9mg/리터에서,4단계2,6mg/리터로 총인(T-P)0,049mg/그램으로 강화했다고는 하나, 아직 가야 할 길은 멀다.

비료, 축산·산업폐수로 인해 창궐되는 독성물질 시아노박테리아를 생성하는 남세균(藍細菌=Cyanobacterial)을 머금은 채소는, 일반적 세척 방법으로는 이 엽록소 세균을 제거할 수 없다. 인체에 크나큰 해악害惡을 끼치는 독성이다. 녹조는, 그만큼 맹독성이 강하다. 녹조연구자의 말에 따르면, 아프리카 코끼리 350마리를 몰살시킬 수 있단다.

길수가 보람을 품고 적극 나섰던-지금은 잠정 접어둔 환경운동은 주업이 아니다. 아내의 생활과 별개로 길수는 수강생 시절로 돌아가 있었다. 시를 쓰는 작업이 그것이다.

집에서 갇혀 지내는 시간이 많아진 요즘의 환경은 육체적 피로는 적은 편이다. 한없이 자고 싶다는 쫓김의 디딤이 아니어서 한결 마음이 놓이는 시간이다. 반면, 정신적 피로는 과도해졌다. 아침 형 체질에서 새벽까지 정신머리를 쓰다 잠이 쏟아지면, 아무 때나 잠자리에 눕는 버릇으로 어느새 뒤바뀌었다. 환경운동에서 다져진 규칙적 생활패턴이 전면 깨진 것이었다.

어제도, 그러니까 일자가 바뀌어 오늘이 된 새벽 시각까지

잔머리를 굴렸다 잠자리에 들었다. 때문에 늦잠을 자지 않을까 염려했었는데, 출근준비를 하는 아내의 기척 덕에 일찌감치 깨어날 수 있었다. 푹 자지 못한 수면 부족은 절로 하품 수를 늘렸다. 찌뿌둥한 기분은 관대와는 거리가 멀었다. 그래서 본의 아니게, 형용모순인 짜증으로 코로나를 탓하는 불만을 토로했던 것이다.

늦바람이 무섭다 했다. 한동안 놓고 지냈던 그 정중의 감각을 되살린 늦깎이에 펜을 들어 글을 쓰고 있는 길수이다. 주위의 작은 속삭임-벽 너머 저 멀리 어디선가에서 들려오는 소리를 촉각으로 감지하는 청력-끊임없이 자신을 홀로에 가둬둔 완전한 고독 속에 빠져드는 족쇄-그 강박적인 편집증 일을 선택하여 시간을 보내고 있다. 면적이 손바닥만 한 섬 안에서는 시각장애인이 아닌 이상, 길을 잃을 염려는 없듯이 한편의 시가 마침내 탄생됐다.

행복은 멋지다/행복은 건강한 웃음을 짓게 한다./행복과의 동행은 즐겁다/행복의 잠은 편안하다/아무런 근심 없는 게 행복이 아니라/자신에게 지지 않고/역경을 이겨냈을 때/행복은 날개를 달아준다.   *[행복]*

별들이 대지와 속삭이는 시간대에 잠이 밀려들어 미뤄둘 수밖에 없었던 이 시를 책상머리에 눌러앉아, 보완 차원의 구비를 최종 마무리 짓자, 건너 편 방문이 열리는 소리가 들려온다.
"아범아, 오늘 아무 일 없는 거니?"

구순을 갓 넘긴 연령대 무색하게 나직한 목청에는, 건강함이 실려 있다. 실내화가 맨발뒤축을 치는 소리는 냉장고 앞에서 멈추었다. 냉장고로부터 스멀스멀 날아오는 찬 기운이 목덜미를 서늘케 한다.

"시간 된다면 나 데리고 어디든 다녀 보지 않을래?"

"외출하고 싶으세요?"

"나도 가끔은 울분을 털어버릴 대상이 필요하단다."

몇 분 사이로 목청이 퍽 약해졌다. 생기가 측은하게 시들해졌다.

"우리 엄니께서 많이 외로 우신가보다. 어디 가고 싶으신데 있으세요?"

길수가 한창 시절에 비해 신장이 왜소하게 작아진 장모를 엄니라는 애칭으로 부르는 까닭은, 친모 이상으로 아끼고 사랑하기 때문이다.

슬하에 어린 두 자녀를 남겨 놓고, 가족과 영영 사별한 집안 기둥 남편을 욕할 겨를 없이 길수의 어머니는, 젊은 시절부터 재래시장에서 생선 장사를 시작했다. 이를 악문 젊은 과부는 학교 안 가는 주말 이틀은, 중학교 3학년인 아들의 뒷바라지 도움을 받아 장사를 키웠다. 그렇게 억척을 쏟아 손에 쥔 그 눈물의 밑천으로, 이름난 산 등산로 입구에 임대가게를 열었다. 수많은 등산객들을 상대로 갖가지 용품을 파는 수단부리와 연동한 한식식당을 경영했다. 아들 길수가 "그 짓거리로는 밥 못 먹는다."라는 어미의 말을 끝내 듣지 않고 입학을 강행한 대학 3학년 때, 과부는 인적이 북적거리는 도심복판에다 운동기구를 파는 매장을 개업했다. 그 사업은 아직도 유지되고 있고, 길수 동생인 길숙 내외가 늙으신 어머니를 대신하여 문을 열었다 닫고 한다. 그곳 역시도 유행병 타격을 입고 있어, 거의 개점휴업 상태인 걸로 알고 있다.

매일 아침 문안전화를 올리는 길수가, 아내와 함께 어머니를 직접 찾아 뵈는 횟수는 한 달에 두 번꼴이다. 그 기간이 장장

십일 년째라, 아무래도 친모보다 장모와 더 가까운 사이가 되었다.

"공원에 데려다 줘."

중천에서 한시 가량 기운 해 온화하다. 봄기운이 아련하게 머금어져 있긴 하나, 회전하는 기후는 안심할 수 없이 쌀쌀하다. 연령 몸이 노쇠해진 노약자들이 감기에 걸리기 쉬운 이월 중순의 일기이다. 길수는, 지팡이를 쥐고 뒤따르는 장모를 기다렸다 들어 올린 두 손으로, 천 두꺼운 목도리겸인 숄을 매만지며, 목 주위 빈틈을 막아준다. 그리고는 장모의 남은 장갑 손을 꼭 쥐어 잡는다. 퇴행성관절로 아무래도 보행이 늦다.

앙상한 빈 가지 나무들 그림자가 보도블록 바닥 위로 여리게 드리어진 공원 내는, 노 젓기, 허리 돌리기, 공중걷기 운동기구 외에, 어린이용 미끄럼틀과 그네가 갖추어진 소규모 면적이다.

까치 몇 마리와 참새 서너 마리가 한데 어울려 노닐고 있는 공원 내는, 인간행동 작용이 거의 느껴지지 않고 한산하다. 추위 방지 가림 막을 두른 유모차 갓난아기를 데리고 산책 나온 젊은 엄마가 유일하다.

사람은 전에 모습과 다른 경우가 종종 있다. 젊은 엄마가 그렇다. 아기 엄마 이전의 여자는, 청초한 미소가 사라지지 않는 신혼사랑의 꿈결에 잠겨 있었다. 그 일 년 사이, 생기발랄했던 새댁의 얼굴피부는 느긋하게 퍼져있다. 나이가 성장하는 경험에서 터득한 아내다운 면모가 서서히 자리 잡혀가는 인상이었다. 초생 달 모양의 두 눈썹은 검고, 그 양안의 빛으로 주변을 둘러보는 시야도 한층 넓게 진득하다. 한시도 떼어놓아서는 안 되는 젖먹이 양육에 시달리는 흔적의 피로도가 살짝 떠있는-얼굴 중앙의 오똑한 살집 좋은 코가 작은 편인 그녀의 상냥한 인사를 받은 두 사람은, 그 답례로 발을 멈춰 세우고, 유모차에 관심을 둔다. 아기엄마가 빨간색 손 모아 장갑으로 가림 막을 거둬 아기를 보인다. 우윳빛 피부가 여리게 고운 아기는, 귀까지 가린 털모자를 쓰고 있다. 젖내 나는 생글생글 맑은 샛별이 티 없이 귀엽다. 앞으로 즐거운 일과 멋진 일을 수없이 경험해야 할 튼실한 사내아기이다.

"행복해라. 아가야!"

길수는 아기에게 손을 흔들었다. 누런 털빛에 살이 통통 찐 고양이 한 마리가 미끄럼틀 위에서 햇볕을 쬐고 있다. 거리상 습관성 경계빛만 띄울 뿐, 도망칠 기미는 안 보인다. 노파와 보조를 맞추나 덩달아 걸음이 느려진 길수가 밤색 가죽장갑 손을 잡고 있는 장모를 돌아본다. 산수유 빈 가지 그림자가 분절로 얼핏 스친 노파는, 큰 숨을 내쉬려 검은색 마스크를 코 아래로 살짝 내려두고 있었다.

"잠은 잘 주무세요?"

사위가 자족적自足的 말을 건네며 대화를 유도했다. 딸 내외의 각별한 보살핌 덕분에 심신은 아무 근심 없이 편하나, 실상은 독처나 다를 바 없는 오랜 과부로 내색 않는 우울증에 혹 시달리지 않는지에 대한 염려의 안부였다.

우울증의 근원은, 뇌의 신경전달 물질의 불균형에서 비롯된다. 서로 체온을 나눠야 할 부부가, 각 방을 쓸 경우에서 흔히 나타나는 노인성 돌연사 잠복이다.

그 외로운 고독은 곧잘 우울증을 불러들인다. 우울증의 특징은, 잠 못 이루는 불면증에 따른 의욕저하이다. 그 현상은 기억상실, 즉 몽유병환자처럼 정신기능 침하로 나타난다. 그 표면적 성격은, 수시로 일어나는 가학성에 따른 잔 신경질이 날카롭게 까탈하다는 점이다. 그 면에서 아직은 안심이 크다.

어떻게 가슴 아픈 일이 선물이 될 수 있을까? 늦겨울에 곧잘 비견되는 노인은 쓸쓸하다. 추억의 동결이 추위를 타게 한다. 장모는, 10여 년 전에 수두의 원인인 대상포진에 걸려 한동안 고생했던 적이 있다. 몸속의 신경을 타고 척수에 숨어있다, 생체리듬이 피로에 지쳐 약해졌다 싶으면 다시금 살아나 인체를 괴롭히는 대상포진은, 통증과 수포를 동반한 피부질환을 불러일으킨다. 그 심한 통증으로 옷을 입거나, 목욕 같은 일상에 큰 불편을 치르게 된다. 그 후유증의 잔재가 이따금 다리 저림으로 나타나곤 한다.

재벌가 일원인 아들보다, 정분이 깊은 동성의 딸에게 일신을 맡기겠다는 선택에 따른 수용이었으나, 오랫동안 모시고 사는 장모는, 여전히 부족함 없이 유복하다. 인생여정이 끝나면, 어차피 남기고 떠나야 할 그 많은 재물을, 사회단체 또는 복지기관에 사전에 나눠서 기부하고, 최소의 기초연금으로 품위를 지키는 황혼의 노파이다.

　요즘 말처럼 금 수저를 물고 세상에 태어난 복 있는 사람이다. 경제난 고충이 뭔지 모르는 장모는, 대면의 첫 인상인 얼굴을 평생 동안 가꿔왔다. 우유세수는 물론이고, 계란·오이마사지도 즐겨했다. 그래서 뙤약볕 아래에서 길쌈을 맸던 또래 노인네들의 자글자글 주름이 비교적 적은 편이다. 노인의 품위를 아름답게 빛내주고 있다.

　흔들어 넘치도록 써본 재물에 관해서는 더 이상 욕심을 부리지 않는다. 어찌 보면 남편 곁으로 가겠다는 주변 정리의 준비일 수도 있다. 별거 아닌 마음 하나 내려놓으면, 심경이 그렇게 편할 수 없다는 자조이다.

　"글쎄, 내 몸도 내 마음대로 조절할 수 있다면 얼마나 좋을까?

　면역기능이 시들하게 가라앉은 고령의 음력은, 역시나 불규칙하게 무미건조했다. 한창 시절인-최근의 십년 전까지만 해도 청력 밝고, 시력 좋았던 심장박동이 크게 날뛰었던 그 기력 찾아볼 수 없이 쇠하게 약해졌다. 꽃샘추위에 떠는 헐벗은 조경 나무들에게 언제 풍성하고 짙푸른 계절이 있었던가, 의문이 들 정도로 황량하다.

　"왜요? 잘 못 주무세요?"

　"깼다 잠들었다 도대체 기준이 사라졌어."

　돋보기 금테안경 너머 찌푸린 눈살이 안쓰럽게 흐려졌다. 노안에 따른 눈물까지 고여 있다. 동정이 절로 쏠린다. 길수는, 장모의 어깨를 자기편으로 기울게 하고 꼭 끌어안는다. 사위에게 푹 기댄 노파는, 차가운 뺨을 오리털 촉감이 부드러운 옷깃에 살살 비비며, 아득한 한숨을 가늘게 새어낸다.

　"잡념 때문이지 않을까요?"

　"쉬 잠이 오지 않으니, 별의별 생각에 더 잠이 달아나는 거겠지."

　어린소녀의 야무진 투정 같다는 느낌이 체험으로 바로 전달되어 온다. 혼자 누운 침상이 허전하면, 과부는 더더욱 체온이 그리운 눈물을 흘린다. 잊을 수 없는 남편 생각은 그토록 베갯머리를 적신다. 외부로 눈을 돌려, 지난 과거는 잊으라는 귀띔이 못 잊는 슬픔에서 벗어나는 탈출구이겠으나, 현실의 환경이 잠시 잠깐이라면 아님만 못하게 애 터지는 그리움은, 더 깊은 통곡이 될 수 있다. 상부喪夫에게 어서 빨리 안기고 싶다는, 뼈 떨리는 침통이 고도로 높아질 수 있다.

"따님 보러 갑시다."

길수가 즉석 제안을 냈다. 이대로 집에 혼자 있게 할 수 없다는 판단을 재빨리 헤아린 것이다. 장모가 신장 면에서 자신보다 목하나 더 큰 사위를 올려다보며, 목도리가 맞닿아있는 주름진 턱 끝을 딱 한번 끄덕거렸다. 길수는, 고령의 장모를 예정시간 보다 빠르게 공원에서 모시고 나와 집 방향으로 발길을 잡았다. 드리어진 구름 너머로 태양이 가려진 기후는 더욱 차가워졌다.

차로 십분 남짓 거리인 커피숍 전체 건물은 칠층이다. 그 이층 전체 통유리벽면에, 맞은편 복합 상가 육층 건물에 속한 이층이 반사로 비치고 있다. 앞전에 오면서 차창 밖에서 스밀 듯이 대충 흘어본 꽃가게·노래방 등의 영업소 문이 대부분 닫힌 것처럼-자물쇠를 채운 스포츠센터의 실물그림자이다. 길수도 회원인 스포츠센터는 잘 나갔던-사람들의 땀내 체온이 뜨거웠던-시끌벅적 자취는 온데간데없이, 먼지 뒤집어 쓴 처참한 피폐에 둘러싸여있다.

십이 년 전, 법원경매에 오른 낡은 칠층 아파트형 공장건물과, 그 토지 전체를 낙찰 받아 지어 올린 이층 위로, 두 층을 쓰는 보험회사와, 굴지의 은행계열 대부업체 등이 임대로 쓰는 건물 앞 야외 오십 석 테이블 중, 세 테이블에 복장 두꺼운 손님들이 앉아있다. 그것만으로도 건천이 된 영혼에 샘물이 흐르게 했다. 찻잔을 앞에 둔 고객들은 일정한 거리를 두고, 저희끼리 얘기를 나누고 있다. 모처럼만에 보는 광경이라 감회가 새롭다. 아무런 구속 없는 대화가 자연스럽다. 전형적인 찻집 모습이다.

이 장면에서만은, 시쳇말로 현재 인류사회를 틀어쥔 코로나와 한판 승부를 겨룬다는 징후는 어디서든 찾아볼 수 없는 평화 그 자체이다. 광란적이고 비합리적인 자유제한에 가둬두고, 그 속에서 '이번엔 나일까?' 집단적 전류에 떨게 하는 인간들의 시간을 압축한 체험 기록을 보는 듯하다.

남녀구분 없이, 파란색 상의에 검은색 하의를 똑같이 맞춰 입은 앳된 여종업원 한명이, 현대식 인테리어로 실내를 장식한 안으로 발을 들인 두 사람을 금세 알아보고 달려 나와 그 앞에 멈춰 섰다. 그리고는 정중을 모은 깊숙한 인사를 올린다. 긴 머릿결에 길쭉한 인상착의가 생글하다.

그 뒤편으로 역시 같은 유니폼 안 흰색 와이셔츠 위로 짙은 색상의 넥타이를 단정히 맨 남녀종업원 몇몇의 깍듯한 차렷 자세인사가 건너다 보였다. 눈길이 가는 대로 그 너머를 쭉 둘러보니 반갑기 그지없는, 십여 명 넘는 손님들이 있다. 마스크를 착용한 두세 젊은 청년은 노트북 작업을 하고 있고, 미성년 상고머리 소년을 동반한 중년 층 여성 댓 명과, 한 회사 세 직원이 업무 조율을 하고 있다. 불황을 먹고 사는 요즘 시대에 형용모순이지 아닐까 싶을 정도로, 분위기가 생경 맞게 훈훈하다.

"수고가 많아요."

길수는, 밝은 음성으로 예의를 갖춘 전체 종업원들에게 답례를 전했다. 존중이었다.

"사장님은 이층에 계십니다. 이쪽으로 오세요."

처음 여종업원이 손바닥 편 두 팔목으로 이층 계단 방향을 가리키며, 고무밑창 흰색운동화 발 머리를 돌렸다. 친절이 밴 면모가 돋보였다.

"잠깐만요."

길수가 종업원을 불러 세웠다.

"우리 여기 앉을 테니, 우리 왔다는 소식만 전해 줄래요."

"네, 알겠습니다."

종업원의 보고를 받고, 이층 난간 너머에서 모습을 드러낸 허경자가, 아래를 내려다본 즉시, 밤색카페로 모양의 각도를 새긴 그 십칠 계단을 빠르게 내려왔다.

"엄마가 웬일이래."

60대 할머니가 입에 밴 엄마 호칭으로 부른 그녀의 발음 뚜렷한 음색은 청량하게 맑다. 딸이 지팡이 쥔 엄마 팔을 가볍게 부축한다. 길수가 장모로부터 지팡이를 대신 받아들었다. 세 사람은, 계산대와 가까운 테이블의자를 빼고 각자 등을 붙이고 앉았다.

"엄마, 이렇게 외출해도 괜찮은 거야? 아침에도 춥다 했잖아."

"날이 온화하더라."

목줄에 걸린 말을 아주 낮게 깐 노파의 음양은, 무게 없는 기도와도 같은 관습의 숨결이 배어있었다.

"엄마, 목마르지?"

평생을 한 지붕아래에서 오손도손 살아온 모녀간이라, 말투 하나로 음색의 저의를 분별하는 눈썰미가 자연스럽다.

"미스 송!"

여사장이 커피향기 진원지인 주방 앞 선반에 왼팔을 괴고 서서, 어떤 분부가 있을 것 같다는 눈질을 이편으로 연시 흘리는 막내 종업원을 손짓해 불렀다. 넉넉하지 못한 집안 사정으로 고등학교졸업 후, 사설학원에서 바리스타교육을 받은 바탕에서, 바리스타 자격증을 갓 취득한 스물 한 살의 신내기 종업원이다. 자기 주관이 아직은 덜 여문 인상을 풍기면서, 집안 식구 도착을 알려준 그 귀염둥이이다.

"여기 물 한 컵 갖다 줄래."

그때, 잠깐 들른 집에서 천 두꺼운 목도리 겸 솔 대신으로 목을 감싼 붉은색 니트를 여전히 풀지 않고 있는 노파가, 양 눈가 주름이 선명한 옆자리 딸을 돌아보면서 마른 입술을 열었다.

"시키지 말고 네가 떠오렴."

"엄마, 여긴 집이 아니고 가게라고요."

"너도 손과 발이 있지 않느냐. 부모에게만은 사장행세를 하지 말았으며 한다."

지나치게 집착하는 노인성 우김질이 까탈하게 예민하다.

딸의 속내에서 그 어떠어떠한 조각을 짜 맞추는 계산이 한창인 눈동자가, 좌우 또는 위아래로 심각하게 굴려지고 있다.

"알았어. 엄마 말 들을 게. 당신은.....?"

"나는 찬물로 줘요."

청색양장 차림이 단정한 딸이 등받이의자에서 일어나 자리를 비웠다. 굽 낮은 검은색 구두로 볼이 넓은 발을 감추고 있다.

"너 쓰지 않던 안경 오늘 따라 왜 쓴 거니? 진짜 인상이 달라 보인다."

원형테이블을 사이에 두고 원두커피를 마시는 동갑내기 이십 대 두 여성 간의 격의 없는 대화이다.

"어떻게 달라 보이는데? 응, 얼른 얘기해 봐. 얼른."

긴 파마머리에 검은 테 안경 눈이 예쁜 여성이, 갸름한 턱을 쑥 내밀며 애교를 떨었다.

"너 똑똑해 보이려고 안경 쓴 거 맞지. 그치?"

앞니가 뻐드렁니처럼 고루지 못하나, 성미는 싹싹해 보이는 여성이 따지듯이 대들었다.

"기집 얘...... 그래, 남자 꾀는 연습을 하려고 안경을 쓴 거다. 어쩔래!"

안경 쓴 여성은 못마땅하다는 식으로 입술을 삐쭉였다. 그리고는 금세 밝은 표정을 지어내며 뒷말을 잇는다.

"어떠니? 네가 보기에 괜찮게 멋있기는 하니?"

"아이고 배야"

상대 여성이 갑자기 앓는 소리를 낸다. 잔뜩 찌푸린 인상 채로 옷 안의 배를 살살 문지른다. 남은 한 손으로는 가방 속을 뒤척거린다.

"왜 그래?"

"배가 아파."

"배탈 났니?"

"그게 아냐. 어, 없네?"

찌푸린 오만상에 울상을 머금은 안색이 흉물하다.

"별일이네. 뭐가 없다는 거니?"

안경여성이, 일행이 뒤지는 가방 속을 같이 들여다보면서 물었다.

"아이고 배야. 너 그거 있니?"

목소리 톤이 누가 들을 새라 아주 낮아졌다.

"뭘?"

"생리대."

안경여성이 열어젖힌 제 가방 안을 뒤척인다.

"있다. 자!"

일회용생리대 하나를 둘둘 말아 주위를 슬쩍 둘러보고 남몰래 주듯이 건넨다.

"나, 화장실 갔다 올게."

미리 자리에서 일어난 일행은, 빠른 걸음으로 화장실로 내달렸다.

여사장이 쟁반에 받쳐 들고 손수 가져온 사기접시 딸기 외에, 유리컵 두 개 중 하나의 물은 차지 않는 정도의 온수이다. 딸이 작은 포크로 몸통을 찌른 반쪽짜리 딸기를 들고 있다, 물 마신 턱을 내리고 냅킨으로 입 언저리를 닦는 엄마에게 내밀었다.

"자, 엄마."

노파는 핏기 마른 오른손을 느릿느릿 움직여, 딸이 쥐어주는 대로 포크 손잡이를 넘겨받았다.

"아직 추워? 외투 벗지 그래."

내용 없이 밋밋한 평범한 말투 속에는, 지금까지 다지고 또 다진 끈끈한 핏줄의 자유로운 친밀감이 듬뿍 실려 있다. 의자에서 일어난 길수가 외투를 벗으려는 장모를 뒤편에서 돕는다. 그걸 받아 장갑-목도리와 함께 옆 빈 테이블 위에 얹었다.

"장사가 풀린 거냐?

"여태 파리만 날렸다 오늘 모처럼 활기가 띄네. 혹 엄마가 보낸 손님들 아냐?"

"움직이기만 하면 넘어져 다친다는 위험성 걱정의 말부터 듣게 되는 노인네가 그런 능력이 어디에 있니."

"엄마는 옛날 어르신이지만, 굴뚝 연기 피우면서 명아주 죽으로 허기를 달랬던 엄마 세대들과 달리 신식교육을 받은 분이시잖아. 예전에 아빠가 이런 말을 들려주신 적이 있어,"

사별한지 벌써 십 삼년 째인 남편 얘기에, 장모는 절로 끌리는 귀를 딸에게로 붙였다.

"'우리 사업이 이만큼 성장할 수 있었던 배후에는, 네 엄마 유순덕 여사님의 끈질기게 밀어붙인 저력 덕분이었다.' 아빠의 이 말의 의미 배경은 구체적으로 무슨 뜻이야?"

"아마, 리베이트 사건 얘길 거야. 제약사 역시도 여느 제품들과 마찬가지로 고객들에 알리는 영업이 중요한데, 그 과정에서 몇몇 직원이 근무의사들에게 우리 약품 써달라는 읍소로 몇 백만 원씩 돌렸었거든. 시장을 어지럽히는 그 불법 행태가 여론에 된통 걸려 결국 그 약품에 한해서 판매금지 철퇴를 맞았던 적이 있어. 회사 문 닫을 지경으로 뒤죽박죽 무참해진 그 수습을 위해, 식약청 상대로 처분이 부당하다는 행정소송을 걸고 승소한 적이 있었거든."

"그럼, 엄마는 그 당시에 연가 적 관점인 이것과 저것이 일대일로 대응하는 함수를 갖추고 있었다는 거잖아. 대단하셔...... 그래서 회사를 살려낸 거고......"

"자본주의가 불러들인 사회의 보편적 관습이긴 하나, 불법은 불법인지라, 쉽지 않은 싸움이었어. 방어력이 센 변호사 참 똑똑하더라. 그래서 계란으로 바위를 깨는 기적을 볼 수 있었다고 믿고 있지."

성공적 사례 얘기와, 남편기억의 받침인지, 나이가 무색한 달변이다. 후세들에게 들려주고 싶은 여담이 무궁무진 많다는-정신력이 아직도 혼민 하지 않고, 장쾌하게 또렷하다는 암시가 충분히 가늠되는 입담이다. 기억력이 퇴보했다는 기색 따위 찾아 볼 수 없이, 위대하다는 느낌마저 들게 한 웅변조 화술이었다. 남편이 혼신을 다 받쳐서 건재로 끌어올린 그 회사의 고문이라는 직책을 업고, 장애인복지관, 여성 직업훈련센터 등등에서-재능기부 차원의 봉사로-주부들 대상으로 원기를 불어넣는 소박한 실체이야기를 들려줬던 그 전례의 재생이랄까? 아무튼 감사하면서 남은여생을 보내는 긴 시간의 여유 부림이다.

"맞아. 그 승리가 바로 이렇게 손님을 불러들인 거야."

아내의 어김없다는 식의 단정에 길수도 미소를 머금지 않을 수가 없었다.

제7장

-구름 너머 하늘-

"그건 이를테면 바보 같은 착시 현상이야."

"잘못 보고 있다는 착시라니.....어째서.....?"

동창의 말을 맥락은 같으나 다른 어휘로 역 질문한 입매 자는, 얼빠진 기운을 조급하게 지어냈다. 그러면서 사람을 낮춰보는 오글거림의 낌새를 일순 흘긴 그 눈빛을 아래로 천천히 무겁게 내리깔았다. 비밀이 다른 사람을 만든다는 말처럼, 턱을 가슴팍에 붙인 채로 쓰디쓴 무언가을 억지로 삼키는 듯이 입맛을 다졌다. 그 이면으로 달갑지 않다는 불신의 표면을 확연하게 새겨내기도 하였다. 나이에 비해 아직은 체력이 쓸 만하게 받쳐있어, 젊은이들 못지않은 용을 쓰겠다는 열정은 열 입의 장려로도 모자랄 판이다.

그러나 인간됨됨에 있어서의 자질부족이 두통거리이다. 안타까운 비관은, 나라정세에 대한 걱정을 눈곱만치도 갖추지 못한 주체의 본질을 자신만 까맣게 모른다는 흑화黑化이다. 사람들이 그 그릇이 아니니, 제 분수를 알고 자신을 지키는 것이 우선이라는 신호를, 입과 손과 발짓으로 수시로 보내는 데도 불구하고, 영웅담에 들뜬 빗면질만 하고 있다. 면류관이 씌워지는 사회적 성공에는 세력에 의해 만들어진다는 이론은 안다하면서, 도대체 그 불특정 다수들로부터 신뢰를 입는 비결이 무엇인지 찾아보겠다는 반성 없이, 화투놀이에서 단번에 피 두 장을 따보겠다는 일타쌍피-打雙皮 염탐만을 노리고 있을 뿐이다.

우리라는 상호 간 협력의 동질을 모르는 그는, 불구의 뚝심이 빈약하다. 자신이 확신하는 주관적 철학의 취약을, 허세부리 안개로 덮여왔다. 그 과대포장의 기질대로 상호 의견을 토론하는 자리 기피 성향을 종종 드러냈다. 절대로 성공이 따라붙을리 만무한 문제 중에 문제가 아닐 수 없다. 이런 종합을 오래전부터 듣고 보아온 속물의 근성을 꿰뚫어 알기에, 성훈은 나무라는 어조로 상대로 하여금 머리를 조아리게 한 것이다.

성훈은, 이 바탕의 취지를 곱씹으며, 어렸던 시절부터 대단한 집안의 자손이라는 위세를 떨며 동무들의 기세를 꺾어 놓기 일쑤였던, 홍기성의 정수리부위를 물끄러미 지켜본다. 왼편으로 가르마 선을 낸 두피가 훤하다. 그만큼 탈모로 머리카락 수가 허술해졌다.

사람의 성격은, 배후의 행동에서 드러나기 마련이다. 기성의 아버지인 홍기호는, 일제강점기 때 엽전놀이(고리대금업자)로 담장 두른 대궐 안에 살면서 백성의 고혈을 짜낸 원성이 자자했던 조부의 유산을 이어받은 재물 덕분에, 전 국민이 비탄에 빠진 6·25동란 시기에도, 별 고생 없이 등 쭉 펴고 잘 지냈다. 나에게는 위아래가 없다는 협박의 눈알로, 남을 업신여긴 아버지의 안 좋은 그 검은 핏줄을 그대로 물려받은 기성 역시도, 또래 아이들 앞에서 지폐뭉치를 너풀너풀 흔들어대는 현혹으로 상주 행세를 부렸었다. 나이를 마술로 먹었는지, 이렇게 버르장머리 없는 안하무인이 정치판에 발을 들이려하고 있다. 추호도 될 성 싶지 않았는데, 재력만을 믿고 동네구의원에 도전했다 실패한 경험조차도 무시하고, 이번엔 구청장후보로 나설 태세인 모양이다. 기성이 먼저 성훈을 찾고 자리를 마련한 이유이다. 한 동창 승호를 여러 날 동안 도와 국회의원에 당선시킨 일등 공신이었기 때문이다. 이전까지는 만나도 별다른 말없이 악수로만 끝냈던 두 사람 사이이다.

"도대체 너는 어느 나라 사람이냐?"

성훈이 단도직입적으로 대들었다.

"그야 물론 대한민국 사람이지."

"그럼, 대한민국 헌법 제1조1항 말해볼래."

"대한민국의 주권은 국민에게 있고, 모든 권력은 국민으로부터 나온다."

"잘 배웠네. 한데, 왜 넌 그 수평을 깨는 거센 파도 속으로 뛰어들려는 거니? 말하자면 그 방법의 길도 모르는 사람처럼,

오직 충성만을 요구하는......이를테면 죽은 자는 절대로 무덤을 요구하지 않는다는 독재부리로 존재를 과시하려는 건지, 그게 궁금하다."

"패거리인 정치판이 그러니 좇아갈 수밖에......"

"남의 모방으로 독불장군 위세를 떨쳐보겠다? 어째 발상이 위태롭게 느껴진다."

"내 꼴이 위태롭다? 어째서......?"

이렇게 모방의 기계로 반문하면서 부른 뜬 두 동공은 험상궂게 일그러졌다. 내 사전에는 교정의 타협은 없다는 사나운 아집이 팽팽했다. 난폭한 성격으로 들이박는 숫염소 뿔에 다치지 않을지, 피하고 보자는 진땀이 절로 흘려질 지경이다.

"제 뿌리 없는 식물생명 얼마나 길까? 노릇도 어느 정도 민중의 세력을 거느렸을 때 긍정이지, 너처럼 뭐.....지역을 하나 님나라로 건설하겠다는 속빈 선언부터가 국민적 반감이 클 거라는 점 왜 내다보지 못하는 거니? 이 땅은 영원하다는 신의 나라가 아니라, 이기심으로 똘똘 뭉친.....영역을 빼앗거나, 지켜내려는 암영暗影으로 치고 박고 싸우는 인간들 세상이야. 종교 취향이 저마다 제각기 다른 구민들이 지지를 보내 줄까? 어리석은 허황된 꿈에서 깨어나라. 건전한 원리는 언제나 건전한 결과만을 촉진시킨다는 근본의 바탕부터 배웠으며 한다."

비판이 가열하게 무섭다. 사지가 다 떨릴 지경이다. 그러나 마디마디를 뚝뚝 끊고, 절묘하게 맞춰 잇는 얼개의 달변은, 한 치의 굴곡도 없이 짚어내는 음이 정확하다.

"하나님의 섭리가 임해야 사람이 붙든 돈이 붙든 하잖아."

"그 한 장의 그림종잇장 따위에 불과한 돈만 있다면 모든 조달이 가능하다는 거소擧訴 나도 인정해. 그렇지만 그것이 공명정대한 다의적多義的 사고라 할 수는 없지. 왜냐하면 저평가 우량주 인물은, 그나마 생존의 병기를 숨기고 있다는 그 안전감의 긍정을 여론이 떠밀어준다면 반전의 힘을 받을 수 있지만, 너처럼 뭐 기회만 잘 타면 세상을 단번에 거머쥘 수 있다는 정치 병부터 앞세운다면, 어느 누가 좋아할까? 모욕만이 뒤집어 씌워지지 않을까? 어떤 형세의 병색이든 건강을 잃었다는 건 당연한 상식이 아니더냐. 인격의 조화가 깨진 오욕이지 아니더냐. 삶의 질이 형편없이 낮아졌다는 증언이 아니더냐. 그리고 또 하나 지적은, 넌 표면적 배척은 아닐지라도 신을 안 믿잖아."

상대방의 안색이 편집증으로 흉물스럽게 일그러졌다. 초등동창이 아닌, 원수 이상의 악마라는 음각을 인상의 박재로 새겨냈다.

"이놈의 자식 정말 눈에 봬는 것이 없구나."

데시벨이 높아진 욕설에는, 잔뜩 부추긴 열불을 철회하지 않으면, 가만두지 않겠다는 협박성 악의가 득세였다. 금방이라도 입천장을 찢어발기고 말겠다는 기세가 파괴적으로 거칠었다. 머리가 돌아버린 위험한 정신적 착락으로, 사리분별의 처신을 거둬치우고 채운 분노의 눈알은 확 뒤집혀, 사물을 겹쳐 보는 사팔뜨기 안구 그대로였다. 여기서 개인의 능력은 물론이고, 날로 자질의 급이 높아져가는 국민적 수준에도 한참 못 미치는 편협한 반항심을 엿볼 수 있었다.

저 잘났다며 마구 날뛰는 소아小我성 기질은, 예전에 친구들을 흔하게 깔아뭉갠-달력에 맞춰 오며가는 그 계절을, 제멋대로 지랄망정하게 뒤섞어 장난질을 쳤던, 그 도착증倒着症 증세와 꼭 닮았다. 정말, 참는 인내를 저버린-돼먹지 못한 성미 고약한 짓거리 그대로였다. '모든 권력을 거머쥔 국가는, 대항할 힘조차 빼앗긴 신변의 민중에게 사소한 일이 곧 법률규칙을 어긴 거라는 죄목을 붙여, 총살로 죽인 보리밭 시체를 거둬 구덩이에 묻으라.'라고 외쳤다는 어느 독재자의 악질과 등급을 같이 하는 폭정이 아닐 수 없었다.

심지가 여린 성훈은 겁이 덜컥 났다. 그렇지만 그는 눈살을 파르르 떠는 표면과 달리 한 치도 물러나지 않고, 상대를 끈질기게 유념하며 노려보고 있다. 만일, 상대가 폭력을 행사한다면 싸움에 소질이 없는 그는 몇 대 맞는 아픔으로 다툼을 진정시키려 할 것이다. 그만큼 성훈은, 한 명 두 명 곁을 떠나 흙에 묻히는 동창친구들을 그리는 마음이 진지하다. 지난주에도 코흘리개 시절에 얼싸안고 맨 땅을 뒹굴며 놀았던, 죽마고우 한 명이 또 유명을 달리했다.

기성이, 성훈이 속으로 이런 생각을 굴리고 있는 것을 알아채기라도 했는지-아니면 풀뿌리 친구임을 의식해서인지-그 이상의 야비한 성질은 내지 않고, 내심 자중하는 낌새를 우물쭈

물 드러내기 시작했다. 분을 삭이는 표정에 독성기운이 점차 가라앉아가는 모양새가 돋보였다. 다행이다.

"이쯤에서 참는다."

대단한 선심성 배려이다. 그러나 눈과 표정에는 이글이글 노기가 여전히 태워지고 있다.

"넌 위선자야. 너라면 지성知性의 유익한 말로 힘이 되어 줄을 알았는데, 되레 기를 꺾는 화를 돋우다니.....너라는 사람 다시 본다. 우정을 짓밟은 넌 이제부터 친구라는 딱지를 뗄 거다."

이 말을 거침없이 내뱉고 황소 콧숨을 씩씩 내쉬며 자리를 박차고 바깥으로 휙 나가버린다. 그 싸늘한 공기가 맴도는 커피숍에서는, 침묵이 곡해되는-언급이 막히는 이상한 체취가 풍겼다. 기분이 그다지 불쾌하지 않아 악취는 분명 아니나, 성급하게 밀려든 자력의 이해는, 금이 생긴 우정의 쓰라린 아픔이었다. 산산조각으로 깨져버린 유리조각이었다.

친구의 관계는 어떤 경우에서든 칼로 물 베기라는 평소의 관념은 쓸데없는 과대망상이었단 말인가? 산전수전을 다 겪은 나이와 무관한 진중 해이라 할까? 아무튼 변별의 감정은, 모든 것을 수용하지 못하기에, 내키는 기분대로 자신을 표방하기 마련이다. 즉, 달콤한 얘기에 빠져들면 얼마든지 정신적 편향으로 기울 수 있다는 것이다.

문제는, 난폭한 동물에 속한 혈청을 조절하지 못 하는 본체 그대로를 까바리는 무지함이다. 뇌 속에서 쉽사리 지워지지 않고, 계속 안개만 피워지는 아련함이 심령을 갈기갈기 괴롭힌다. 물론, 코흘리개 시절부터 인연을 맺어 온 친구라고 해서, 같은 의대의 관심을 가져달라는 것은 지나친 독선이다. 그럴 수는 없는 노릇이다. 한 시대의 세월을 개별로 확실하게 굳힌 성격차 굴곡이 너무 깊기 때문이다.

오늘날 우리 사회를 돌아보면 슬픔이 가슴을 메운다. 희망보다 부정심의 파도가 드세졌기 때문이다. 단일로 귀착하지 않고, 여러 갈래의 말이 나온다면, 그것은 싸움판의 전조이다. 찰과상 정도의 상처라 할지라도, 규모 큰 집단이 문젯거리라 외쳐대면 관점으로 키워지는 것이 사회상이다.

사정하는 탄원을 들어주지 않는 자는, 그 목숨 하나쯤의 파

멸은 아무렇지 않게 짓밟아버린다. 용서 없이 경사판 아래로 차버리는 악행은, 선례를 남기면 같은 방법의 고충과 다시금 마주하게 된다는 의심이 강하다. 젖먹이 갓난아기에게는 20년 의 세월이 지났다 한들, 고기를 먹여서는 안 된다는 심보 비뚤 어진 보복이다. 확실치 않는-꿈결 같은 불합리한 모순이다. 캄 캄해도 캄캄하다는 것을 모르는 암담함-반수면 상태에서 멸시 를 내뱉는 혹평. 너무 깊게 뚫고 들어간 폐부에서는 참다운 화 해는 생성될 수가 없다. 치명적인 증오만이 자랄 뿐이다. 탄식 은 긍휼함을 얹은 가슴을 쥐어뜯게 한다.

집에는 아무도 없다. 아내도 재택근무로 일상을 바꾼 아들도 안 보인다. 성훈은, 두 번째 노크에도 인기척이 없는 아들의 방 문을 열고 안을 둘러보다, 침상 위에 놓인 휴대폰을 발견한다. 문득, 아들이 누구와 소통하며 지내는지 근황이 자못 궁금해졌 다. 부자 간 일지라도, 소유명이 다른 전화기폴더를 함부로 열 어보는 것은 엄연한 결례이다. 법정에 오를 수 있는 중대 사안 이다. 성훈은, 그럼에도 정리가 깔끔한 침상 가에 걸터앉아서 짐짓 메시지 엠부터 확인한다. 짤막한 문장내용의 대부분은 회 사상사나 한 팀 동료끼리 업무방향에 대한 협의를 나눈 것들이 다. 다음으로 카카오톡을 열었다. 첫 문장부터 이목이 끌렸다.

"안녕, 잘 생긴 미남 씨. 멋진 밤을 보내고 계시나요?"

"왜 부탁한 인물사진 안 올려?"

"답변 늦어 죄송합니다. 여보, 일이 너무 바빠요. 그럼, 오늘 의 사랑은 어땠어요?"

"쾌활한 햇빛과 같습니다. 마음 한 구석까지 빛나고 밝은 아 침과 신선한 희망을 선사하는 그런, 그런 사람에게 Good Morning."

"감사. 당신에게도 햇빛 같은 신선한 기후 기원!"

"오늘도 잘 지내시길 바랍니다. 항상 내 메시지를 확인하지 않습니까?"

"난 당신 생각했는데, 당신은 당신 신원을 확인할 얼굴사진 안 보냈어,"

"미안, 당신은 여자 친구가 있습니까?"

"당신이 나의 여자 친구."

"고마워, 내 사랑. 나는 처녀, 남자와 관계를 가진 적이 없습니다. 나는 좋은 파트너와 소울 메이드를 원합니다."

"동정녀? 깨끗하네."

"자기야, 난 사랑을 해본 적이 정말 없어. 나는 남자를 원한다. 그 가치를 알고 있습니다."

"나도 남자로부터 순결을 지킨 당신 같은 처녀 원해."

"그게 내 꿈, 내 사랑이었습니다. 나는 고아로서 많은 고통을 겪었다."

"중요한 것은 앞으로의 미래야. 자기의 불우환경에 자학하지 말고 자신감을 가져. 당당해야 해."

"사랑을 만나서 행복합니다. 마침내 내 눈은 매일 밤 보고 자고 일어나 아침에 가장 먼저 보고 싶은 눈을 찾았습니다. 사랑해요."

"당신은 사랑으로 안아 줄 그 누군가의 보호가 필요해. 여보, 이제부터는 고아의 혼자 아닌 남편과 둘이라 생각하고 열심히 미래를 향해 살자."

"아, 너무 좋은 사랑이야. 당신은 내 마음을 너무 따뜻하게 한다."

"당신은 내 가슴의 아내."

"나는 당신에게 속하고 당신은 나에게 속합니다. 함께 우리의 이름은 사랑입니다."

"그래, 비록 얼굴 볼 수 없는 머나먼 사이이나, 난 당신께 속한 남편."

"아, 너무 좋은 사랑. 꿈.....사랑은 마음에.....아무도 말할 수 없습니다. 강한 사랑이 우리를 하나로 묶어 줍니다. 자기 이름 뭐예요?"

"내 이름은 홍철종. 당신 이름은?"

"나의 이름은 베로니카. 당신 이름은 Veronica. Hong Chul-jong cure. 난 당신에 대한 생각을 멈출 수 없습니다."

"먼 그리움에 사람은 불타고......"

"나는, 당신에게 가장 귀여운 얼굴이나 당신에게 가장 섹시한 몸매가 없을 수 있습니다. 하지만, 나는 확실히 당신이 요청할 수 있는 가장 깊은 사랑을 가지고 있습니다."

"꾸미지 않은 생김 그대로가 순수한 자연산이니 희망을 갖자고......"

　"당신과 함께 있고, 평생 당신과 함께 있고 싶어요. 나는 항상 당신의 등을 가지고 있기 때문에, 당신은 나의 강점이 되고, 당신의 약점조차도 돕고 싶습니다."

　"사랑은 오래 참는 것. 메아리가 힘차다."

　"매일이 좋지 않을 수도 있지만, 매일 좋은 것이 있습니다. 당신을 위해 떠오르는 태양.....창밖을 참조하십시오. 당신을 위해 웃는 꽃과 새들이 당신을 위해 노래합니다."

　삼사 분의 시간을 걸쳐 내용 전반을 다 흩어본 성훈은, 턱을 쳐들고 2,3미터 높이 천장(반자)을 올려다본다. 소등해둔 LED 전등이 고정으로 매달려 있다.

　"얘가 여자를 사귀고 있는 건가?"

　성훈은, 아버지로서의 흐뭇함을 옅은 웃음으로 새겼다. 서른 세 살이 되도록 까지 여자의 애정과 인연이 먼 내 아들이다. 장가를 들지 못한 노총각이다.

　성훈은, 삼년 열애 끝에 신체구조가 서로 다른, 두 몸이 한 몸으로 합쳐지는 결혼을 했다. 일남일녀를 뒀다. 사회적 상례인 경험에 비춰 말한다면, 남자의 안정은 아내의 손길에서 받쳐진다는 것이다. 이로 볼 때 아들의 독립에는 여자가 필요하다.

　"베로니카? 설명이 필요 없는 미국 여성이군."

　성훈은, 서재 책상 위에 널린 책 정리를 대충 마치고 따로 떼어 남겨둔《상수학象數學》책자를 펼쳤다. 오래 전부터 학계 측 주장들이 저마다 엇갈려 체계정리가 아직 덜 되어 나름 연구용 책자를 출판사 명의를 걸고 출간해 보자는 차원에서, 일주일 전부터 손을 대기 시작한 새로운 원고작업이다. 그는, 일 시작 전 마른 듯이 건조한 입안을 적시려 서재를 나섰다.

　일반적으로 동양학과 연동하여 상수학象數學을 떠올린다. 상像이 어떤 사물의 현상이라면, 이와 다른 개념으로 쓰이는 형形은 밝음을 뜻한다. 취상取象, 천수상天垂象의 의미가 담긴 훈민정음의 창제원리가 지地에 바탕둔 상수학에서 나왔다는 것이다. 즉, 이理→상象→수數 세 생명의 본질의 관점에서 해례본 모음법칙을 바라봐야 한다는 이론이다.

　상수철학의 바탕이 되는 이론이 하도河圖=낙서洛書이다. 현재의 도서관圖書館 용어의 기원이 하도=낙서이다. 하늘이 상을 드러낸 것이라는 천수상天垂象의 깊은 뜻은 성인의 취상이다.

천지가 생성한 변화원리를 아로 새긴 암호문인 하도河圖의 단어 등장은, 대략 5500년 전 인물로 추정되는 태호복이 천하天河 송화강에서 용마龍馬(보통 말보다 큰말)등에서 본 천수 상을 통하여 알게 된 우주설계도 그림에서 비롯되었다는 정설이 우세로 자리 잡혀있다. 오늘날까지 중국의 여러 곳 신당에서 예의가 차려진다는 태호복은, 성인으로 추앙되고 있는 인물이다.

하도 상을 유심히 살펴보면 상생과 더불어 태극상이 들어있음을 알게 된다. 일음일양지위도一陰一陽之謂道라고, 음과 양이 서로 보완한다는 뜻이 담겨있다. 남녀 관계·부부 관계의 대립 아닌 화합을 말하는 것이다.

수數에는 양수와 음수가 있다. 양수는 홀수인 1·3·5·7·9이고, 짝수인 음수는 2·4·6·8·10이다. 또한, 수는 생수生數와 성수成數로 나뉘는데, 생수는 홀수, 성수는 짝수이다.

생수는 안, 성수는 바깥이라는 우주의 생성법칙을 각각 나눠 구분한 하도의 중앙은, 생명의 근원을 나타낸다. 이 바탕에서 삼재원리, 즉 초성·중성·종성의 상생원리를 갖춘 훈민정음이 창제되었다는 확인이 가능하다.

사람의 말소리 근본에는 오행이 있다 한다. 《훈민정음해례》 설명에 따르면, 태극 모양의 근원에는 음양오행陰陽五行의 사상을 기본으로 하고 있다 한다. 그 오행은 서로 간 상극 사이이나, 긴밀한 관계가 성립되어 있음을 뜻한다. 예를 들자면, 수水와 목木 사이에는 수생목水生木의 상생관계가 있음을 대변하는 것이라 말한다.

그렇다면 단군이야기는 전설의 신화일까? 1925년 9월에 창간된 『문교의 조선』이라는 월간잡지가 있었다. 조선총독부 산하 교사단체인 조선교육회가 식민교육 보급을 주목적에 둔 잡지였다. 그 이듬해 2월호에 실린 내용 중 하나가, 단군전설에 관한 글이었다. 글쓴이는 경성제국대학 예과부장인 오다쇼고小田省吾였다. 그 내용을 자세히 들여다보면, '삼국유사'에 단 한 줄만 오른 단군개국 전설은, 기껏해야 고려 중기 이후부터 통용됐다는 것이다. 그의 주장대로라면, 기원 2000년이 넘는 단군은, 중국고대 요임금과는 견줄 수 없는 존재라는 인식을 깔고 있다. 대신, 한반도 나라를 제일 먼저 세운 이는 기자箕子라는 것이다.

고조선 개국시점을 절반 이상 깎아내린 이 주장은, 이전 청일전쟁이 일어났던 1894년 때도 나타났다. 나카 미치요방의 주장에 따르면, 단군은 한반도에 불교가 들어온 뒤 승려가 지어냈다는 것이다. 즉, (令西龍=평양 옛 지명)왕험王險이 고려 초기에 인명인 선인왕검仙人王儉이 됐고, 고려 중기에 단군 존칭이 붙었다는 것이다.

1909년부터 개천절을 지키면서 민족의 구심점을 단군에 둔 선조들은 분통을 터트리며, 건국시조 또는 민족의 시조임을 바로 잡으려는 운동에 적극 나섰다. 그 중심인물이 신문사설을 통해 단군 부인의 망妄을 먼저 외치며, 문교의 조선에 실린 오다 글의 망론패설妄論悖說은 근시안적으로 천박하기 짝이 없다, 라고 주창한 육당 최남선이었다.

그는, 동아일보 촉탁기자로 활동하면서, 1926년 3월3일자 신문에 단군론 연재를 시작했다. 무려 77회나 이어졌다. 최남선은, 덧붙여 우리의 혈血과 심心을 모욕한 것이라고 거듭 상기시켰다.

성훈은, 집중 몰입으로 건조해진 안구를 잠시 쉬려 고개를 쳐들었다. 그러면서 돈 되지 않는 일에 다시금 매달려드는 자신을 돌아보며, 깊은 한숨을 내쉬었다. 이때 마침, 아들의 카카오톡으로 생각의 방향을 틀었다. 아들이 본명 신성일 대신, 홍철종이라는 가명을 소개한 것에 이상하다는 점을 번뜩 떠올렸다.

"그렇다면 자신을 숨긴 가면의 교제이지 않는가? 그토록 솔직하지 못한 교제라면, 진정한 교제일 수가 없는 노릇이니, 생명이 길지 못할 수 있다."

그는, 회전의자에서 몸을 일으키면서, 아침에 읽다 만 조간신문 사회면의 한 뉴스제목에 눈길을 모았다. 검찰에서 전담반을 만들 정도로, 문제가 심각해진 사회적 보이스 피싱 건에 관한 보도였다. 그는, 내용을 읽어내려 가면서, 백발노인이 귀에 바싹 붙인 전화기를 꼭 붙들고 있는 채로, 정체불명의 목소리 지시대로 지하철역 보관함에 넣어둔 그 물건을, 다른 누군가가 재빨리 꺼내는 순간 잠복경찰에 덜미가 잡혔다는 것을 확인했다. 그 물건에 손을 대려는 찰나에 사지가 옭매어진 사람은, 일자리를 찾다 고액수당을 내건 인터넷 광고에 이끌려, 그 심부름을 맡게 됐다는 어떤 젊은이였다. 이른 바 사기 죄목에 해당되는 전달책원이었다.

그는, 불현듯 초등친구 철진의 안부가 궁금해졌다. 일찍부터 환경이 받쳐주지 않는 불우한 주인공인 데다, 불과 서너 달 전에 페이스 북에서 미지의 가짜 놈과 연예채팅을 하다, 두 차례 당한 금전사기 건으로 더더욱 힘든 침체에 빠졌을-그 탈출의 모색으로 자활근로를 하는 친구의 소식에 갑자기 몸이 후끈 달아올랐다. 그만큼 친구의 안위가 걱정되었다.

'직원으로 살지 마라. 자본소득을 기대하고 언제나 몸을 팔아 생계유지만 근근이 지키려는 무사안일을 버리지 않는 한, 가난의 수렁탈출은 날로 묘연해진다.'라는 말을 꼭 들려주고 싶은 친구이다. 그는, 즉시 전화기를 열어 신호음을 보냈다.

"응, 소식이 궁금해서 전화한 거다. 잘 지내고 있는 거지?"

성훈은 형식적인 음정을 낮게 깔고, 저편의 생존반응을 기다린다.

"나 자활근로 그만두고, 죽을 먹든, 밥을 먹든, 내 사업에 도전장을 냈다."

철진의 갈라진 목소리는 좀 지루하게 딱딱한 편이나, 그 속에는 병색 기운 하나 없는 희망 감이 들어차있다. 전에 힘을 쓰지 못하는 압박감에 눌린 쇳가루 소리와 딴판하게, 깔끔한 목청에 유쾌감이 드높았다. 뜨거운 열기가 전달되었다.

성훈은, 의아심을 키웠다. 유전의 태생부터 비극적이게 쇠잔한 사람이 뭘 믿고 벌써 반은 성공했다는 듯이, 암묵지暗默知에 체화된 정열이 저토록 넘치는 걸까? 검은 발이 백발 차지가 되어가는 인생황혼의 영감탱이 나이를 고려하지 않고, 젊은이의 수제맥주 마시는 흉내라도 내겠다는 건가?

"무슨 소리냐? 사업?

"그래, 왜 전에 말아먹은 고물상 말이야, 그 사업 되찾기로 했다."

"도대체 무슨 돈으로.....?"

성훈은, 땅도 하늘도 외면적으로 도와주지 않아, 지금까지 물질복과는 인연이 한참 먼 그 궁박窮迫한 환경을 너무도 잘 알기에, 말도 안 된다는-믿기지 않는다는 운부터 떼었다.

"돈, 돈, 돈만이 인생을 살찌우는 게 아니더라. 누워서 궁상만 떠는 짓거리는 우울병만 키울 뿐임을 크게 깨닫고, 다시 시작한다는 각오로 일어날 셈이다."

성훈은, 친구의 튀는 말에 맞는 답변을 몇 초간 텁텁하게 궁리한다. 적절한 단어를 떠올리는 데 애를 먹는다. 비관을 들려주면 사기를 꺾는 일이고, 위로성의 단 말은 긍지를 높여준다고는 하나, 자칫 비위 따위나 맞추는 얄팍한 아부로 들릴 수 있는 사안이라, 둘 중 하나 선택이 쉽지 않다는 고충을 겪는다.

사회현상은 생산성 일을 힘차게 할 수 있는 젊은이에게는 한없는 생기로 반겨 맞으나, 인생 살날 얼마 남지 않았다는 전제를 깔고, 귀로 듣는 장황한 설명보다, 눈으로 보는 실물에 익숙한 노인은, 저만큼 제쳐 놓고 판을 깐다. 그만큼 쓸모가 적거나 없다는 의도의 반영이다.

"시대전환을 이끌어 낼 나이대도 아니고, 무리수를 쓰는 게 아니냐?"

"늦은 나이 지적인 줄 안다. 그러나 야장 깔고 술파는 포장마차 열 듯이, 한 밤중 일이라도 해야지 어쩌겠나. 마른 장작개비가 불에 더 잘 붙듯이 말이야."

성훈의 가슴에 찌뿌둥한 흐림이 드리어졌다. 남들은 안방에 들어앉아, 어느 덧 듬직하게 자란 손자손녀의 재롱을 받는 그 나이가 되도록 까지, 팔자 한번 펴보지 못하고, 말라비틀어진 생계건 문제로 아직도 몸부림친다는 탄식의 암울이었다. 그는, 속으로 긴 한숨을 내쉰 뒤로 혀를 끌끌 찼다. 장래 부정이었다. 몰상식하다는 비난이었다. 취주악에 불과하다는 낙망이었다.

"꿈에도 소원인 유복의 쟁기질을 다시 시작 하겠다? 알았다. 개업할 때 불러라. 건강은 괜찮은 거지?"

"뭐 그럭저럭 잘 지내고 있다."

서재에서 나온 성훈은, 주방에서 저녁식사를 준비하는 아내의 뒷모습에 시선을 둔다. 분홍빛 색상에 다이아몬드 모양의 무늬 원피스를 입고 있다. 여자는, 침상에서도 가꾸는 일을 게을리 한다면, 피부가 쉬 늙는다는 평소의 염원대로 관리를 잘 해둔 덕에, 62세 나이임에도 살집이 알맞게 붙은 몸매이다. 심장박동이 불규칙하게 빠른 심혈관 질환의 증세인 심방세동에 다년 간 고생했던 그 몸뚱이다. 지금은 간혹 판막질환에 시달리곤 한다. 인기척에 그 단발의 백발이 돌아본다.

"당신 언제 들어온 거야?"

늘어진 목덜미 살에 메마른 주름 입술의 인상착의는, 영락없는 쭈그렁 할망구이다. 방금 외출 열기 식히는 세안을 했는지, 맨 얼굴이 촉촉하게 맑다.

"뭘 이렇게 많이 샀어요."

성훈은, 식탁 위에 놓인 비닐봉지 안을 들여다보면서 저음을 냈다. 오이·당근·색깔 예쁜 파프리카 외에 쇠고기·생선류 고등어도 보인다. 별도로 탐스럽게 잘 익은 토마토를 담은 비닐봉지가 더 있다. 전자는, 식구들을 위해서 후자는, 본인의 체력보존을 위해 산 것이다.

한편, 엄마와 시장나들이에 동행했다 돌아온 성일은, 이내 제 방에서 휴대전화기를 열고, 채팅만의 연인과 문자를 주고받는 작업을 다시 시작하였다.

"사랑은 사랑, 감정, 존경과 함께 합니다."

"체험 없는 사랑이라 입맛이 씁쓸하긴 하나, 너의 열정에 그나마 위안은 된다."

"사랑은 힘으로 되는 것이 아니라, 마음에서 자랍니다. 난 당신을 사랑하는 것을 멈출 수 없어요. 당신에 대한 생각을 멈출 수 없어요. 당신과 사랑에 빠진 이후로, 나는 당신만을 보게 됩니다. 당신에 대한 나의 사랑은 너무나 진실합니다. 당신에게 고백하고 싶습니다. 당신을 사랑합니다."

"혼인 신고 먼저 할까? 그럼, 우린 부부의 자격을 갖추게 되잖아."

"wen. 내가 오고, 우리 함께 가고, 나는 거기에 있고 싶어. love. 그래서 우리는 서로 키스하는 사진을 찍습니다."

"키스해 봤어?"

"영화에서 봤는데, 미래의 남편과 하고 싶어요."

"실체적 키스는 못해 봤다.....? 남편에게 첫 순정 바칠 거지?"

"나는 내 손을 교차 유지. 나는 처녀입니다. 저는 중도 가톨릭교회에서 자랐습니다."

"처녀성 우리 아이 낳을 때까지 보존 잘해."

"빨리 아이를 낳고 싶어요. 저는 부모님의 외아들입니다."

"외아들? 너 여자 아닌 남자?"

"번역 상 오류. 전 부모님의 외동딸입니다."

"난 아내 될 여자와 채팅하는 거다. 번역 오류라 할지라도, 네가 여자라는 증명 확인해야겠다. 사랑 깨지 마. 그 의문 푸는 게 너의 몫이다. 몸으로 보여줄 수 있어?"

"이런 말을 하다니. 넌 정말 바보야. 난 화가 많이 났다. 나는 책임감이 강한 소녀이다."

"결혼은 남녀 간의 성립이야."

"사랑이 범죄라면 나는 당신을 위해 옥살이에 있고 싶지만, 당신은 당신의 입으로 나를 아프게 하고 있습니다."

"너 참 어리석다. 결혼하기에는 정신 연령이 아직 한참 어리다."

"당신은 참 재미있어요. 나는, 당신을 곧 볼 수 있기를 바랍니다. 내 사랑! 나는, 당신과 인생을 만들 거예요. 성공하기 위해 열심히 노력하고 있어요. 나는 너와 평생을 함께 하고 싶어. 네가 나에게 진지하고 배려하는 것을 알게 된다면....."

"결혼 서약서로 손색이 없다. 혼인 신고하자."

"누군가를 사랑하는 첫 번째 단계는, 그들의 말을 듣는 법을 배우는 것입니다. 만약 당신이 그들의 말을 듣고 싶어 하지 않는다면, 어떻게 그들이 당신의 말을 듣고 싶어 할 것이라고 예상합니까? 서로의 말을 듣는 것은, 더 할 수 없는 가치입니다."

전화기에서 눈을 뗀 성일은, 멍하니 천장을 바라보며 생각을 굴리는 안색을 지어냈다. 그 표정이 어리벙벙 어둡다. 석연치 않게 마음에 걸리는 외아들 단어가 미덥지 않다는 떨떠름 표면이다.

노크 소리가 문밖에서 넘어 들어온다.

"안에 있니?"

엄마음정이다.

"네."

"밥 먹자."

성일은, 전화기폴더를 덮고, 거실로 나와 창가 편 식탁의자에 앉았다.

"온라인 근무할 만하냐?"

아버지 성훈이, 두 손으로 맞잡은 등받이의자를 제 신체에 좀 더 편하게 맞춰 고치는 아들에게 물었다.

"따분하게 지루해요."

대수롭지 않다는 이면으로 불만감이 서려있는 음형이다. 맥이 다소 쳐져있다.

"과장된 말로 혈액까지 잠들어 버릴 것 같아요."

"참고 견뎌야지 어떻겠니."

"그래야지요."

아들이 흘러내린 안경을 약지가락 끝으로 추어올린다.

"움직이는 활동이 제한적이라 숱하게 들은 좀 쑤신다는 말 이해하는 중이예요."

"모든 삶은 체험이다."

"전 창의력과 연계된 일이 아니라면 노곤함부터 느껴요. 병일까요?"

"연관성 없는 병이 어디 있겠는가마는, 병의 근원은 즐거움을 잃은 바탕에서 종종 발생한다는 말, 어디선가에서 들은 것 같구나."

"근래의 제가 그래요. 만남이 단절된 세상이다 보니 둔감·침체·무위 속에서 사는 것 같아 답답해 죽겠어요. 덧붙인다면, 정신 줄 하나에 의존에서 숨을 내쉬는 꼴이라 할까요."

"마취제 세상이다."

"마취제 세상.....? 무슨 뜻이에요?"

"단위의 의미를 잃은 무감각 시대를 일컫는 비몽사몽의 시대."

"무체無體 같은 혼돈 세상? 그런 건가요?"

"굳은 마비를 풀어줄 송아지 목 방울 소리가 그리운 코로나 시대란 명칭을 붙이고 싶구나."

"구름 너머 목가적인 환상 세계를 그리시고 계시네요."

"패닉의 고립은, 겨우 호흡만 하는 상태를 말한다. 그 이점은 온종일 화장도 않은 맨 얼굴인 나와 마주 보고 있다는 것이다."

"아버지는 온상에서 줄곧 자라신 분이라, 사회인식이 부족하다는 점 종종 느껴 왔어요."

"우리라는 공동체 속에는 서로 돕는 상생만이 있는 게 아니라, 긴장감의 바탕인 세대별의 갈등·편견 등이 상존해 있기 마련이다. 나쁘면서도 나아지고 있다는 방향이라 할까.....? 좋아 보이면서도 비위 상하게 한다, 라고 할까.....? 아무튼 두 대립의 상존은, 불안전하면서도 서로 뗄 수 없는 공생쯤으로 이해하며 되겠군. 어차피 일찍 뜬 동안으로 세상을 굽어보는 어른과, 그 뒤따라 선대들이 다져놓은 사회를 이어가는 후대들과의 간극 차는, 서로 받아들이는 배려가 있어야, 싸움의 빌미는 감소되리라 믿는다."

"우리세대는 술을 찬미하라는 외침이 대세라, 선비기질과는 무방하거든요."

"네 인생을 즐겨라. 누구를 닮으려 하지 말고, 너만의 삶을 살라는 말을 해주고 싶구나. 자신을 발산하는 자유의 소중함은 세상을 넓게 보는 것. 돈을 좇기보다 좋아 하는 일을 찾는 것이 자유의 기본. 그러니 근무 이탈이지 않는 범위에서 한 눈 파는 건 되레 지혜의 샘물이 될 수 있지."

"정상적이지 않아 정신적 반항을 불러일으키는 암울의 세계 탈출하고 싶네요."

"집에서의 근무는 회사 분위기가 아니므로 엄숙할 필요가 없겠으나, 그럼에도 갇혀있다 생각하는 그 심드렁 자체가 자유박탈이지 않겠니."

성훈은, 왠지 모를 신나해 하는 기운을 한껏 느낀다.

"다른 세계로 매번 시선을 돌려 정신머리를 식히는 사람들과의 교류를 권면한다. 상대성에서 나를 새롭게 발견하는 열정을 측정할 수 있는 게 아니겠니."

"그렇게 하고 있어요."

아들 성일은 양부모에게 만면의 웃음을 돌렸다.

"왜? 무슨 좋은 일 생겼니?"

엄마가 아들에게 물었다.

"글쎄요. 마술등잔도 아닌 요즘 세상에 좋은 일이란 뭘까요?

"참, 너 이번 달 생활비 아직 안 냈지?"

"드릴게요."

제8장

-리셋 꿈-

국가가 현장의 이해보다 정책적 중심으로 일괄 정한 생계비 지원을 받으려면, 해당수급자는 사전에 재산현황을 가장 밑바닥까지 파해쳐지는 자존심의 고충을 감내해야만 한다. 은행통장 잔고까지 전자 망 정보에 잡혀야 비로소 대상에 들 수 있게 된다.

취약 층 사람은, 다소간 차이는 있긴 하나, 대체로 노동으로 조금 버는 돈으로 생활을 꾸린다. 그러나 국가로부터 비밀보장 특혜를 톡톡히 입는 상속자산가들은, 투자나 임대업으로 블록소득을 얻는다. 이 골 깊은 빈부격차가 민주주의 정의正義의 원칙을 깨뜨린 것은 물론이고, 사회적 균형도 한꺼번에 무너뜨렸다. 깨끗한 능동은 사라지고, 대신 내면의 인성조차도 돈으로 치장한 박제의 큰소리로 신분 높다는 위세를 떨고 있다.

이러한 초호화 생활을 누리는 자산가들을 바라보는 빈자貧者들의 시선에 담아진 한 폭의 사회상그림은, 질투와 증오심이다. 갓난아기처럼 젖도 나오지 않는 마른 손가락을 쪽쪽 빨면서, 하늘빛은 푸르지 않고 핏빛과 다를 바 없다는 흰 거짓말로 극구 우기는 가난한 자들은, 인간존엄은 지렁이 같은 자기들과는 사실상 무관하다는 비관으로 이를 부득 간다. 기름진 배 두들기며 조세피난처에 꼭꼭 숨겨둔 돈의 덩치 얼마나 커졌을까 에만 관심을 두고 있는 그들에게만 해당되는 것이라 치부한다.

자신의 의지를 앞세운 계발보다, 남에게 의존되어 그것을 받아먹기만 하는 손대기 사람은, 처지불만을 입에 달고 있다. 이는 곧 나는 강자가 아니라, 사육의 목줄에서 길러지는 약자일

뿐이라 고백하는 것과 다름없다. 자신의 찢어발겨진 불행은, 사회나 천지나 시대에서 비롯되었다는 책임전가의 사고방식은, 신분상승을 끌어내리는 자기 천시이다.

내세울만한 이력이 없는 빈천貧賤의 그들에게는 길을 안내하는 희망의 반짝 등대는 존재하지 않는다. 그럼에도 생명의 본능으로 절망만은 극구 회피하려든다. 어차피 희망은 산만한 세상에 있기보다, 숨을 내쉬는 호흡을 깨닫게 하는 생명 속에 있다는 점을 강조한다.

평생의 미생(未生)자. 툭 까놓고 지질이 복이 없어 재정적 자유를 누릴 길 없는 나로서는 절대 잘리지 않는 사업장 구축이 전무하다. 형식의 혼란이 아니라, 방향성의 혼돈이 나를 표류하게 한다. 기존의 경험이나 산 증인만으로 과연 요동치는 미래를 거시하게 열 수 있을지? 반시반의의 저울질이 가늠을 못 잡게 하고 있다. 이를 바로 잡으려면, 우선 경제적 처방을 내려야 본연의 정책성이 확립된다. 경제력 갖춤이 곧 신사적 명예라는 뜻이다. 늦어도 한참 늦은 이 케케묵은 자문자답의 절대 빈곤탈출을 위해선 이를 악문 악다구니로 헤쳐 나가지 않으면 안 된다.

개척정신이 불뚝 곰처럼 살아있어야 한다. 나를 포함 모두가 많은 나이를 들먹이며 걱정을 하고 있다. 그러나 죽은 씨앗이 키운 들풀 같지 않으면 난-두더지 흙 두둑보다 못한-영영 구제받을 수 없는 패인이 되고 만다. 땅에 액체만 뿌리면, 아무 때나 원하는 과실이 맺는다는 마술적 허상의 꿈같은 이야기에 지나지 않다는 점을 중요하게 깨달아야 한다. 혜택을 입지 못한 과거 행적이 그렇지 않았던가.

감상적인 면면이 한 곳도 없이 사면 전체가 먼지 일으키는 온갖 잡동사니에 둘러싸인 고물상 안으로 발을 들이자, 입새 하나가 우산만큼 넓은 20년 생 오동나무 아래 컨테이너 사무실에서, 때마침 몸집 큰 여인이 갑자기 뛰쳐나왔다. 보통 여자의 두 손을 합친 것 같은 큼직한 손아귀에는, 표면에 물방울이 송공송골 맺힌 찬 드링크 두 병이 들려있다. 짧은 쇼트커트머리 위로 한 줄기 실오라기가 얹어져있고, 대야처럼 넓은 얼굴 상반 중앙에 박힌 코의 빛깔은, 꼭 딸기와도 닮았다. 연대는 대략 사십 중반 가량으로 짐작된다.

"누구세요? 어떻게 오셨어요?"

채신머리없이 연거푸 묻는 센 목청의 울림은 톡톡 치게 묵직하다. 오랫동안 사회와 거리를 둔 은둔의 심약자라면, 위압감에 눌려 뒤로 물러나기부터 서두르는 그런 정도의 무서운 괴력이 배태되어 있었다.

"사장님을 뵀으며 하는데요."

"왜요? 용건을 알아야 소개하지요."

"일손이 필요하지 않는지....."

철진은 말끝을 흐렸다. 낯선 여자의 몰아붙이는 성급한 재촉에, 헤맸던 애초 생각에 약간의 민망감이 뒤섞였기 때문이다.

"연세가 어떻게 되세요?"

상대방의 말을 눈썰미로 대뜸 끊고 묻는 입정의 어조가 이성적으로 강골 차다.

"예순 넷입니다."

"어이구, 나이는 어디로 잡수시고 여적 일자리를 찾아다니신데. 쯧쯧, 안 됐네요."

양 눈살을 찌푸리며 동정의 혀를 차는 인상이 꾸밈없이 솔직하다.

"세월이 먹인 나이이지, 내가 먹이지 않았걸랑요."

"이 아저씨 말씀 참 재미있게 하시네. 힘은 있으세요? 어디봐요."

버르장머리 없는 큼지막한 손아귀로, 구인자의 오른손목을 와락 움켜잡은 여인이 두세 번 세차게 흔든다. 악력이 어느 정도인지 재는 간이 실험이다. 감기는 힘의 느낌이 괜찮은지 듬직한 미소가 일시에 번졌다.

"이 일은 엄청 힘들어요. 안 해 보셨죠?"

"한때 운영한 적 있습니다."

"네에.....? 그런데 어쩌다.....?"

방정맞게 크게 벌린 입 밖으로 침에 젖은 두꺼운 혀가 날름 내밀어졌다.

"뒤로 넘어지면서 코가 깨졌거든요."

"안 되셨네요. 가요. 저처럼 몸집이 크신 저분이 저의 아버지이시면서 사장님이셔요."

앞서 가는 여인의 뒤를 쫓으면서, 철진은 그 변에 눕혀진 냉장고 위에 엉거주춤 걸터앉아서, 종이컵커피를 홀짝홀짝 마시는 중인 백발노파와 잠시 시선을 맞추었다. 그 앞에는 소량의 신문더미와 종이박수 몇 장이 얹어진 접이식 두 바퀴 시장구루마가 놓여 있다. 그걸 팔러 온 것이다.

경첩으로 쌓인 피로 누적에 상당히 지쳐 보이는 노인의 용모는, 볼품없이 후줄근히 늘어져있다. 뒤통수 부위만을 겨우 가린 백발의 혈색은 누리끼리 흐리고, 주변 의식 없이 오로지 일에만 매여, 몸의 호소인 목마른 갈증을 제때 해소해주지 않아, 수분성이 말라있는 피부의 왼쪽 눈을 안대로 가렸고, 남은 외동으로 거리를 측정하는 시야에서는 긍정의 호리 따위는 찾아볼 수 없이 작망하고, 침방울이 맺혀있는 턱의 흰 수염은 덥수룩 길고, 그 위로 진종일 내리쬐는 햇볕에 덴 건지, 머리카락 한 올 없는 정수리 두피는 익은 듯 붉다. 수전증으로 부들부들 떠는 우툴두툴 두 손바닥은 크며, 작은 상처 수가 많은 가운데, 삼 센티미터 가량 찢겼다 아문 자국이 선명하게 남아있는 그 등 오른손 검지가 잘린 장애를 갖고 있기도 하다. 전반적으로 오랜 세월동안 깨지고, 찌그러지고, 고장 난 고철 다루는 생활에 무척 익숙해져 있는 습관성 느린 행동은, 영락없는 구닥다리 노인네였다.

한마디로 더위 먹은 탈진으로 어쭙잖게 쓰러지고 말 듯이 병색이 짙은 배불뚝이 체질이다. 허리띠가 붙들고 있는 청색 건빵바지 춤이, 배꼽 아래까지 불 품 없이 축 처져있다. 그런데도 어디서 받쳐지는 힘인지, 굵은 허리를 굽혀 앞으로 자원으로 쓰일 폐 고철을 주워 산더미 한곳으로 던지거나, 녹색가루로 온통 뒤덮인 흙바닥의 페트병 따위를 안전화발로 가볍게 차며 길을 내곤 한다. 체크무늬의 남방셔츠는 땀에 절어 누렇게 탈색되어 있다.

사장 외에 이편을 등진 장대신장이 깡마른 봉두난발의 사람이 한 명 더 있다. 검푸른 낯빛에 인지능력이 아둔하여, 정서적으로 불안정해 보이는 인물이다. 노래라고는 통 불러보지 않았을 굳은 표정에 침울 감이 어려 있는 얼뜨기 인물이다. 집게차량 기사이다. 장갑 손에든 전동드릴로 망가진 선풍기분해 작업을 어기적어기적 하고 있다.

"아버지, 손님."

부녀간에는 꿈을 덜어 쌓아둔 정감이 있는 모양이다. 대립 없는 하나의 심장으로 맺어져 있기에, 소통하는 순환이 편하다. 노인이 돌아보자, 딸이 드링크 하나를 내밀었다. 딸의 손을 외눈박이로 무심히 내려다 본 노인은, 수염 턱부터 천천히 젖는다. 그 사이에 남은 하나는, 자신에게 화를 잘 내는 성향을 표면 뒤로 감춘 집게차량기사 손에 들려졌다. 딸은, 아버지가 마다한 드링크에 얼마간 뜸을 들이다 손님에게 권했다. 손님은, 그 대접을 성의로 받아들고 뚜껑을 왼편으로 돌려 땄다.

"일자리 알아보시러 오셨는데, 운영경험이 있으시데."

늙은 사장은 동배이긴 하나, 반짝이는 신수로 미뤄 자신보다 십년은 젊어 보이면서-왜소한 호리호리 체질에도 잔병이 없을 성싶은-자유자재의 몸놀림으로 무엇이든 하겠다는-자신감 넘치는 기세가 내심 부러운 한편으로, 왠지 섬뜩 두렵기도 한 낯선 노인에게로 외눈을 모았다. 마른 입새처럼 창백한 낯빛 그늘. 다다른 수명 기한이 확연하게 읽혀지는 주름투성이 안색. 몇 마디조차도 힘겨워 할 정도로 꾹 다문 두터운 두 입술. 그 입술을 겨우 벌리며 초면인사의 말을 낸다.

"재미 못 보고 죽도록 고생만 했을 이 더러운 쓰레기바닥에 발을 다시 들이시겠다?"

삶의 질이 크게 떨어져 있는 어눌한 더듬더듬 말투는, 역시나 외형처럼 기력이 처연하게 쇠했다. 한창 시절에 무쇠 한마로 큰 바윗덩이쯤은 능히 깨부숴서 콩가루로 냈을 법한-그 완력에 받쳐진 고함을 고래고래 내질렀을-그 장사의 기백 더는 찾아볼 수 없이-그 미 분음에도 한참 못 미치는-이파리 하나 없이 앙상한 겨울나무처럼 바싹 시든 음색은, 실 줄기 모양 가늘었다. 이 배후 탓에 햇살에 그슬린 낯빛이 측은하게 검붉다.

"아버지, 사무실로 가자. 거기서 쉬시면서 말씀 나누시면 되잖아."

딸이 제안을 내면서 긴 소매 위로 토시를 덧씌운 아버지의 떠는 왼 팔목을 잡았다. 노인은, 딸의 안내를 순순히 따른다. 노인은, 그러면서 갑자기 힘을 쓰지 못하는 불안정한 비틀 현상을 보였다. 자체로는 걸음 떼기가 쉽지 않자, 그대로 딸에게로 휘청 안기면서 넘어지기 일보직전의 위기를 간신히 넘겼다. 아버지의 뚱뚱한 체중을 갑작스럽게 덥석 받아 안게 된 딸은 부축에 안간힘을 쓴다.

신기한 노릇이다. 좀 전까지 되감는 기계적이긴 하나, 그런대로 힘을 썼던 체력이 불과 이삼 분 사이에 저토록 허출한 쇠퇴로 가라앉다니-인간은 나이 병에 걸리면 어쩔 수 없이, 신체적 퇴물로 밀려난다는 환경이 믿기지 않을 지경이었다.

그 속사정은 대략 이렇다. 노인은, 불평등이 판을 치는 바깥의 온갖 소란을 귀전으로 흘려듣고, 풀뿌리 정신 하나로 살아온 인물이다. 그 고달픈 과정에서 내외적으로 이리 치이고 저리 치여 성한 곳 없이 숱한 상처를 입었다. 그 피고름의 내상을 한눈 팔지 않는 일로써 잊었다. 그렇게 자신과 싸우며 숙명의 일터를 지켜냈다.

그 긴 기간 동안 층층이 쌓인 긴장감이, 먹여 키운 딸년의 등장으로 일시에 풀렸다. 신체를 떠받치는 다리 힘이 와르르 무너졌다. 몸에서 기운이란 기운은 다 빠져 나간-빈껍데기만이 남은-헛것을 보는 황달눈빛은 흐리멍덩했다. 병의 예속은 이토록 삶의 시름을 안겨준다. 올바른 대립을 잃고, 몽롱한 정신 혼돈에 빠져들게 한다.

부녀의 휴식 공간인 컨테이너 면적은 66,116제곱미터 남짓이다. 뒤 창문벽면으로 붙인 1인용 네 다리 침상이 놓여있고, 그 맞은편 아래로 잡다한 용품들이 비교적 정리가 잘 되어 있는 책상에는, 앞 유리 창문 바깥 두꺼운 강판 아래에 설치된 계근대(센서로드셀)와 직접 연결된 중량 확인 인디케이터와, 계량 프로그램용 컴퓨터 위 벽면으로 회전을 하면서 바람을 내는 걸이용 선풍기가 매달려있다. 그자리가 딸의 주 사무공간이다. 들어오는 고철의 중량에 맞추어 현금계산 따위의 일을 처리한다.

딸은, 큰 숨결을 연시 내뱉는 압박의 고충을 끙끙 참아가며, 어둠지도 밝지도 않는 중간 색상의 엷은 요를 깐 목재침상 가에 아버지를 우선 앉혔다. 노인은, 거의 기진맥진 상태이다. 딸이 가쁜 숨결을 몰아 내쉬며 식은땀을 쏟아내는 주름투성이 얼굴을 향해 신문지부채질을 시작했다. 기력이 더욱 가라앉아 작은 기척도 힘들게 된 노인은, 자리에 눕고 싶다는 몸짓을 나타냈다. 딸은, 몸을 움직여 한 채 이불 위에 얹어진 베개를 내린 다음, 두 손으로 등을 받친 아버지를 조심조심 눕혔다. 선풍기 바람도 신발을 신은 채인 노인에게로 고정 맞췄다. 외눈을 감은 노인이 힘겹게 들어 올린 오른팔로 더 이상 할 말이 없다는 신호를 보내자, 그 뜻을 얼른 이해한 딸은 두 턱살의 고개를 가만히 끄덕였다.

"따라 오세요."

딸이 컨테이너를 나가면서 손님에게 말했다. 그녀가 멈춘 장소는, 블록 담벼락에 기대둔 비철 더미 아래였다. 주인장이 일했던 파라솔 그늘이 서린 곳이다. 간이의자 앞으로 중 망치 외에 날이 접힌 커터 칼-날이 무디어진 큰 가위 등이 놓여있고, 그 옆으로는 고철 중에서 가치가 높은 굵은 케이블전선이 피복채로 쌓여있다. 여러 가락을 한꺼번에 꼬아서 속을 꽉 채운 구리토막이다. 이곳과 일 미터 간격을 두고, 집게차량 기사가 선풍기를 해체하면서 따로 구분한 적은 양의 가는 구리전선을 마지막으로 감는 일을 하고 있다.

"저의 아버지는 췌장암말기 환자분이셔요."

딸이 어떻게든 숨길 수 없는-불안감에 떠는 목소리로 아버지의 병세를 소개했다. 산만하게 메마른 음정은, 가눌 수 없는-정신을 잃은 심장의 슬픔이라 심하게 흔들렸다. 철진은, 오후 두 시경의 결 고운 한 줌의 햇발이 직조로 왼발을 비추는 것을 잠자코 지켜보면서, 딸의 말을 경청하고 있다.

이 췌장암말기 진단은 가볍게 넘길 수 있었던 여느 때와 달리, 복통이 더욱 심해 병원을 찾았다 듣게 되었다. 놀라운 것은 췌장암환자라면 통례적으로 체중감소가 나타나기 마련인데, 노인은, 그와 정반대로-수궁이 힘든 옛 체중을 그대로 유지하는 특이한 현상을 가졌다.

"이때 마침 아저씨께서 나타나신 건 하늘이 보내신 기적이라 전 믿어요. 저희를 도와주세요."

"난 단지 일자리를 알아보러 온 것뿐이니, 고용내린 줄 알고 그럼, 일을 시작하지요. 뭐부터 할까요?"

"그러시겠어요?"

딸이 단발머리 목을 오른편으로 홱 돌렸다.

"신기정 씨, 우리와 일하실 분이예요. 알려 주세요."

딸이 말을 채 맺기도 전에 컨테이너 안에서 "아이고 죽겠다. 정옥아!"하고 최후 비명 같은 높은 부름이 깨지는 유리처럼 크게 울렸다. 순간, 어떤 불길 감을 번뜩 새겨 올린 정옥이 재빨리 내달리기 시작했다. 그렇지만 과체중 몸뚱이라, 조급해진 마음과 달리 행동받침은 휘청휘청 넘어질 듯이 불안정하게 무겁다.

"아버지, 아버지. 왜 그래? 기정 씨, 기정 씨 빨리 와 줘요."

어머니 뱃속에서 울다 눈뜨고 태어나, 천성적으로 상상력이 부족하여 생각의 표현이 맹숭맹숭한 집게차량기사가, 벌떡 일어나면서 쇳가루먼지 날리며 단숨에 일터를 벗어났다.

철진은, 어리벙벙해진 정신머리로 신기정이 컨테이너 안으로 바삐 뛰어드는 것까지만 본 시선을 자신에게로 거둬들였다. 사람의 생명이 꺼져 가는 심상치 않는 사태라 할지라도, 끼어들기에는 아직은 이방인일 뿐이다. 라는 선입견을 내세우고, 애써 외면하는 처신으로, 안착이 불안정한 감정을 달랬다. 할 수 있는 일이 아무것도 없다. 그렇다고 마냥 구경만을 삼을 수 없는 노릇이다. 철진은, 간이의자에 쭈그려 앉으면서 중 망치를 무작정 집어 들었다.

"빨리 119에 전화 거세요."

딸의 먼 감의 빠른 목청은 숨넘어갈 듯이 다급했다. 그만큼 노인의 병세가 경각 다투게 위급하다는 난리였다.

철진은, 첫 인사환영이 앞으로 노동대가의 월급을 줄 안전감은 고사하고, 발음조차 불가능한 사장의 위급과의 마주이자 목이 멨다. 인간의 독보심리로 썩 달갑지 않다는 깊은 우울증에 잠겨들었다. 불과 두 시간 전에, 마침내 살 길이 열렸다 기뻐했던 감흥을 단번에 집어삼킨-성격에 없는 박탈감이 팽팽하게 부풀어 올랐다.

젖은 장작개비는 말려 쓰면 된다. 그렇지만 하늘도 땅도 차버린 태아 때부터 어둠의 구차에 둘러싸인 지렁이 신세-지지리 복이 없는 무능의 연장이 불가피해졌다는 사이로의 한탄조 불만이 절로 내쉬어졌다. 여기도 목적수행을 좇는-내 자리가 아님을 절벽 감으로 되새김했다. 머리카락이 세진 나이는 먹었어도, 남에게 위해를 끼친 부도덕한 짓거리 한적 없는데도, 뚜렷한 이유도 없이-북통으로 쪼들리는 저주의 가난을 벗고 자는 꿈, 정말 내개는 요원만 한 걸까?

귀신 씨나락 까먹는 싸가지 욕을 귀 박혀 듣는 사람일지라도, 생명에 역성을 드는 한 가닥의 인심쯤은 있는 법이다. 즉, 물에 빠진 사람의 생명구함이 최우선이라는 의협심의 촉진이 그것이다. 그는, 이것저것 따지는 침통의 견주를 뒤로 밀쳐내고, 인간성을 택했다. 도울 게 분명 있을 거라는 식별의 판단을 서둘러 내렸다.

"들여 다는 보자."

그가 기웃거리며 안을 들여다봤을 때는, 신기정은 이미 전화통화를 마친 뒤였고, 딸은, 개 거품을 줄줄 새어내면서 숨을 헐떡이는 아버지의 순간순간 떠는 큰 몸집을 붙들고 소리 없이 흐느끼는 눈물로 큰 얼굴 전체를 적시고 있었다. 실상, 아무런 관련이 없는 사이인 데도, 남에 일 같지 않게 감정이 측은으로 젖어드는 까닭은 무슨 연유일까. 그 너머로 잘못한 것만 같은 불쾌감이 정신머리를 흐리게 한다.

소방차가 도착했다. 두 명의 소방관은 차량 문을 열자마자 간이침대를 지체 없이 꺼내 들었고, 그 뒤로 단발의 여성소방관이 따라 붙었다. 체중 무거운 환자의 뒤틀린 옆 자세를 천장을 향해 바르게 누인 사람은, 조심성 깊은-손발이 잘 맞는 두 소방관이었다.

심장박동이 불규칙한 위증환자의 심폐소생술은 여소방관이 맡았다. 의식 확인 후 양 어깨를 번갈아 두들기면서 말을 걸었다. 여소방관은, 먼저 왼손 위로 오른손을 겹친 두 팔을 쭉 편 체중을 실어 가슴(흉부)뼈 아래쪽 1/2 중앙압박을 시작했다. 환자의 반응이 신통치 않자, 머리를 젖히고, 딸이 앞서 물에 적신 수건으로 이마 땀을 훔치면서 구토한 입 언저리와 동시에 닦은 코를 막은 다음, 인공호흡 작업에 들어갔다. 환자가 입 밖으로 큰 호흡을 길게 내 쉬었다. 피구폐색의 기력은 꺼질 듯이 가물가물 하나, 숨결은 일단 정상으로 돌아왔다.

환자보호자로 당연히 따라 나선 딸의 부재는 적막감을 불러들였다. 초상집이나 다를 바 없었다. 입을 꾹 다문 신기정은, 냉장고 문을 열고 소주병을 꺼내들었다. 그리고는 뚜껑을 연 그 알코올 전량을 컨테이너 앞길에다 흩뿌렸다.

시간은 오후 세 시 반. 말수가 적은 집게차량기사는, 코로나 유행으로 식당장사를 접고, 적은 액수라도 건져보려 내다 판 주방기구들이 산더미처럼 쌓인 곳을 주시하며 있다. 나라를 뒤덮은 코로나 영향으로 장사를 접은 타격의 전이인지, 입맛을 씁쓸하게 다지는 미간이 어둡게 침울하다. 그 양을 집게차로 씹으면 부피가 얼마나 줄까 가늠하는 것 같은 눈치이다.

철진은, 유리流離를 멈추고 좁은 통로 변에 나뒹구는 사각 모양의 플라스틱용기를 주워 들었다. 쓸 만한 옷 바구니이다. 그 것을 플라스틱 종류만을 따로 구분한 곳에다 내던졌다. 그 낙하에 저마다 몸통이 납작 눌린 생수병·탄산음료 병 따위가 아래로 주르륵 쓸려 내렸다. 내리쬐는 반사의 오후해살이 분절로 흩어졌다.

가만히 살펴보니 산소차단 능력은 뛰어나나-박테리아 번식이 용인하여 재활용이 불가능한 플라스틱 1번의 집합소이다. 그 옆으로 고밀도 폴리에틸렌(polyethylene)로 제조한 삼푸 용기 외에, 물통·우유병·어린이장난감 따위가 모아져 있다. 그 안에 플라스틱 종류 3번인 가죽신발·가방 따위 등이 더러 뒤섞여 있다.

그는, 개인사의 본질적 이력에만 속하여 있는-파란의 전철을 치렀던, 약 12년 전의 경험을 살려 스스로 큰 삼베자루를 찾아 바닥에 널린 드링크 병 따위를 주워 담으면서 떼어낸 뚜껑은 따로 구분했다. 알루미늄 캔 덮게(닫힘판) 역시도 몸통과 분리해서 한데 모았다. 제법 많은 양이라 사방砂防 용도로 많이 쓰이는 모래자루 하나를 거반 채웠다. 처음으로 입을 연 신기정의 "퇴근합시다."라는 말에 도리 없이 손을 털 긴 하였으나, 시간을 들인 결과물이다.

신기정은, 사장부재를 공허한 침묵 속에서 드러내는 성향을 보였다. 슬퍼하는 기색이 아니라, 인생허무의 되새김이다. 철진이 경내 밖으로 발을 빼자, 신기정이 양철로 덧씌운 목재대문을 이내 닫으면서 자취를 감췄다.

철진은 기다린다. 그러나 신기정은, 다른 문으로 퇴근했는지, 좀체 모습을 드러내지 않고 있다. 삼십 분의 시간을 정박으로 허비한 철진은, 천시를 받은 것 같아, 은근히 얄미운 부아가 치밀었다. 머리가 사납게 시려졌다.

주거복지직원들의 업무주도로 달포 전에 이사 온 집은, 햇살이 밝은 이층이다. LH측에서 전세보증금을 걸고, 실 거주자가 월세 형식으로 그 이자를 내는 방식의 성립 하에 입주를 마친 주거 공간이다. 산림 울창한 산등선을 앞에 두고 있는 오층 연립이라, 오월 초 아카시아 꽃향기를 그윽하게 맡으면서 정착을 시작했다.

날 잡은 그날은 하필 소낙비가 내렸다. 집주인 측에 전화문자로 삼일 연장 신청을 띄웠다. 허락이 내려왔다. 차량 이용일자도 다시 조정되었다. 그런데 그날 이른 아침에도 모든 짐을, 어둡고 칙칙한 복도에 내놓았을 때까지 쨍쨍했던 일기가, 별안간 짙은 먹구름에 뒤덮이면서 억수 비를 퍼붓기 시작했다. 주거복지 여직원이 전화상으로 이렇게 많은 비가 쏟아지는데, 이사할 수 있겠느냐고 물었을 정도로 기후 환경은 최악이었다. 그러나 철진은 걱정을 하지 않고 태평을 유지했다. 지나가는 비임을 감지했기 때문이다. 아니나 다를까 일 톤 용달이 대어지고, 주거복지여직원 두 명이 도착한 그 시간에 맞춰 장대비는 거짓말처럼 뚝 그쳤다. 북동 방향으로 빠르게 이동하는 시커먼 먹구름 사이로, 햇살이 간간이 비치기까지 했다.

철진은, 기적의 길조吉兆를 감지했다. 볕들 날 볼 수 없이 허구한 날 면적 좁은 골방에 갇혀 지낸 그때까지의 환멸의 단절을, 이제부터 벗는다는 꿈같은 희망을 부풀렸다.

우선, 이사 전날에 도배를 새로 한 주거환경이 기분을 흡족케 했다. 이삿날에 맞추어 정오 무렵에 도착한 중고품 옷장·냉장고·세탁기 놓는 위치도 주인의 의도대로 정한 것에 대해서도 만족이 컸다. 운임 비 포함 가전비용 역시도 주거복지 측에서 결제하였기에, 경제적 부담은 일체 발생되지 않았다는 점에서도 안착뿌리가 빠르게 확장되었다. 새로운 삶이 생성으로 부쩍 자라 올랐다.

"시장이 줄때 받아먹어라."

11년의 세월을 덜도 말고 꽉 채운 이전의 반 지하방 생활은, 환경적으로 매우 열악했다. 장마절기 때마다 벽면으로 스며든 빗물에 젖은 책상 밑 짐들을 마지못해 버려야만 했었고, 그 후유증은 벽면을 뒤덮은 곰팡이로 나타났고, 그렇게 두루 번진 병균 성 곰팡이로 인하여 다녀간 시달린 인체피해는, 피부병이었다. 여닫기 힘든 불량한 새시창문에, 현관 문 잠금이 안 되어, 외출 때마다 도둑이 들지 않을 런지-뒤숭숭 걱정을 한시도 떨칠 수 없었던-벌레들이 수시로 드나들었던 음침한 지하방.

그럼에도 집주인 측에서는 삭아서 이음새가 끊어진 현관 편 세시 문 고쳐준 것 외에, 한 번도 벽지를 갈아주지 않은 것은 물론이고, 전등 없는 생활을 이사하는 당일까지 지속하도록 내버려두었다. 그리고 태생적으로 경제력이 취약한 가엾은 노인을 경시하는 무례를 보이기도 했었다. 이사 전일에 발목 잡히지 않으려, 밀린 두 달분 방세를 해결해 주는 선의의 무리로, 예약 잡았던 치과진료는 자동으로 기약 없이 미뤄지게 되었다.

월세 사는 사람의 주거안정에 심보 삐뚤어진 얄잡을 드러낸 이 배후의 원인은, 이사 이틀 전 늦은 시각에 밝혀졌다. 무단 찾아온 주인집 딸의 등장으로 비로소 확인이 가능했다. 현관 문턱 안의 방주인과, 어느 날 갑자기 함선으로 끊긴 이후, 칠흑 어둠이 정형화된 복도를 배경 삼고 마주선 짧은 파마머리 여성은, 돈을 떼이게 됐다는 신경질 반응을 노골적으로 흘려내면서, 휴대전화기에 부속된 손전등을 비춘 종이 한 장을 내밀었다. 턱을 깔고 들여다 본 내용은, 볼펜으로 적은 뭔가의 계산서였다.

세월 저편, 10년 전-10개월 남짓 금전수입이 한 푼도 없었던 시절-그야말로 옷깃에 붙은 먼지를 잡고 업어치기 했던-낙을 깡그리 잃은 암흑시절의 궁핍에서 헤어 나오지 못하고 끙끙 앓았던-뼛속 기름까지 바싹 마른 그 궁박함의 사정으로, 본의 아니게 건너 뛸 수밖에 없었던-그간의 방세 및 공공요금 미납 내역이었다.

그 당시 최초로 밀린 석 달 분은, 입주 시 맡긴 보증금에서 자동으로 정산됐을 터이고-그 외의 건은, 막노동으로 힘들게 번 돈으로 두 달 분을 한꺼번에 해결한 걸로 알고 있는 데도 불구하고, 왜 여적 미납의 신용불량으로 남았는지-까맣게 잊었기에 덮어진 의문을 파헤치는 골몰을 시간제한 내에서 매달려만 했었다.

화들짝 놀란 철진은, 의구심부터 꺼내들었다. 철진이 믿을 수 없다는 의사를 강하게 표명하자, 딸은 기분 나쁘다는 감정을 몸짓으로 남기고 자리를 떴다. 그 10여 분 뒤 새시 문을 두드리는 소리가 재차 들렸다. 다시 대면한 그녀는, 들고 온 은행통장 장수를 가는 손질로 넘겨 가며, 관련의 많은 말로 입증 확인을 거듭 거쳤다.

시간을 들여 화장품 냄새가 여리게 풍기는 딸과, 이 차이를 동시에 인지한 철진은, 할 말을 잃고 말았다. 날짜 별로 기록된 통장은 명명백백했다. 거짓말이 통할 수가 없었다. 변명의 발뺌이 소용없는 확실한 물증이라, 꼼짝할 수가 없었다. 기억을 총동원하여 대충 대조해본 머릿속 가물가물 계산과 거리감이 있다 할지라도, 엄연한 실물은-기억에 남아있지 않아 모른다며 시침 뗄 사안이 결코 아니었다. 난처함에 몰린 그는, 그 건은 지금까지 은행통장을 통해 입금을 완료한 날짜를 빠짐없이 저장해둔 자체전화기 내력과 일치한지 여부를 가린 후 차후에 갚기로 하고, 본의 아니게 몇 년 만에 밀리게 된 두 달분은 내일 중으로 정리하겠다는 일단의 말로 실랑이를 끝냈다.

대화 없이 내내 냉랭했던 그 집주인 과부의 딸은, 직장인 남편 사이에서 낳은 초등생 아들을 하나 둔 음악 하는 여자로 알고 있다. 무릎관절로 오랜 고생을 하는 홀 노모 대신, 입주날짜에 맞추어 전체 11가구 별로 공동수도요금 및 하수구처리 비용과, 개별 설치인 전기료를 합산해 기재한 쪽지를 전달하는 역할을 맡은 그녀의 화장 짙은 검은 눈매는, 당할 수 없이 득세하게 매서웠다. 인상부터 선량하지 못했다. 교회에서 어린이를 대상한 음악지도를 하는 것 같다. 나중을 위해 참고로 받아둔 총 계산서 이면지 앞면에, 그와 관련된 어린이 찬양부 예배순서지로 알게 된 사실이다. 그 내용을 읽어 내려가면서 철진은, 사람을 개똥 취급으로 괄시하는 이년은 필시 지옥 불에 떨어질 거라는 악담을 되새김했다.

몇 개월 동안 아무런 연락이 없어, 생활 어려운 극빈자를 돕는다는 차원에서 탕감을 내렸는가 보다 했던 카드 빚 건은, 자가당착自家撞着의 함정이었다. 어느 날 한 통의 문자를 느닷없이 띄운 신용회복에서, 진즉에 연계해둔 통장에서 언제부터 인출을 시작한다는 통보 이후 연체 없이 잘 이행하고 있다. 벌써 7개월째이다. 이렇게 지금까지 한 치의 착오 없이 신용을 잘 지킬 수 있었던 배후에는, 자활근로를 하면서 조금씩 저축해둔 돈이 그나마 있었기 때문이다. 정말 형편이 개선될 그날을 손꼽아 바라보며, 한 푼의 낭비도 없이 모은 돈이다.

철진은, 욕실샤워기를 틀었다. 밝은 타일벽면에 붙은 꽃이의 샤워기에서 내뿜는 미지근 물줄기로 온몸을 적신다. 언제든 할 수 있는 온수목욕 감회가 크다. 불과 한 달 반전까지 출입로 현관이면서-매끼니 취사를 준비하는 부엌이면서-세면장이면서- 빨랫감을 말리기도 했던 그 비좁은 공간에서, 이동용 가스레인지불로 대야 물을 데워 한 바가지씩 끼어지며 전신 때를 벗겼던 궁박한 시절에 비하면, 편리를 넘은 행복이 진정 아닐 수 없다.

등산로이나 이용하는 사람들이 손꼽을 정도로 드물어 산림보존이 양호한 그 자락에 위치해 있는 주거환경 역시도 신분의 유복을 안겨주고 있다. 또한, 한 맥인 그 산 아래 일부를 뚫고 유료터널을 만들 당시에 함께 조성한 소규모공원도 바로 코앞이다. 삶의 질이 유형의 신록으로 피어오르고 있다.

하나의 방과 거실로 꾸며진 집안은 이중의 통유리 창문이라, 한낮 동안에는 전등을 켜지 않아도 된다. 아침녘에는 동창햇살이 한가득 들어 차인다. 실내인지 바깥인지 구분이 안 될 정도로 똑같이 환하게 밝다.

지난달에 거주자이름을 변경 신고한 뒤, 처음으로 받아 본 전기고지서 청구요금은 10원이었다. 주거복지직원의 말대로 전입신고 시 기초생활 수급자명의로 통신·수도·가스·전기감면도 동시에 신청했었다. 그러나 이 성격과 좀 다르게 해석하고 싶은 속내는, 전기절약 실천에 따른 칭찬 격 금액이지 않을까 이다. 그는, 실상 아껴 쓰는 절약이 몸에 밴 사람이다. 일용품구매 시 10원이라도 싼 가게를 찾아다닌 고질의 가난에서 체질로 다져진 습관이다.

'주거환경 개선을 기회로 삼고 원죄와도 같은 천추의 가난을 반드시 풀자. 누구나 추세에 맞춘 걱정의 혀부터 차는, 체력 저하의 약점으로 밑지고 들어가는 노인이나, 숫자에 불과한 이 나이를 뛰어넘어 종자돈을 만들자. 반드시 내 사업을 되찾아야 한다. 젊은이들 말처럼 인생을 리셋하자.'

비다운 비 없이 일주일 만에 끝난 장마와 무관한 비는 새벽부터 내리기 시작했다. 철진은, 우산을 받쳐 들고 집을 나섰다. 산등성 어느 나뭇가지에서 지저귀는 새소리가 조금 설레는 정신을 일깨웠다.

오 분 거리인 고물상 문은 벌써 활짝 열려있었다. 집게기사 신기정은, 책상머리 의자에 눌러앉아 커피를 마시고 있었다. 피로를 호소하는 눈매는 흐리멍덩하고, 두발은 며칠째 손질을 안해 봉두난발 상태이다. 그 헐렁한 인상으로 며칠째 기른 수염턱을 딱 한번 끄덕였다. 무게 없는 가벼운 인사였다.

"커피 한잔하세요."

목청분석이 애매하다. 주파수가 맞지 않는 라디오의 시끄러운 잡음 같으면서도, 잠에서 덜 깬 망상의 덜덜덜 음색 같기도 하다.

"그럴까요."

철진은, 반말을 써도 무방한 한참 아래 사람이나, 직장선배인 점을 감안하여 존대를 붙였다. 그는, 준비해둔 종이컵에 믹스커피 낱개 입봉을 찍어 풀고, 그 봉지끝머리로 정수기온수를 받은 잔속을 빙글빙글 저었다. 그리고는 남은 한 손으로 책상 밑에 처박혀 있는 둥그런 플라스틱의자를 끌어내 신기정 앞에 앉았다.

"사장님, 오늘새벽에 돌아가셨다는 연락을 받았어요."

두 사람 간에 고인을 추모하는 묵념 형식의 침묵이 잠시 흘렀다. 이유 없는 죽음은 없다. 병은 사람을 잡아들인다. 누구든 가리지 않고, 활동제한에 가뒀다, 호흡을 멈추게 한다. 인생비극의 이면이 아닐 수 없다.

좀처럼 펴지지 않는 생활고 문제로-영문 모르게 앞뒤로 끊어지기만 하는 숙주宿主의 실타래를 풀어볼 셈으로, 한때 종교에 의존한 적이 있었다. 어느 편이 참 종교인지 비교 삼아 교회와 불교사찰을 넘나들면서, 목사설교 또는 스님법회를 들어봤다. 기독교성경은 성민의 믿음에서 벗어난 불법을 행하면 '폐병과 열병과 염증과 학질 등의 재앙을 피할 수 없다(신명기28:22)'하고, 불교에서는 특히, 정신병자의 경우는 악귀 중에 악귀라면서, 전생의 죄를 강조한다. 그 가르침에 따라 일반인들 세계에서도 거의 같은 이해로 삶에 악영향인 병세에 눌리는 저주만은 극구 피하려, 신을 불러들이는 지성至誠을 바친다. 철진은, 두 종교의 가르침을 다 무시하고, 매일 먹이며 매만지는 제 신체를 관리 못하면-환경이 폭력적으로 극악하면-피부가 까지도록 자신을 보듬어 다스리지 않는다면-정신병-신체적 병은 찾아들기 마련이다. 라는 생각을 굳혔다.

"이거 입으세요."

신기정이 건네 물품은 일회용 흰색비닐 우의였다. 철진은, 겉 포장을 뜯어 소매 긴 얇은 티셔츠 위에다 껴입고, 달린 모자까지 뒤집어썼다.

"이따 저녁에 사장님 문상 가려는데, 같이 갈 수 있나요?"

말투가 제법 격식하게 의젓해졌다. 친근감도 배어있다. 철진은, 같은 복장의 집게기사를 돌아보며 고개를 끄덕였다. 한 직원이 됐다는 대답인 셈이다.

굵은 빗줄기는 쌓인 모든 고철에서 튕겨 오르면서 줄줄 물로 흘러내렸다. 두 사람은, 파라솔 안으로 들어가 비를 피했다. 체질적으로 부지런한 신기정이 다리를 크게 벌린 쩍 벌 자세로 앉아있던 앉은뱅이 둥근 의자에서 별안간 벌떡 일어나, 빗속으로 뛰어들었다. 그리고는 무게감이 상당히 느껴지는 마대자루 하나를 들고 왔다.

그가 자루를 뒤엎어 바닥에 쏟아낸 것은, 이십 센티미터 길이로 절단한 케이블 선이었다. 어림짐작으로 대략 잡은 수량은 15개이다. 하용전류(A)로서, 굵기는 60A/25㎟이다. 바닥에 굴러다니는 피박기를 코팅장갑 손으로 곧바로 집어든 걸 보니 탈피를 할 모양이다. 그 사이에 철진은, 그 하나를 들어 올려서 속을 들여다본다. 검은색 고무피복 안에 얇은 알루미늄이 한 겹 더 감싸있고, 그 보호막 안에 도체(구리) 선이 나선 모양으로 촘촘하게 감겨있다.

신기정은, 피복의 중간 쯤 문 피박기를 힘 넣어 한 바퀴 빙글 돌려 선금을 낸 뒤로, 전공 칼로 피복 끝을 찔러 쭉 당긴다. 피복이 양쪽으로 갈리면서 찢어진다. 핏줄 솟은 팔목 악령이 세다. 그리고는 입을 크게 벌린 펜치(자름 집게)로 피복 한 끝을 꽉 물고 끝까지 길게 당겨 벗긴다. 광채가 흐르는 구리가 탄생하는 순간이다. 구리는, 은銀 다음으로 열 전도성이 가장 뛰어난 금속 2등급 상품이다.

"해 보실래요?"

신기정이 고루지 못한 치아 일부를 입술 사이로 드러내며 히죽 웃었다. 구리의 높은 가치를 잘 아는 철진도, 경기 좋았던 사장시절에 피복 벗기는 작업을 한 적이 있다. 그 당시 각종 모터에서 뽑아낸 먼지투성이 구리전선의 피복을 전선탈피기로 제거한 후, 한 구석에 따로 장여 뒀다, 대형차량이 들어온 날에

주 고철들과 함께 그 적재함에 실어 고물도매상으로 보냈다. 물질궁핍을 한시로 잊게 했던 호시절이었다.

습도 높은 더위가 불쾌지수를 높여 주었다. 신기정은 우의를 벗고, 오늘 갈아입었음에도 세탁을 해도 지워지지 않는 덕지덕지 기름 때로 본색의 회색이 탈색된 반팔티셔츠 차림을 공개했다. 신기정이 두 팔에 토시를 끼는 시간과 맞추어, 철진도 플라스틱 똑딱단추를 하나씩 풀어헤쳤다.

두 직원은, 공구사용을 교차하면서 오전시간을 보냈다. 비는 어느새 그쳐있었다. 배달 식사는 간짜장이었다. 신기정이 대형 냉장고를 열어 찬함에 담아있는 배추김치를 꺼내 단무지·양파뿐인 반찬가지 수를 늘렸다. 반주를 겹들인 식사를 마쳤다.

두 사람 간에 직업성 동질감이 형성되어 알게 모르게 심적으로 위축된 장벽이 싱글벙글 거둬졌다. 신기정은 인색하기 짝이 없는-혼모 슬하에서 불우하게 자란 탓에 사람들과 어우리지 못하는 대인 기피성을 안고 있는-나만을 지킨다는 속 좁은 정맥으로 똘똘 뭉쳐둔 외고집 인상을 순간순간 밝게 폈다. 그는, 나이로 20년 선배인 철진을 형님 호칭을 쓰다, 큰 삼춘으로 고쳐 부르기 시작했다. 철진은, 그 분위기에 맞춰 조카로 잠정 받아들이고 하대를 쓰기로 작심을 내렸다.

신기정은, 초등학교3학년 재학 중에 철도공무원이었던 아버지를 여의었다. 아버지는, 그날도 통근열차를 타고 퇴근길에 올랐다. 노근으로 축 처진 파김치 몸을 좌석등받이에 붙여 잠을 자다, 그만 내려야 할 역을 지나치고 말았다. 아버지는 낯설지 않는 역에서 내려 철로를 따라 걸었다. 몇 차례 이 경로로 귀가를 한 적이 있었기 때문이다. 그러면서 야간열차에 치여 사망에 이르게 되었다.

아버지의 재해 여부를 가리는 재판이 열렸다. 유족보상금 지급을 요청한 원고 측이 패소했다. 보행이 금지된 위험지대 철로보행은, 통상적인 퇴근경로가 아니므로 공무상재해에 해당되지 않는다는 판결이 내려진 것이었다.

스포츠형 서릿발에 허리가 굽은 노인의 연령은, 일흔은 넘어 보인다. 왜소하게 깡마른 체구에, 누런 눈곱덩이가 낀 눈빛은 건조하게 흐리고, 짙은 색상의 양말대님이 복숭아뼈 부위까지 뒤틀려서 흘러내린 발의 신발은, 쉽게 벗겨지는 검은 고무신이다. 모진 고생의 이력을 선이 깊고 굵은 얼굴주름 층으로 고스란히 새겨 담은 노인은, 컨테이너 안을 기웃거린 몸을 돌려 출입구 밖으로 다시 나간다. 노인이 남긴 무언의 행동을 단번에 읽어낸 신기정이 그 뒤를 따른다.

차량들이 쌩쌩 달리는 대로변에 위치해 있는 고물상은, 보도블록을 깐 보행로를 가로질러야 한다. 대로 면보다 경도가 일도 가량 높아, 힘이 부친 노인으로서는 짐 실린 리어카 끌어올리기가 쉽지 않다. 노인과 직원이 후면 한 쪽씩을 각각 맡았다. 이에 맞춰 그동안 붉은 바탕에 파란 무늬가 새겨진 스카프를 단발에 덧씌운 여성이, 걸쳐 앉았던 운전대를 다시금 부여잡았다. 보통 여성 이상의 힘으로 꽉 들어차있는 몸집이 크다. 철진도 두 사람 사이에 끼어 힘을 보탰다. 계기판쇠판에 얹어진 리어카에는, 차곡차곡 잘 쌓은 한 가득의 종이박스가 고무밧줄로 칭칭 동여져있다. 그 위로 발로 눌러 부피를 퍽 줄인 양은냄비 몇 개와 전기밥솥 등이 더 얹어져 있다.

"사장이 안 보이네?"

가쁜 숨을 가라앉히는 동안, 컨테이너 앞 낡은 의자에 다리를 꼬고 앉아있던 노인이 혼자 말로 중얼거렸다. 고랑 진 덥수룩 흰 수염이 한껏 휘날렸다. 신기정이 두 잔의 커피 중 하나를 노인 손에 먼저 쥐어주고, 일정한 거리를 띄우고 마주 선 여성에게도 건넸다.

"병원에 계세요."

"왜?"

노인이 문턱 사이로 한발씩 나눠 선채로 마주보고 있는 신기정 편으로, 핏기 없이 야윈 얼굴을 쳐들었다. 흰 마스크를 왼쪽 귀 바퀴에 걸어둔 노인의 기분 날씨는 맹맹하다.

"어디가 아파서......?"

"췌장암으로 당분간 병원에 계실 거예요."

"거참, 안 됐군."

노인이 혀를 차면서 내뱉은 한마디 위로의 말투 속에는, 온갖 고생을 다 겪어봤다는 인생구성이 격정적으로 실려 있었다.

"어머, 정말 아버지 말씀처럼 안 되셨네. 그럼, 퇴원일자도 모르겠네."

일회용종이컵을 손아귀로 우지직 구기며 상노인을 아버지라

부른 여인의 엷은 입술의 목청은, 체구만큼이나 쩌렁쩌렁 우렁찼다. 염색으로 흰머리를 가려 오십 중반의 나이에 비해 10년은 젊어 보이는 큰 눈의 인상을 가졌다. 그 면에서는 이곳 사장의 딸과 빗면하게 닮았다.

"네."

신기정의 짧은 대답에는 침울한 기운이 더께로 떠 있었다. 한편 철진은, 사망한 사장과 자신을 연계한 선상에서, 병이 들면 애착대로 살지 못하고 뒤안길로 물러나게 된다는 비관을 떨떠름하게 씹었다.

자전거로 출퇴근하는 신기정의 집은 구내 끝머리이다. 그러나 오늘은, 우기로 대중교통을 이용했다. 그는, 컨테이너 앞 수돗가 물로 대충의 세안을 마치고, 땀내 나는 작업복을 외출복으로 재빨리 갈아입었다.

장례식장 지하영안실은 한산했다. 코로나 영향으로 외부 조문객은 아무도 없고, 유족들뿐이었다. 전자회사말단 임원으로 근무하는 맏아들과, 백화점 식료품 관리팀 일원인 둘째가 상주 역할을 맡고 있었다. 두 동료가 시차를 두고 향을 올린 다음 짧은 묵례를 마치고 영정 앞에서 물러나오자, 상복차림의 딸이 어디선가에서 불쑥 나타나 면한 식당으로 안내했다. 배식이 일체 금지된 식탁에는, 캔 음료 종류만이 올라있을 뿐이다.

구년 전에 아내와 사별한 이후 딸의 부축을 받으며 삶을 연명해온 노인이다. 그 딸이 식탁을 사이에 두고 마주앉은 두 직원에게 캔 식혜를 권했다.

"힘들지 않으셨어요?"

"해봤던 일이라 수월했습니다."

"다행이어요. 전 경력 많으신 아저씨만 믿을게요."

"글쎄요. 성격이 입사고 칠 깡통 같은 개지랄 인간이라, 언제든 땅이 흔들리도록 소리를 꽥꽥 내지르는 사람은 믿지 마세요."

"그렇게 무서운 분이세요?"

고인의 딸이 마스크 안의 입을 삐쭉이며 웅얼거렸다.

"괜찮아요. 잘만 도와주신다면 보상으로 덮어 드릴게요."

제9장

-외딴집-

　기상이변인지, 갑작스레 상승된 기온으로, 유월 중순의 태양은 몹시 뜨겁다. 산들바람도 지친 듯 축 늘어져 있는 식물들의 신록 잎줄기를 세우지 못하고 있다.

　서울살림을 정리한 비용으로 마련한 부지는, 야트막한 능선에 둘러싸인 언덕배기이다. 전체 면적은 오천제곱미터 남짓인데, 아래로 내려갈수록 지형이 낮아지는-내내 그늘 한 점 지지 않는 경사 면 땅콩 밭이다. 정착 첫날부터 사람이 일일이 삽으로 파헤쳐 밭골을 낸 토양은, 풍화작용으로 자잘하게 부서진 기반암 천지이다. 수분저장이 안 되는 토질이라, 다른 작물을 재배할 수는 없다. 그래서 비가 내리지 않으면, 일찌감치 밭이 메마른다.

　반년 가량 남은 초심의 금년은 그렇다 해도, 내년 대비 차원에서 땅콩 수확은 반드시 성공적으로 거둬들여야만 한다. 새들이 우짖는 노래를 즐겁게 들으면서, 온갖 작물이 푸르게 익은, 그 신선한 과실을 실은 차량들이 전국방방으로 운송되는 그 꿈의 미래 낙원을 실현으로 이루기 위해서는, 종자 씨를 살 얼마의 금전이든 꼭 쥐어 마련해둬야 한다. 경험 없는 손방인의 작은 소망이다.

　그 가편으로 작년 가을 무렵에 추운겨울 지낼 집은 있어야 한다면서, 몇몇 인부를 불러 서둘러 지어올린 건물 한 동이 있다. 벽면을 시멘트로 마감한 슬레이트지붕집이다. 방·부엌 딱 하나씩 나눠 갖춘 단출한 주거이다. 해가 떨어지면 한기가 심해, 구들에 불기를 넣어야 할 정도로 서늘한 방이다. 그 외의 건물로는, 천으로 사면을 가린 한 칸의 임시화장실이 하나 더 있다. 윗동네 아랫동네로 잇대어진 한길 우측복판에 위치해 있다.

그 길목 바로 변 좌측에서 일시적으로 흐르는 개울물을 길어다 쓰는 최 한적지대라, 연장 하나 빌려 쓰는 데도 많은 애로가 따라진다. 그 필요에 따른 도움은, 지리적으로 먼 탓에 이따금 내려가는 아랫동네에서 받는 편이다. 식량과 식재료 및 양념 따위는, 각 집을 돌며 저렴한 값으로 구매하여 식탁을 차린다. 범죄 없는 마을이라 주민들 표정의 대변은 악의 없는 순박성이다. 그 정심情深은 오랜 친분처럼 다복하기 그지없다.

심심산골에서 가장 시급하게 해결해야 할 문제는, 목을 축여줄 생명수이다. 집 마당에 우물을 파는 일정이 잡혔다. 흰 수염 마을이장이 소개해준 사람은, 한참 먼 도심에서 조그만 철물점을 운영하는 인물이다. 현장탐사를 마치고 돌아간 그의 인상착의 대략은-광대가 높고 눈꼬리가 쭉 찢어진 얼굴의 이면으로-여자에 대한 편력의 바람기가 확연하게 떠 있는 음란기이다. 남편을 두고 바람 난 기혼녀에 더욱 달라붙는 그 달성을 위해서라면, 팬티차림으로 줄을 타는 쇼도 불사하겠다는 저급한 인물이다.

며칠 후, 이 씨 성만을 가진 아랫마을 열 명의 청년들이 떼거리로 외딴집을 찾았다. 그들의 방문으로 촛불로만 지내는 집안 분위기에 활기가 넘쳤다. 그들은, 등나무 아래 평상에 둘러앉아 막걸리잔치를 벌였다. 그 포함, 안주용인 오징어와 땅콩 등은 집안 농사가 주업인 저희들이 주머니 열어 사왔다. 외딴집에서 내준 도구는, 막걸리를 따라 마실 국그릇 몇 개뿐이었다. 하루 일과를 마친 저녁 놀 무렵에 가끔씩 찾는 젊은이들이라, 격식과는 거리가 멀다.

젊은이들이 떠들썩하게 회포를 푸는 자리에는, 유일한 계집 스물일곱 살의 권소현이 있다. 천식에 안구 건조 증과 피부건선에 시달리는 육체라, 공기 맑은 산중에서 신춘新春 시작인 삼월 초부터 요양 중이다. 일이 조금만 힘들면 식은땀을 흘리며, 그 핑계로 자리에 눕는 계집이다. 탕에 한번 들어가면 한 세월이요, 또한, 말이 워낙 많아 별명이 참새이다. 세살 차 오빠 소호가 지어진 제이의 별칭이다.

그 동생이 거의 일주일 만에 제 세상 만났다는 듯이 총각들과 어울려 수다 떠는 양을, 촛불 켠 방안에서 무료감을 달랠 겸 채소재배에 관한 책을 들여다보는 한편의 귀로 잠자코 듣고 있는 소호는, 빗면의 상스러운 면을 감출 수가 없었다.

　근친상간의 불합리 성교로 쉬쉬 낳았을 인물도 분명 뒤섞여 있을, 이 씨네 일가붙이들이 4대를 거쳐 부락을 이뤄 함께 사는 아랫동네 청년들은, 부모세대에 이어 농사를 짓고 있다. 순혈토박이라 서로 형·동생·외삼촌·이종사촌·고종사촌·팔촌지간인 그들 중에 나이가 제일 많은 인물이, 이십 팔세 이기석이다. 상고머리에 근골이 억센 어깨가 떡 벌어진 작달막한 체구가 당차게 다부지면서, 신체 바깥쪽 걸음걸이로 이동하는 짧은 두 다리를 갖고 있다. 육 형제의 장남이라 늙은 보모를 대신하여 농사를 주도하고 있다. 그가 소현에게 계산 된 애증의 눈독을 들이고 있다. 이 배후에는, 어서 예쁜 색시를 찾아 장가 들라는 성화로 등 떠미는 양친이 있다.

　문물을 받아들이고 있지 않아, 세속의 물질 면에서 깨끗한 아랫동네 역시도 정취가 별로인 겹겹산으로 둘러싸인 산간이라, 해 뜨는 시간이 늦고, 서녁 놀은 일찍 맞는다. 60여 가구에 한 피를 일정 비율로 나눠 받은 100여 명의 인구들이 몰려 사는 평지 땅은 비옥하다. 어떤 식물이든 잘 자란다. 마을공동체로 추석·설 명절 때마다, 한 식솔이나 다름없는 사람들을 먹이는 음식물 장만은 물론이고, 크고 작은 경사에도 다 함께 팔소매를 걷어붙이는 은성을 넘어, 협동으로 일구는 인삼밭 일도 서로 나설 정도로 우애가 매우 두텁다.

　그러나 도심과는 거리가 한참 먼 깊은 산골짝이라, 젊은 청년들의 수에 비해 여자 수는 상대적으로 균형 맞지 않게 낮은 편이다. 대를 잇는 자손 늘리기가 여의치 않는 환경이다. 인구들이 북적이는 시장바닥에서 도둑심보로 여자를 자루에 씌워 업어오든, 낚아채든, 온갖 수단을 동원해야 할 판이다. 이렇게 신부 감 부족 현상에다, 외부인 왕래가 뜸할 수밖에 없는 한적한 오지산골에 성 씨가 달라 전혀 남인 서울처녀가 굴러들어 왔으니, 총각들 간 먼저 차지가 임자라는 경쟁의 눈치싸움이 벌어진 건 당연지사다. 서울내기 아가씨답지 않게 가벼운 행실에 곱상한 교양미는 떨어지나, 치마를 두른 환상의 여자는 여자인지라, 오금이 갈마로 저려지는 것은 어쩔 수 없는 근성이다. 여자의 훈김 앞에선 총각들의 냉정유지는 곤욕이나 다를 바 없다. 그들이 소현을 떠받드는 행세는, 거의 공주 급 숭배이니 말이다.

"이기석 씨, 나 목마른데 아이스크림 사 줄래요?"

유난 떠는 목청의 주인공은, 헤아려보나마나 소현이다.

"갑시다."

앞뒤 살필 겨를 없이 즉각 반응을 낸 짧은 변이 시원하다.

"애들아, 모처럼 윗동네 한 바퀴 돌고 오자."

인적이 끊기자, 순시에 짙은 어둠이 밀려들었다. 소호는, 내용이 머리에 들어올 리 만무한 책을 덮고, 이슬공기가 찬 바깥으로 나왔다. 캄캄 속에 묻힌 평상은 뒤처리를 잘해 깨끗하다. 애초 높이 30센티미터, 지름 10센티미터로 설계를 잡았으나, 그 의중대로 똑같은 일정 재료 구하기가 손방으로 쉽지 않아, 표준 굵기 비율이 조금 씩 차이 나는 참나무가지로 용도를 맞춰 세운 그 네 다리 평상이다. 그 위로 두꺼운 합판 한 장을 상판으로 덥고 장판을 씌웠다.

그 밑에서 불청객 족제비 한 쌍이 난데없이 뛰쳐나와 사람으로 하여금 소스라치게 놀라게 했다. 소호는, 몇 발짝 뒤로 물러나면서 머리카락 전체를 쭈뼛 세웠다. 얼어붙은 부동자세로, 빠른 발질로 앞서거니 뒤서거니 하면서, 땅콩밭도랑 따라 멀어지는 검은 물체의 두 동물을 멀건 한 눈길로 쫓는다. 맑은 하늘 아래 산중. 별빛이 총총한 가운데 은하수 흐른다. 산 숲 어디선가에서 꿩이 울고 있다. 까투리(암꿩)이다. 처량하게 구슬프다.

소호는, 누군가가 먼저 불러주기 전에 스스럼없이 다가가 곧잘 말을 거는 소현의 안위가 스멀스멀 걱정되었다. 열 명의 남자 중 여자는 단 한명이다. 자연의 품에서 낳고 성장해가는 순박한 청년들을 보편적으로 믿는다고는 하나, 다른 한 구석에서는 그 중에 분수를 잃은 몇이 여자에게 위력을 쓰는 강제 범행은 얼마든지 저지를 수 있다는 인간상식의 불길을 떠올렸다. 인간은, 마주친 대상에 맞춰 선악을 드러내는 성향이 있다. 지각을 잘못 쓰면 파괴력을 발휘하는 것이 인간의 기질이다.

소호는, 꽁꽁 싸매둔 고민거리를 마침내 풀어냈다. 동생을 지켜야한다는 결심에 떠밀려 겉옷을 걸치고 집을 나섰다. 큰길 끝나는 지점부터는, 지형이 울퉁불퉁 거친 산길과는 곧바로 연결이다. 더구나 울창한 수목들이 하늘을 온통 가리고 있어, 한 치 앞도 내다볼 수 없이 칠흑하다. 어느 한 대낮에, 동생 소현을 데리고 산책 삼아 이 길을 넘나들었던 적이 있다. 몇 채 가옥에 불과한 전형마을이 내려다보이는 풀 언덕까지 갔다 돌아왔다. 그래서 사실상 미지의 초행이나 다를 바 없다.

곳곳마다에 돌부리가 박혀있고, 드러난 나무뿌리에 발이 걸려 넘어질 수 있는 가파른 경사지는, 예측대로 고루지 못하면서 꾸불꾸불 길었다. 길을 밝혀주는 불빛이 없어, 맨눈의 정신으로 매 걸음마다 긴장을 높여야 했다. 숲을 흔드는 스산한 바람소리는 무서운 공포를 불러일으켰고, 정체 모를 어떤 짐승의 작은 기척에서는 닭살 소름이 한데거리로 솟구쳤다. 담력이 세지 못한 탓이다.

평소, 주제 넘는 행동을 자제해온 소호이다. 조심스럽게 자신을 점검하면서 문제 접근을 해왔다. 출판사 수금사원으로 다년간 근무할 당시 익히 처세이다.

어느 날부터 그는, 귓가를 스친 새소리처럼 경위가 불분명한 자신을 조금 씩 조금씩 발견하는 과정을 밟기 시작한다. 떼돈으로 심신의 안정을 도모하겠다는 신념은, 물질사회의 겉치레에 불과하다는 원칙을 차츰 깨닫는 단계를 밟았다.

서울변두리에서 소규모 세차장일로 근근이 살아가는 아버지를 설득하는 며칠의 과정은 쉽지 않았다. 그럴 바에야 부동산 투자로 돈을 버는 게 낫지 않겠느냐는 아버지의 세속 성 계산과의 타협은, 몇 차례 갈등의 기로에 서기도 하였다. 청산으로 내몰린 적산가옥을 싸게 사들여 되파는 방식을 택해, 훗날 고층건물을 세우자는 것이 아버지의 물욕이었기 때문이다.

아버지의 반 억설에 가까운 이 말씀의 배후에는, 무기력으로 대물림된-연명이 어려워 기는 일조차 힘들었던-쥐뿔도 없는-그 서러움의 가난에 치가 갈리는 원한이 숨겨져 있었다. 지겨운 그 더께의 빈처貧妻 고통에 다시는 빠져 들어선 안 된다는 한탄의 읍소였다.

그렇지만 소호의 생각의 결은 그와 크게 달랐다. 돈만을 밝히는 부동업자의 옆구리를 찔러 주머니 채워주는-맑은 날은 찌푸리고, 일기 흐린 날에는 환호치는 귀신의 불법소득보다, 필요한 만큼의 소유가 곧 인간의 진 명목의 행복이다, 신조를 끝까지 고수했다. 그 후 내린 선택지가 신분상승과 거리 먼-은둔의 배후인 산간오지였다.

앞뒤 산에서 거둬 모은 땔감으로 구들을 데운 방 생활은, 적응에 따라 그런대로 견딜만했다. 그러나 일상의 볼일로 그 밖을 나서기만 하면, 기다렸다는 듯이 신체를 두껍게 휘감는 설한의 한파는, 뼛속 깊이까지 냉골로 얼어붙게 했을 뿐 아니라, 입안의 혀까지도 얼얼하게 떨게 하면서, 어금니가 깨지도록 욱물게 했었다. 옷을 몇 가지씩 껴입었어도 소용없이, 오줌발을 순식간에 얼리는 사지위축을 예사로 치렀다.

눈 녹인 물로 끼니와 씻는 것을 해결해야만 했던 그 엄동嚴冬의 계절을 한 차례 보낸 그때 그 기후와의 격차가, 무려 40-50도 차인 현생활의 중간 평가는, 아직은 적응관계가 덜 여문 시간이긴 하나, 조화의 친밀이 날로 두터워진다는 정감이다. 소리 하나하나에 독자적인 의미가 실려 있어 거부감이 일체 일지 않는 자연 속생활의 독보는, 대하기가 편한 심신의 안정이다.

나의 구상대로 집안을 가꾸거나, 생계유지를 위해 어떤 작물을 선택할 것인가 고민은, 진정 자아신화身火의 희열이 아닐 수 없다. 시험 삼아 일단 시작한 땅콩농사는, 농경생활의 적응기간이다.

기껏해야 해발 70미터 높이인 산을 내려와 세 갈래 길목에 들어섰다. 일전에 소현이와 잠시 앉아 쉬면서, 이파리 하나 없이 앙상한 뼈대 줄기만 남은-실 존재 여부를 떠나, 고사목枯死木 구멍 안에 크낙새가 산다는 얘기를 들려줬던-그 언덕의 푸른 풀밭이 바로 뒤편이다. 소호는, 아무것도 내다보이지 않는-한 번도 가보지 않아, 지형 세 어떠한지 감조차 잡히지 않는 우측 길을 뒤로 하고, 저 멀리 가로등 불빛을 향해 발 머리를 잡았다. 인기척을 알아차린 어느 집 개가, 이슬에 촉촉이 젖는 밤공기를 헤치고 사납게 짖어댄다.

예상은 딱 맞았다. 허름한 구멍가게 앞 흐릿한 외등의 끝자락 빛발임에도, 어느 정도 식별이 가능한 파라솔 아래 철재 원탁자를 둘러싼 한 무리의 사람들을 쉽사리 발견할 수 있었다. 두말할 나위 없이 낯익은 아랫동네 청년들이었다.

파라솔 아래 철제탁자의자에 저마다 등을 붙이고 앉아서, 한 여자를 상대로 즐거운 잡담을 나누고 있는 남자 수는 세 명이다. 한 여자는 공주대접을 곰삭게 받는 소현이다. 전체 분위기로 미뤄, 여자에게만 오로지 초점을 맞춘 전략적 선의 성을 최대한 끌어올려, 자기편으로 의대의 관심을 두게 하려는 경쟁의 수작부리 같다.

소현과 연예로 속삭이고 싶어 하는 남자는, 이기석 외에 두세 명이 더 있음이 상기되는 바탕이다. 그 위로 병맥주·막걸리에 달린 구이오징어·마른땅콩·쥐포 따위의 안줏감들이 널브러져 있다. 빈 잔을 채워주거나, 손등으로 훔친 입안의 어금니로 안주를 씹는 그들의 자세는, 시종 여유만만 했다. 나쁜 기운의 귀신을 물리치고, 풍요와 행운을 가져다준다는-작은 꽃말을 피우기 시작한 대추나무 한 그루가 밀려 서있는 가편 마당에서는, 그와 별개로 비교적 어린-솜털수염이 막 돋기 시작한 이십세 미만의 몇몇 애송이들이 몸 장난을 치거나, 무릎싸움을 하고 있었다. 이왕 자리이니 진탕 놀아보자는 합의를 아마 보지 않았나 싶다.

소호는, 부아가 치밀었다. 완력이 센 청년들이 우르르 달려들어 손과 발을 꽁꽁 묶은 여자에게, 집단폭행을 행하고 있을 거라는 필름영화 속 상상과 전혀 딴판인 평화의 광경이 펼쳐져 있는데 따른 질투의 화분이었다. 치욕의 봉변을 당하고 있을 아녀자를, 악의 수렁에서 구원해준 보답으로 오래도록 기억되어 떠받들리는 영웅대접의 은성 꿈이 산산이 깨졌다는 황황한 분노였다. 그는, 피와 살과 뼛속이 불어터진 힘까지 동원된 악발을 앞세워, 그들 앞으로 매섭게 달려들었다.

"야, 이 기집 얘야!"

버럭 내지른 짐승의 포효는, 사방천지로 쩌렁쩌렁 울려 퍼졌다. 소호의 분노조절을 잃은 비말의 욕설은, 쥐약 먹고 날뛰는 개지랄이었다. 화들짝 깨어난 밤은 온갖 수목들을 흔들었고, 집집마다 개들은, 일제히 물어뜯고 말겠다는 사나운 짖음으로 위협방지에 나섰다.

난데없이 터진 소란을 미처 파악하지 못한 시선들이 뒤늦게 한 곳으로 일제히 모아졌다. 그 속에서 "오빠, 어떻게 우릴 찾았어?"라는 말로 반긴 소현의 안진감 이린 음정이 어렴풋이 귓

전으로 흘러들었다. 이어, 그 맞은 편 이기석이도 의자에서 일
어나면서 "오셨어요."하며 예의를 갖춰보였다. 그렇지만 최고
조의 격분으로 온몸의 혈관까지 다 열어젖힌 소호는, 그들의
다소곳한 언행을 박차의 무시로 짓이겼다. 이성 잃은 독기의
격심으로 발광을 내질렀다.

"지금 시각이 몇 신데 싸돌아다녀. 네년의 좋은 놀이에 목이
빠지도록 기다리는 오빠 따위는 안중에 두지 않고 있다는 거
고문이라는 거 왜 알지 못하니. 무식한 쌍년아."

한밤의 고요를 산산이 깨부순 두 번째 함성으로, 전제 분위
기는 삽시에 찬바람이 쌩쌩 도는 설한으로 얼어붙었다. 그때서
야 모두의 인상이 바위처럼 굳어졌다. 때 아닌 난리법석을 듣
고, 일부러 나와 눈길을 홱 돌린 구멍가게 노파는, 몇몇 청년들
에게 처음 보는 저 사람 누구냐 묻기도 하였다.

"오빠, 여긴 집이 아니니 제발 조용해라!"

오빠를 말리는 소현의 나긋한 음색은 속삭임에 가까웠다. 그
러면서 죄송하다는 무안을 담은 낯빛으로 주위를 둘러보았다.

"제멋대로구나. 너 그렇게 말썽을 피우려면 당장 서울로 돌
아가거라."

"싫어, 오빠 말 안 들을 거야."

"이년이 어디서 말대꾸야."

소호는, 동생의 면상을 후려갈기려 한 손을 높이 쳐들었다
주춤 멈추었다. 약해진 몸에 자존의 생기를 불어넣겠다는 목적
으로, 오빠를 찾은 유일한 혈육을 학대해선 안 된다는 난맥이
가슴 판에서 움틀 거렸기 때문이다. 이때, 이기석이 소호 앞으
로 나서면서 격조 낮춘 상고머리를 조아렸다.

"죄송합니다. 제가 잘못했습니다."

"오빠, 걱정 끼쳤다면 정말 사과할게."

뒤따른 소현의 목청은 적이 얌전했다.

삼분 조금 넘긴 시간동안 침묵의 뜸을 들인 소호의 확 뒤집
혀진 눈빛은, 그 사이 한풀 꺾여 초점이 정중으로 모아졌다. 그
는, 지랄방정의 언어폭력으로 체면의 인격을 산산이 깨트린 자
신이 한없이 민망했다. 몸 둘 바 모르도록 심장이 터져버릴 지
경이었다. 달랠 길 없이 눈앞이 캄캄했다. 그때, 울상을 되씹으
며 물끄러미 바라보고 있는 작은 얼굴이 시야에 들어왔다. 가

장 깊은 한 밤중 어둠에 둘러싸여 있긴 하나, 충분히 알아볼 수 있는 낯익은 모체였다. 그 참에 심신을 가다듬는 여유 공간의 틈이 생겨났다. 시간의 효력이 나타나기 시작한 것이다. 어느 정도 분별력을 되찾은 그는, 가냘프기 짝이 없는 그 몸체를 와락 품에 안았다. 혈육 간에 교차되는 체감의 정분은 위안이 컸다. 어지럽게 흐트러진 의식은 정상적으로 돌아왔고, 양 어깨를 벌렁벌렁 띄웠던 거친 숨결도 서서히 가라앉았다. 그는 동생의 귀전에다 속삭거렸다.

"꼴 망신 떤 내가 미안하다."

"응?"

"여러분, 그만 갑시다."

하지 무렵의 여름밤은 짧다. 일행은, 자정을 넘긴 시각에 외딴집으로 돌아왔다. 이전 시간의 그 조류인지, 변음이 아득한 꿩 소리가 여전히 산중 잠을 깨우고 있다.

"오빠 자?"

외출 시 스웨터를 걸쳤다고는 하나, 그 엷은 차림새로 밤공기를 장시간 쐰 탓에 심해진 잔기침을 연시 해댄 소현이다. 그 방해에 잠을 이룰 수 없게 된 소현이, 버석버석 뒤척이던 솜이불 속 몸체를 돌려 오빠를 불렀다.

"아니, 왜.....?"

소호는, 어둠 속을 응시하며, 혀 마른 음색으로 짧게 대답했다.

"어 추워."

이 말과 동시에 소현은, 자기 잠자리를 벗어나 오빠의 이불속을 파고 들어, 그 옆에 누워 한 몸처럼 밀착으로 달라붙었다. 다정하게 팔을 감고 끌어안은 듬직한 등 체취를 맡으며, 토닥토닥 다독이기까지 한다.

"아이, 따뜻해."

"남녀부동석이다. 네 자리로 돌아가라. 어서!"

"치, 오빤 언제 날 여자로 본적 있어? 맨날맨날 남자들 놀이에 나를 끌어드렸잖아."

"잊었니? 넌 말썽부리 왈가닥이었잖아."

"지금은 어때?"

"글쎄다. 아직 철이 덜 들어 가까운 시일 내 시집가기는 글

러먹은 것 같다.”

“지독하다. 왜 자꾸 기분 상하게 부정을 얘기하는 거래
.....?”

“여자의 기본은 정숙이다.”

“오빠 서른 살 맞지? 난 스물일곱이고.....근데 참 말이 허리
굽은 백 노인처럼 퍽 늙었다.”

소현은, 억울하다는 투로 입 꼬리를 삐쭉였다.

“아이 속상해! 그래, 난 오빠가 말짱 알고 있는 것처럼 학교
끈이 짧아. 그래서 이상 높은 남자들은 붙지 않고, 이기석이 같
은 흙 파먹는 촌 농부 따위가 뒤를 쫓는 거 아니겠어.”

“판단 나름이다. 좋아서 쫓아다니는 남자가 있을 때 잘 해
라.”

“오빠는 대체 누구에게 말하는 거야. 나 아닌 딴 여자 얘기
하는 거잖아.”

“아이스크림을 사 달라 한 사람이 누군데.....? 그 말의 본뜻
은 기석 씨, 우리 사귑시다. 말과 일맥상통이 아니고 뭐겠니.”

“당장 시집갈 신랑감이 없으니까 그렇지.”

“오늘 본 청년들 중에, 그나마 기석 씨가 제일 나은 것 같
다.”

“날더러 일자무식 농부에게 시집가라는 거야.”

“결정은 네 몫이다. 그리고 고등학교는 나왔다더라.”

“난 오빠 같이 배운 남자가 좋은데.”

“눈은 높구나.”

“눈이 높아야 사람을 제대로 볼 수 있는 거 아냐. 시시 껄렁
낮아봐. 펄렁펄렁 날리는 가벼운 종잇장만 눈에 띤다고요.”

“말은 잘 한다.”

소호는, 마른 침을 억지로 목안으로 우겨 삼켰다.

“내 경고하는데, 우린 한 부모를 둔 오누이다. 하늘이 정해
내린 윤리를 모양으로라도 흐려서는 안 된다. 치유할 수 없는
막심한 후회가, 두고두고 우리를 따라다니며 괴롭힐 게다.”

“드러내지 않아서 그렇지, 땅속에 묻어진 근친상간의 음양
불륜 얼마나 수두룩 많은데. 들은 얘긴데 어느 나라에서는 직
계 가족과의 동침도 용인한다는 거야. 재밌지? 아, 그런 나라에
서 나도 살고 싶다.”

화들짝 놀란 소호는, 황급히 동생에게로 얼굴을 돌렸다. 그러면서 본의 아니게, 소현의 입술에 자신의 입술을 스치는 실수를 낳았다.

"너 시방 나를 유혹하는 거니?"

"유혹이 아니라, 오빠 같은 남자라면......"

소현은, 말끝을 채 맺지 못하고 어물쩍 흐렸다. 아마도, 삼개월여 합숙으로, 오빠 아닌 이성의 남자로 본 것이 틀림없다.

소호에게는 대 농장을 일구는 꿈에 앞서 장가를 먼저 들어야한다는 숙제가 걸려있다. 한 지체의 손발로 움직이면서, 후손을 낳고 기르는 염원이다. 그렇지만 이 산골짝에서는 한 솥밥을 먹을 외지 여자가 없다. 오누이 단 둘뿐이다.

이 때문에 생각만 해도 두렵게 떨리도록 끔찍한-하늘이 무너져도 용서가 될 수 없는-알게 모르게 물이 땅을 적시듯-바람을 넣어 부풀린 풍선의 환상-친동생 아닌 여자로 보게 된 소현을 대상 삼아, 남아의 끓는 정욕을 해소하고 싶다는 태질에 시달리며 있다. 그래서 어떤 남자에게도 소현을 내줄 수 없다는 독기를 앞세워, 그토록 칠흑하게 캄캄한 산길을 더듬더듬 넘나들었던 것이다.

그다음에 일어난 현상은, 이성이 엉망진창으로 깨진-눈알을 홀딱 뒤집은-금수만도 못한 오만불손의 행패를 낳고 말았다. 그 졸렬한 자책의 쓰라림이 아직껏 심사에서 가시지 않고 있다. 천벌 받을 이 근친상간의 근원을 털어내려, 솔직히 몇 차례 성격이 괜찮다 싶은 남자에게 소현을 맡기려 했었던 적이 있다. 가장 일 순위로 지목된 잠정 인물이, 집안 형편이 그나마 넉넉한 이기석이다.

그렇지만 땅딸보에 대해 못 미더운 성질은, 지금의 달아오른 안달과 달리, 아내 된 여자를 부리는 종을 넘어 언제든 일방적 폭력을 행사할 수 있다는 함정의 우려이다. 소현도, 부친과 동네어르신들로부터 배운 술을 즐기는 기석의 짐승 같은 이 사나운 기질을 충분히 인지하고 있을 터이다. 맏이의 일방적 위세로, 사촌동생의 무릎을 꿇게 하고 가한 주먹질로 코피를 쏟게한 깡패 근성을, 근래에 두세 차례 함께 목도를 했기 때문이다. 말을 듣지 않는다는 멸칭치고는, 너무나 가혹한 행패부리였다.

그런 면에서 소현에게는 기석은 위험인물에 해당된다. 병세로 체력이 달리면서, 겁이 많은 심약 자 소현에게는, 무엇보다 따뜻하게 감싸주는 보살핌이 중요하다. 주제를 잃은 허영심의 물때가 골치이긴 하나, 독립의 자취 경험으로 살림은 잘 한다.

해지는 서편, 산과 골 하나로 경계를 나눈 밭 끄트머리에 잘록한 허리 마디 선이 분명하면서, 구부러진 더듬이로 행로를 가늠하는 여러 마리의 개미들이, 무엇을 찾듯이 이리저리 맴돌며 있다. 소호는, 진사회성으로 집단생활을 하는 곤충의 움직임의 특징을 관찰하려 주의를 기우린다. 이상하게 그 일대가 수분을 머금었는지 약간 젖은 듯하다. 두세 마리 개미가 바지다리를 타고 기어오른다. 소호는 아랑곳 않고, 알갱이토질을 손가락 끝으로 살짝 헤친다. 키워진 호기심으로 파 들어갈수록, 물기 머금은 축축 기운의 양이 점차 짙어진다. 마침내 50센티미터 깊이에서 소량의 물이 새드는 것을 확인할 수 있었다.

"수맥이구나. 숙원이 풀렸다. 하늘이 도왔다."

소호는, 환영의 박수를 치면서 밭을 내려와 부엌 한 구석에 세워진 삽을 냉큼 집어 들었다. 소현은 어디에서든 보이지 않았다. 그는, 동생의 소재를 더는 찾지 않고, 땅콩 밭골을 타고 되돌아온 산자락 그 경사꼭대기에 다시금 우뚝 섰다.

1미터 속은 사면이 안 잡히는 바위 바닥이다. 그 좌우로 별개의 조각바위가 끼이듯 붙었는데, 그 틈새로 반갑기 그지없는 생명수가 연시 새어나오고 있다. 그는, 일단 사용물로만 쓰려고 웅덩이를 조금 넓히는 선에서 일차 작업을 마쳤다. 한 방울도 흘리지 않으려, 웅덩이에 바싹 붙여놓은 고무양동이에다 손잡이 바가지로 떠 담는 첫 물은 감개무량했다.

"그렇다면 우물 파는 계획은 잠깐의 건수乾水인지, 지속적인 샘물인지 추이를 정확히 알아본 후 조정해야겠다."

소현은, 삼백 미터 좀 넘는 거리인 아랫마을에서, 김치용 배추 세단과 대파 한단을 사들고 왔다. 체질이 알려주는 숨이 가쁜 현상에 맞추어 쉬며-쉬며 왔겠지만, 식은땀이 알알이 솟구친 작은 얼굴은, 철분 부족 현상의 빈혈로 상당히 지쳐보였다. 더더욱 삐쩍 마른 약골의 모습이 안쓰럽게 심안心眼으로 밀려들었다. 영양소가 골고루 들어있다는 토실토실 밤을 먹여, 토실토실 살을 찌게하고 싶을 정도로 애간장이 태워졌다.

큰맘 먹고 한번 외출 때마다, 잔디무덤 5기를 품은 양지 바른 산마루를 넘어, 두 시간마다 다니는 버스를 간신히 타고, 30분 후 내려 도심 일을 보는 총 시간이 장장 7-8시간이라, 삼 개월 넘도록 머리손질을 못하고 있는 소현이다. 처음의 숱 진 단발이 제법 자라, 이젠 뒷목을 엉망으로 뒤덮고 있다. 이런 생활불편 때문에, 그래서 웬만한 식자재거리 정도는 아랫동네에서 조달하는 편이다.

"날 부르지 왜 혼자 고생했니."

소호는, 소현으로부터 제법 무거운 채소묶음을 받아들면서 웃음 머금은 낯빛으로 가볍게 나무랬다.

"오빠, 들었어?"

"뭘?"

"아냐."

소현이 낯빛 색을 일순 흐리면서, 고개를 절레절레 흔들었다.

"듣지 않은 걸로 해줘."

"나 원 참. 그렇게 새침 뗄 거면 차라리 말을 꺼내지 말던지, 왜 신경을 깨워놓고 얼른 토라 지냐."

"좋지 않은 소문을 들었으니까."

"좋지 않은 소문.....? 그게 뭔데.....?"

"아유, 말해 뭐해. 글쎄.....정말 오빠까지 알게 하고 싶지 않다....."

"재미없긴. 그렇게 계속 뜸만 들일 거면 내가 먼저 말해야겠다."

소호는, 싱글벙글 낯빛으로 신발을 벗고 평상에 올라 두 다리를 겹쳐 모았다. 소현은, 따라 오르지 않고, 그 한 가에 걸터앉아서 오빠의 움직임을 붙좇는다. 색상 짙은 긴 주름치마로 하체를 가렸다. 세탁이 쉽지 않아 일주일째 입고 있어, 땟국의 얼룩 위로 마을갔다 온 흙먼지까지 덧씌워져있다.

"드디어 샘을 발견했단다."

피부감촉의 기쁨을 감출 수 없었던 소호는, 그 기분을 한껏 되살려 여동생의 자그만 손을 꼭 움켜쥐었다.

"뭐? 어디서 샘터를 발견했다는 거야?"

그렇게 물 고생을 했는데도, 반기는 태도가 건성하다. 딴 생각으로 초점이 멀다.

"너 무슨 생각을 그렇게 골똘히 하고 있는 거니?"

"모르겠어. 오빠 말 하나도 귀에 안 들어와!"

안색에 수심이 가득 드리어졌다.

"말해봐. 마을에서 들은 얘기 다 털어놔!"

".....오빠랑 나랑은 오누이 사이가 아니라, 혹시 동거부부가 아니냐는 노골적 질문을 받았어."

"우리가 오해를 사게 했구나. 너라면 이 문제 어떻게 생각하니?"

"무서워. 진짜로 고착될까봐."

"우리만 아니면 괜찮다는 설득은 통하지 않을 게다. 알았다. 내가 처리할게."

"나 서울아빠에게로 돌아갈게. 나만 사라지면 이따위 헛소문 안 들어도 되잖아."

반응을 타진하는 떠보기 식 말이 아니라, 전혀 모르게 씌워진 오해의 덤터기를 어떻게든 벗어보겠다는 결의가 실려 있다.

"안 된다!"

소호는, 박하다 하리만치 단호하게 잘라 말했다.

"넌 안정이 절대적으로 필요한 이동병인이다. 이것저것 많은 생각은, 이리저리 차이는 것과 일반이라 건강에 해롭다. 그러니 여기를 수양소로 삼고 네 집을 떠나지 마라."

소현과의 한 지붕생활은 근 오년 만이다. 만성기침의 원인인 천식은, 폐 속 기관지에 염증이 생겨 기도가 좁아지는 질환이다. 좀 더 지식을 첨부한다면, 숨을 쉴 때 쌕쌕 소리를 내면서 호흡곤란 증세를 반복해서 자주 겪는다는 것이다.

비염과 밀접한 관계가 있는 천식의 천적은, 내부적으로는 개인의 체질과 극심한 스트레스의 영향이 깊고, 외부적으로는 집먼지·진드기·꽃가루 외에 강아지·고양이털과 그 체온의 배설물에서 유발된다. 자연 환경 그대로라, 아무 때나 흩날리는 화분이 내심 걱정되기는 하다. 또한, 사람의 인술에 의존하지 않고-약 복용도 일체 끊고-오로지 자연의 치유만을 기대한다는 것은 질환을 악화시킬 수 있는-생떼부리의 한 축인 무치의 승모인줄도 안다.

이러한 겉치레 문제를 다 덮고 소현은, 건강이 회복될 때까지 이곳에 남아 있어야 한다. 힘을 쓰지 못하는 그 허약한 체질로는 병원신세 지는 외밖에 다른 방도가 없다. 서울의 부모가 공통으로 원하는 바이기도 한 이 건은, 오빠로써 기꺼이 모든 편의를 도모하겠으나, 그럼에도 남몰래 걱정은 소현이 그 심리적 고통을 과연 어떻게 받아들이고 감내할지에 달려있다는 애처이다.

소현을 눈에 보이지 않는 어디로 보낸다는 것은, 혈육 간 생이별이나 다를 바 없다. 동생의 일상을 늘 들여다보려면 두 가지 방법이 제시된다. 그 하나는, 식구의 애틋한 보호를 받는 직심의 안정과, 아랫동네 청년 누군가와의 전격 혼례이다. 후자의 경우는, 일이 많은 농사의 고달픔에 시달려야 한다는 육체피로가 따른다.

삶은 한눈으로 읽는 동화가 아니다. 나의 의기로 나를 바로 세워야 하는 책임의 사명은 호락호락 하지 않다.

소호는, 평상복 그대로 마실 길에 나섰다. 경운기길이라, 폭이 제법 넓은 한복판에는, 모양새가 저마다 다른 잡풀들로 무성하다. 외딴집 앞 길목에서 끝나는 잔 돌멩이 길이다. 그 좌측은 자외선 강한 지난 달 오월에, 손모내기 하는 마을 주민들과 한데 어울려 모(육묘)를 심었던 그 논밭이다. 속을 전혀 들여다볼 수 없는 회색탁류에 바짓가랑이 걷어붙인 두 발을 푹 잠그고, 곁에 선 이기석이 일러주는 대로 모판에서 싹을 틔운 그 모종의 오 뿌리줄기를 진득진득 점토질 토양 속에 꽂아 박았던 그 전답田畓이다. 사람의 살피를 뚫고 피를 빨아들이는 무척추거머리를 두렵게 떠올렸던 그 장소이다.

우측은, 몇 그루 밤나무들이 짧은 구간의 가로수 역할을 맡고 있는 혼합림 숲이다. 청정지역이라 방아깨비·송장메뚜기·땅강아지 같은 곤충들을 흔하게 볼 수 있다.

이기석은, 열한 살 차 막내여동생과 감자밭에 쭈그려 앉아있었다. 시기적으로 늦어 조금 시든 하얀 꽃이 흐드러지게 펼쳐져 있다. 그 꽃잎을 하나 씩 따고 있다, 막냇동생이 살집 빈약한 엉덩이 까고 오줌을 누는 양을 애써 보지 않으려 등을 지고 있는 자세이다. 한 번쯤 얼핏 봤을 소녀의 다리 가린 동작을 알 턱이 없는 소호는, 한 골 두 골의 밭 위를 가로 넘어 기석에게로 향해 간다. 기석이 다가오는 손님을 맞으려 무릎을 펴자, 동시에 눈치를 차린 계집이, 오줌을 싸다 말고 얼른 일어나 오빠 등편에 숨어서 내린 시밋지락을 마무리 짓는다.

"어쩐 일이십니까?"

당당한 체구의 청년이다. 그 짧은 목에서 우러난 성대는 굵다. 이웃 간이고 서로 본지 사나흘 전인데, 새삼스럽게 맞잡은 손아귀에서도 굉장한 악령이 느껴졌다.

"꽃이 예쁘네요."

두 살 아래이나, 아직은 낯이 설어 예의상 말을 놓기에는 시기상조이다.

"감자가 달리기 시작하는 시기라, 이렇게 따줘야 합니다."

기석은, 시법을 보이듯 한 송이 꽃잎을 따 보였다. 소호도 똑같은 동작으로 꽃잎 하나를 땄다.

"따주지 않으면 어떻게 됩니까?"

"양분이 다 뺏겨 감자가 여물지 못합니다. 이때면 엄청난 양의 물로 흙을 적셔 줘야 합니다."

"기억에 담아뒀다 써먹어야겠네요. 말이 나온 김에 씨감자 얻을 수 있겠습니까?"

"지금은 안 되고 내년 봄에 드리지요."

소호는, 엄지검지 두 손가락으로 턱을 문지르며 고개를 끄덕였다. 두 사람이 주고받는 얘기를 동그랗게 모은 눈빛으로 줄곧 엿듣고 있던 손대기 계집이, 손님의 두 시선에 고정 맞춰둔 채로 맏오빠 왼손을 찾아 잡는다. 낯을 가리는 소심한 계집이다.

"할 얘기 있는데, 시간 어떻습니까?"

서울식의 조심스러운 격식인사이다. 그만큼 아직은 가깝지 않다는 뜻이다.

"괜찮습니다. 기영아, 너 집에 가 있어. 아저씨와 얘기하고 갈게. 이따 봐!"

달음질로 뛰는 단발계집의 뒤를 따라 걷는 기석은, 밭을 나와 느티나무 아래 그늘로 소호를 안내했다. 옮김이 자유로운 이인용 목재의자 하나가 놓여있는 그곳 굵은 한 나뭇가지에는, 굵고 긴 두 밧줄그네가 매달려 있다. 이용이 잦은지, 발판표면이 반질반질 광채가 난다. 경북달성이 고향인 옛 직장동료가 들려준 노랫말이, 때 맞게 문득 떠오름은 무슨 징조일까?

달성 땅 심어진 남게/늘어진 가지에 군디 줄 매자/임이 뛰면

내가 밀고/내가 뛰면 임이 민다/임아, 임아 줄잡지 마라/줄 떨
어지면 정 떨어진다   *(경북달성)*

　"쟤 위로도 계집인데, 그 또래 일곱 아이들의 놀이터라, 저
보세요. 어디서 주워 모았는지, 조개 집에 토끼모양을 새긴 나
뭇조각까지 있지 않습니까? 솜씨들이 대단해서, 우리의 굳은
머리로는 도저히 상상조차도 할 수 없어, 구경해 주는 것만으
로 칭찬을 할 뿐입니다."
　두리두리 둘러보며 두세 가지 조형물을, 마디 짧은 검지 끝
으로 가리키며 설명을 붙이는 이기석의 구릿빛 안색에 동심이
서렸다. 농부 특색의 감자 꽃 따는 모습 아닌, 한 인간의 면모
를 갖춘 정형으로 비쳤다. 인간은 너나없이 속성을 빼면 편차
가 없음을 보여주는 단면이었다.
　"저 인형은 누구의 작품입니까?"
　소호가 관심을 보인 모형은, 논흙으로 빚고 햇볕에 말리는
중인-소년소녀가 마주보고 있는 형용이었다. 나무그늘이 드린-
표면이 울퉁불퉁한 바위 중앙에 자세 편치 않게 얹어져 있었
다.
　"아, 저거요? 아마 기영의 바로 위 언니 기숙과 단짝 친구일
겁니다. 중학생 계집인데, 동네선배 해성 형의 딸입죠."
　"재미 삼은 취미인지는 모르겠으나 유망은 하네요."
　"제 딴에는 조각가가 되고 싶다는데, 해성 형이 학비 안 대
주겠다는 무기로 반대를 하는 모양이에요."
　"반대하는 사정이야 입장마다 다를 테니까요."
　소호는, 콧잔등을 긁적이며 의자에 앉았다. 기석도 뒤따라
용모를 낮췄다.
　"기석 씨도 아이들 키우고 싶은가요?"
　"그야 물론이죠. 색시만 있다면, 열 명이든 스물 명이든 녀
석들의 체취에 묻혀 살고 싶습니다."
　"탁아소 하나 차려야겠네요."
　"큰집에서 저희끼리 마음껏 뛰어 놀게 해야지요."
　"그 비용 감당할 수 있나요?"
　"농사루 큰돈 벌 수 있는 종목이 뭔지 찾아봐야지요."
　"난, 토착화 가능성 시험을 거쳐 장차 멜론작물을 선택하려

는데, 기석 씨가 많이 도와주세요."

"이 마을에서 떠나지 않고 이웃으로 남는다면야, 얼마든지 돕겠습니다."

이기석의 시선을 받으면서 소호는 머리를 끄덕였다.

"자, 그럼 본론으로 들어갑시다."

어느 정도 친숙해졌다는 판단을 내린 소호는, 자신감을 굳혔다.

"기석 씨도 태양이 식물을 기른다는 상식쯤은 알고 있어서 하는 말인데, 사랑이면 다 된다는 이성론 얘긴 빼고, 내 동생 소현의 보호자가 돼줄 수 있지요?"

"뜻밖이네요."

반응이 냉소하게 떨떠름하다. 말 따라 안색 빛도 검푸르다. 보는 각도에 따라 수위를 낮춘 기질로 읽히는 면상이다.

"뜻밖이라.....?"

소호는, 되씹는 기색의 음정을 낮게 새어냈다.

"왜요? 소현만은 누구에게든 빼앗기지 않겠다며 점찍었던 거 아니었나요?"

"아직도 그 정신 유효합니다만, 소현 씨가 저에 대해 어떻게 생각하는지 감이 안 잡혀서요."

"숙맥 하네요. 하긴, 깊은 물속 소리 들을 수 없듯이, 가슴이 메면 속 풀이가 안 되는 법이지요. 대범해질 필요가 있어요. 성공하려면 고생의 여부를 떠나 금지를 높여야 해요. 작은 행동일지라도 매일 움직이면 길이 만들어지는 거니까요."

"형님의 그 말씀 못 배운 제 머리로는 이해가 쉽게 와 닿지 않습니다."

"쉬운 예로 이것을 하고 싶은데.....이모저모 생각을 저울질로 달아보지만 말고, 우직의 실천으로 옮겨야 성취의 보람을 얻을 수 있다는 뭐 그런 주저리지요."

"소현 씨를 만나게 해 주세요."

"서울아씨가 사는 우리 집은 언제나 열려 있어 소개가 무슨 소용이오. 선물 하나 사들고 오면 땡이걸랑요."

"알겠습니다. 곧 찾아뵙겠습니다."

이튿 날 해진 저녁에 외딴집을 찾은 이기석의 손에는, 제과점케이크와 와인 두 병이 들려있었다. 따로 유가 한 봉지도 내놓았다. 소현은, 당분을 좋아한다는 오빠의 말을 곧이곧대로 듣고, 일부러 나간 시내에서 사온 선물이다. 촛불을 가운데 두고 마주 앉은 세 사람은, 약식으로나마 소현의 생일을 축하하는 축배를 들었다.

"신랑 이기석 군과, 신부 권소현 양의 장래행복을 위하여 .....!"

제법 유식한 소호의 건배사는 이렇게 거창했다. 다음날 오후 2시경 소호는, 발을 들인 아랫동네 담장 없는 기와집에서 이기석을 다시 만났다. 장가 들게 됐다는 확신 때문인지, 그의 안색은 싱글벙글 밝았다. 곧, 매형이 될 소호를 맞는 행위가 더없이 친절했다.

집안 장남인 이기석은, 안방에서 유선전화기를 마루까지 들고 나와 사용을 권했다. 소호는, 기석과 그의 양친이 지켜보는 앞에서, 어제 두 남녀가 합의본 내용 그대로를 서울부모에게 보고했다. 통신기지국 전파가 닿지 않는-전기가 없어 충전도 할 수 없는 적막한 산골이라-물건으로만 보관하고 있는 휴대전화기 사용이 불가하여, 발품을 팔아 용무를 마쳤다.

일요일 이른 아침. 대로변 주유소 앞으로 검은 승용차 한 대가 멈춰 섰다. 권소기는, 뒷문을 열고 차량에 올랐다. 운전대를 잡은 차주와, 그 뒤편 좌석에 자유자재로 편히 앉은 초교동창이 동시에 반겨 맞았다. 서울과 경기도 분기점에서 출발한 차량은, 1시간 반여 만에 목적지에 도착했다. 시야가 탁 트인 푸른 초원의 농장에는, 이미 몇몇 동창들이 한 동창친구인 배밭 주인과 무슨 얘긴가를 나누고 있었다. 삼강이 갓 지난 시월 하순의 날씨는, 기상청의 한파주의보 예보대로 쌀쌀했다.

소기는, 중학교 시절에 한두 번 본 이후 연락이 두절된 상태로 지금까지 잊고 지내 온 지창호와 반가운 악수를 교환했다. 그 당시 인상착의는 다 잊었어도, 오른 편 광대 부위를 가린 커다란 점만은 분명하게 기억에 휘감기는 초등학교동창이다. 그래서 별명이 점박이였다. 창호의 보통 체형은 마른 편이고, 정수리 일대 성모는 다 빠져 대머리에 가까웠다. 남은 머리카락도 굵기가 여모로 가늘어 허약했다. 단백질 부족 현상이다.

열 한 명의 친구들은, 농상주로부디 일머리에 대하 설명을 들을 필요 없이 준비를 갖췄다. 해마다 오월의 꽃 수술 때와, 수확계절인 이 무렵이면 날 잡아 오기 때문이다. 한 시대 동반 자인 그들은, 재질이 단단한 노란플라스틱 바구니를 두세 개씩 나눠 들고, 배밭 안으로 일제히 몰려 들어갔다.

진한 풀색의 윤기가 돌고, 달걀 모양을 닮은 뾰족한 톱니 모양의 무성 잎들에 온통 가려진 어두운 적갈색 가지마다에 열매가 주렁주렁 매달려 있다. 한데 기후에 몇 달간 시달려 누래진 흰 종이 하나씩에 감싸인 누르께한 색상의 배는, 옹골차게 잘 익었다. 몸통이 통통한 큰 배도 있고, 탁구공 크기의 작은 열매도 있다.

다 채운 5-6개 바구니는 리어카에 겹쳐 실려서, 밭 바깥 사택 잔디마당에 일괄 내려졌다. 그렇게 수차례 오가면서 열매를 따는 사람, 실어 나르는 사람으로 자연스레 팀이 구성되는 질서가 잡혔다.

일 흐름이 순조롭다. 마당에 쌓인 과일 양 엄청 많다. 재래시장 내에서 남편과 건어물가게를 운영하는 여자동창이, 사전에 준비한 잔디밭 위 식탁도 넘치도록 풍성하다. 쌀쌀한 햇살 아래서 식후 커피나 페트병 물을 마셔가며 옛 추억을 담소하다, 누구누구의 안부를 묻다, 자녀들이 낳은 손자손녀들의 재롱에 인생말년 시름을 잊는다는 자랑의 이야기들이 오래토록 쉼 없이 이어진다.

제 몫을 챙기는 시간이 돌아왔다. 다 채운 종이박스는, 각자 또는 동승차량에 실려졌다. 소기도 한 가득 채운 상자를 동승차량 트렁크에 실었다. 그 몇 배수로 남은 박스 양 전부는 리어카에 다시 실려 허름한 농막건물 안으로 옮겨졌다. 공판장을 통해 미국으로 수출될 상품이다.

소기는, 안감이 따뜻한 점퍼 안주머니에서 사각 모양의 흰 봉투를 꺼냈다. 그리고는 각자에게 나눠줬다.

"이게 뭐더냐? 청첩장 아니더냐?"

속을 열고 꺼내본 속지 내용을 제일 먼저 읽은 송재희의 말이다. 그도 몇 년 사이에 살이 핼쑥하게 빠진 가운데, 성모 수가 급속히 탈모된 대머리로 변해 있었다. 무슨-무슨 병으로 병원출입이 잦다는 정보를 간접적으로 들은 터다. 그 노쇠과정에 접어든 배후 탓인지, 삶의 나이테인 누리끼리 안색이 그리 건강하지 못한 편이다. 그럼에도 그 티를 내지 않고, 이를 악 물고, 남들 못지않은 용을 썼다. 동창들의 소식을 꿰차고 있는 친구이다.

"신랑 이기석 군, 신부 권소현 양? 너 딸 오래 전부터 분가해 살지 않았니?"

"직장이 멀어 떨어져 지냈지."

"지금 어디서 사는데?"

"쟤 오빠와 산골농업을 시작했어. 아들 중재로 그 마을총각과 백년가약을 맺기로 했다나, 하여간 그렇게 됐다."

소기는, 염念을 담은 반응을 떨떠름하게 내비쳤다. 대학공부를 밀어주지 않아, 번듯한 남자와 사귀는 기회를 놓치게 하지 않았나 싶은 아비의 속 쓰린 침통이었다. 성격이 비교적 밝아저 스스로 공부하겠지, 기대를 저버린 배신의 성격이 아름아름 뒤섞여 있기도 하다.

"너네 집에서 술 마신 날에 본 그 계집꼬맹이가 벌써 이렇게 커서 시집가다니.....아무튼 축하한다."

이 말은 파출소소장으로 근무하면서, 동네주민들에게 선행을 많이 베풀어 칭찬이 자자했던, 그 아버지의 아들인 서정호이었다. 예부터 사람들을 좋아하면서 술을 즐겼다.

"다음 달이지?"

알면서 묻는 독박이다.

"코로나 유행으로 경계는 되나, 우리가 자리를 빛내줘야 하지 않을까?"

"그래야지."

줄곧 듣기만 하던 출판인 성훈의 한마디 화답은, 더 이상 나뭇가지를 넣지 않아, 이젠 가는 잔 줄기 연기로만 꾸물꾸물 피워 오르는 반 드럼통화덕을 둥글게 둘러싼 친구들의 귓속으로 속속 스며들었다.

-아들의 빈소-

늦가을의 일기는 화창하나, 낮은 기후는 손가락 끝 마디가 약간 시릴 정도로 차갑다. 꼭 닫힌 차창 바깥에서 쌩쌩 스치는 가로수마다의 잎새는 시들하여, 언제든 가지와의 인연에서 떨어져 낙송할 수 있다는 전환의 준비태세를 갖추고 있다. 안쓰럽게 처량하다.

그때, 무쇠덩이 25톤 덤프트럭이 옆으로 바싹 다가오면서 승용차를 강하게 들이받았다. 동시에 엔진이 꺼진 차체는 차선 바깥으로 크게 튕겨나갔다. 그 엄청난 파괴력의 추돌로 차안의 세 사람은, 좌측으로 한꺼번에 휩쓸리면서 어지럽게 엉켜 붙었다. 어둑 캄캄하여 아무것도 보이지 않았으며, 아무 소리도 들을 수도, 들리지도 않았다. 무슨 일이 일어났는지 조차도 알 수 없었다. 단지, 어떤 무거운 물체에 짓눌린 전신의 운신이 자유롭지 않게 갑갑하다는 아련한 감지는 가능했다.

그 가운데서 일시 정지됐던 숨통을 트려 한꺼번에 몰아 내쉬는 큰 숨결이 귀전으로 흘러들었다. 그 인지는 살아있다는 현실을 일깨워줬다. 비몽사몽의 비 형체 가물이 아니라, 확실한 생환을 느끼게 했다. 일반상식의 천만다행을 크게 뛰어 넘은, 놀라운 기적의 신비를 보게 했다. 다 함께 뒤엉켜 휩쓸렸을 시, 어딘가에 부딪친 뒤부터 살며시 아프기 시작한 옆구리 증세가- 그 체험의 실체를 똑똑히 증명해주고 있었다. 각자 알아서 몸을 추스른 세 사람은, 저마다 안도의 한숨을 내쉬면서 괜찮다는 안부를 서로 교환했다. 동승한 남편의 지인 분 역시도 다친 곳 없이 멀쩡했다.

황망하게 객사할 수 있었던 그 직전에서 목숨을 건짐 받았다는 현실은, 기적 외의 단어로는 설명할 길이 달리 없다. 보이지 않는 누군가의 손길에 의해서, 세 생명이 수호로 보호받았다는 예지 론이 고개를 들게 된 까닭도 이 때문이다. 사고를 목격하면 자신도 다칠 것을 예단하고, 그 징후의 위기로부터 멀리 피하는 것이 인간의 속성이다. 그런 제한에 떠밀리는 인간이, 어찌 와장창 깨지고 부서지는 사고복판에 뛰어들어, 생명의 안전을 지켜줄 수 있단 말인가. 천만에 말씀이다.

사고의 원인은, 운전석이 높아 아래 작은 차량을 미처 보지 못했다는 덤프트럭 기사의 한마디에 다 들어있었다. 그러나 태만의 부주의로 운전을 한 남편도, 그 불의의 사고에 원인 제공자이기도 하다. 성능이 좋아 잘 달리는 차량만을 믿고, 좌우를 살피는 주의에 만전을 기하지 않은 잘못이 있다.

목적의 일을 보지 못하고, 네 시간 여 만에 집으로 되돌아온 차량 꼴은 처참했다. 엉망진창으로 비틀리고 찌그러진 운전석 문은, 더는 쓸 수 없이 흉물로 변해있었다. 가해자 차량주가 신고와 동시에 조치를 마친 보험사에서 뒤처리를 할 예정이다.

김미향은, 그날 새벽에 꾼 꿈과 사고를 연계로 회상했다. 국적 다른 미지의 먼 나라 사람은 단아하게 우아했다. 균형이 잘 잡힌 반듯한 미모의 머리부터 발끝까지 마음을 가라앉히는 은은한 평화의 빛에 감싸있고, 그 광채에 눈이 부셔 그 너머 사물을 제대로 변별해 낼 수가 없었다. 사람의 모습만 입었을 뿐, 이 땅의 소산물을 먹는 유한의 육신들과는 감히 비교조차 안 되는 사뿐한 기품이 보기가 참 좋았다. 하늘의 천사를 연상케 하는 해맑은 두 여인은, 피부 고운 각자의 양 손을 다소곳이 겹쳐 잡고, 집 안쪽에서 거실로 나왔다. 어디서 들었는지, 나를 향해 칭찬이 자자하다는 말부터 건넸다. 무엇에 대한 칭찬인지는 기억은 흐릿하나, 이 말만은 또렷이 잊지 않고 남아있다.

"마음의 평정은 믿음에서 지켜집니다."

두 여인은, 웃음을 머금고 집을 나갔다. 이 광경을 남편은 의자에 앉아서 다 지켜보고 있었다.

며칠 후 미향은, 시내 일을 마치고 몸을 실은 택시기사에게 그날 세 명의 목숨을 지켜준 그 기적의 사고를 자랑 삼아 들려줬다. 곱슬머리 중년기사는, "정말 천운으로 목숨을 보존하셨네요. 차체가 워낙 높은 덤프트럭은 무쇠 같아 작은 승용차 따위는 눈에 잘 안 보입니다. 사고가 나면 상대방을 아랑곳하지 않고, 그냥 밀어붙이거든요."라는 답변으로 맞장구를 쳐줬다.

인간의 수명은 정해져 있는 대로 유한하다. 절로 따라 붙는 삶이 행복하고 편하여 오랜 장수를 애쓰는 연연으로 누리고 싶다 해도, 인간이 등급 매긴 임의의 계산대로 되는 것이 아니다. 착한 인성을 학식이 받쳐주는 데도 불구하고, 가혹을 운명으로 짊어진 사람이라 해서 일찍 죽는 단명 자로 낙인 되는 법은 없다. 속셔츠 한 장이 곧 잠옷이며, 집안일 할 때는, 또 다른 용도의 작업복으로도 쓰이는 모질의 가난으로 깨닫지 못해서 그렇지-알게 모르게 저만의 고지식한 믿음을 선별적으로 간직하고 있다. 차별 없이 동등하다. 자기로써 기본의 동기를 잃지 않고 요령껏-능력껏 대응대처를 잘한다면, 설사 하나님께서 계획하신 사형집행일지라도 구사일생할 수 있다. 그러므로 인생은 '나는 왜 이 모양일까?' 항변으로 덤비지 말고, 그저 본분에 순응만 하면 된다. 하루 앞은커녕 바로 맞을 일초의 시간도 내다보지 못하는 시한부 주제에, 체면을 지키겠다는 자존심 따위가 무슨 소용이란 말인가.

생계를 잇는 일을 통해 얻어지는 수입에 맞춰 사는 인생들은, 늘 육신의 고달픔에 시달린다. 술에 취해 몸을 가누지 못하는 비틀비틀 사내들, 머리에 시장바구니 얹고 길을 걷는 들창코 아낙들, 허약하고 비쩍 마른 소년들, 얼굴부터 발끝까지 새까만 기름에 덧씌워진 철공소직공들 역시도 주어진 시간 속에서 살다, 언젠가 이 땅에서 발을 떼고 본질의 흙으로 돌아갈 인생들이다. 그 흙은 곡물을 내 모든 생물들로 하여금 그 차지를 위한 고뇌의 사투를 벌이게 한다. 땅은, 그 고달픈 생을 마친 온갖 뼈들을 산산조각의 가루로 해체한다. 이 과정은 모두에게 똑같이 적용되어 있다. 이럴 듯 개인의 종말인 죽음은 대단한 것이 아니라, 본향으로의 회귀이다.

아직은 때가 아니라는 섭리였는지, 그 비명횡사 직전에 피함을 입은 사람은, 삶의 의미가 각별하게 깊다. 가슴이 저려지는 이런 생애가 어떤 이에게는 무의미할 수 있겠다. 그러나 종교심으로 사는 사람은, 당신이 부르시는 그날까지 빈손으로 준비하며 오직, 당신의 사랑만을 가득 채워 달려가겠다는 믿음의 각오를 다진다.

자신이 할 수 있는 기술의 재능으로 하나님을 즐겁게 한다는 것은 진정 나의 행복이 아닐 수 없다. 기쁜 일을 축하하는 자리에서는, 평소 때 작아 보인 것도 크게 보이는 주관인식의 경향이 있다. 감동으로 한껏 부풀어 오른 사람의 심성이 격발로 띄운 착시현상 때문이다.

나는, 성격이 단순하여 감정을 숨기는 일 따위는 잘 못한다. 내성이 원체 깊지 못한 탓이다. 사실, 행실이 오지랖 하여 뭐든 나누기를 즐기는 김미향은, 내성의 짜임새가 원체 약해 행위실수를 자주 낳는다. 몸집이 커 이동시간이 기능적으로 지나하게 길뿐 아니라, 공간의 지각력을 보는 안목도 더뎌 빨리 깨우치지 못하고, 우왕좌왕 하는 경우가 잦다. 게다가 성미가 급한 편이라, 넘어진 사람을 목격하면 전후 사정 가리지 않고 제일 먼저 달려 나가 일으켜 세운 그 사람의 바지 흙을 털어준다. 심성이 애틋하게 여린 탓에 동정심의 눈물을 자주 보인다. 남편 진용훈은 이런 아내에게 '모순 덩어리'라는 별명을 붙여줬다.

선이 날카로운 다부진 인상에 양 어깨 폭이 넓고 목이 굵은 보통 체구의 환자는, 자기 힘으로는 아무것도 못하는 초췌한 무기력증에 빠져서 침상에 누워있다. 치매로 인한 뇌질환·파킨슨병·암 치료에 쓰이는 스테로이드를 장기간 사용하고 있는 로이드레이지(Roid Rage) 환자이다. 지금은 잠들어 조용하지만, 만일, 스테로이드의 부작용이 재발되면, 모두가 숨거나 피해야 할 정도로 객기난폭이 지랄방정으로 파괴적이다.

그 위협적인 전장사태를 수차례 목도했던 사람들은, 저대로 호흡이 끊겨 다시는 일어나지 말았으며 한다는 생각을 읍소로 머금고 있다. 자신에게 위해를 끼친 자는, 곧 사회 전체의 해악이라 더는 인간일 수 없다는 밉쌀의 반응이다. 모두의 안위를 위해 관습으로 다져진 기존 규범을 망쳐 놓기 일쑤인 누구든 폭력배 일뿐이다. 그러니 인성의 가치를 잃은 사람은, 어서 빨리 세상에서 사라져야 한다.

환자 강길용은 한때 승마선수였었다. 그 가벼운 체중으로 공기총을 들고 겨울새 사냥도 꽤나 즐겼다. 노루나 사슴을 쫓는 실력도 일급 수준이었다. 또한, 태권도 유단자로써 인체의 급소를 정확히 꿰뚫고 있기도 하다. 그의 이 자유분방한 기저에는, 아무리 퍼 써도 남아도는 재력이 있다. 피붙이 부모로부터 물려받은 재산이 아니라, 범죄조직 활동에서 대부분 끌어 모은 검은 재력이다. 이로 그는 목숨이 위태로운 살해 위협을 종종 겪었고, 언제든지 길에서 쓰러질 수 있다는 이런 자신의 불안을 보호하려, 요새를 세워 운동으로 단련된 부하들을 적절히 배치했다. 부차적으로 대부업·마약업·유흥업 등에 손을 대기도 했었다.

자기 위에는 부모 같은 고마운 단 한분 외엔 아무도 없고, 심지어 하늘의 신까지 부인하는 교만이 득세했던 그의 성향은, 불과 같은 광분이다. 당일 정황을 보고 하는 심복자의 설명과 맞지 않게 교차되는 일선부하를 몰아붙이는 행태는, 날 파리 취급이다. 어마무시하게 귀를 도려내거나, 손가락뼈를 꺾어 장애로 만드는 것은 예사이고, 절박에 쫓기는 격분이 풀리지 않는다 싶으면, 즉각 물고문·전기고문의 지시를 내려 감춰둔 돈 빨리 뱉어내라는 윽박질도 살벌하기 그지없다. 그래서 그에게는 두고 보자는 이를 갈며 보복을 노리는 사람들 수가 적지 않다.

그러던 어느 날, 조직폭력배 일망타진에 나선 검찰의 체포로 악습이 끊기는 절벽과 맞닥트리게 되었다. 여러 번 얻어터진 한 부하가, 그 분풀이 차원에서 내린 소재정보 제공이 결정적

단서였다. 그는, 장시간 구금생활을 했다. 꼼짝없이 갇힌 교도소 안에서 그는, 파킨슨 초기 현상인-근육이 뻣뻣해지면서 몸이 떨리는 증상을 발견했다. 자세가 구부정 불안정해진 가운데, 이유 없이 넘어지는 비실비실 병세의 행동을 어렴푸시 인지했다. 머릿속 생각이 알게 모르게 지워지는 문제의 치매증세의 엉뚱한 짓거리로-경내 전체 분위기에 민폐를 끼치는 그의 상태를, 교도소장으로부터 보고 받은 법무부에서 인도주의 차원에서 형기 일시 중단 명령이 내려졌다.

그 시절의 패기와 열정을 몽땅 잃은 강길용은, 곧 죽을 것으로 예상된다. 유압식의자에 눌러앉아 환자의 실태를 파악해둔 의사를 포함하여, 인생을 살아온 나이별 안목에 맞춰 별의별 사람들을 만나보면서 분별력을 갖춘 인수들의 묵언의 동의이기도 하다. 그렇지만 숨을 내쉬고 있는 동안에는 엄연히 살아있는 생명체이다. 선의와 의지가 담긴 사랑이 있다면, 보살핌 받는 환자는 삶의 애착을 종종 드러낸다.

오늘날 고려장이라 불리는 요양병원 또는, 요양원입소 환자들은, 거의 입을 다문 침묵으로 하늘의 부름을 기다린다. 옆 사람과 인사하는 경우가 드물 뿐 아니라, 매끼니 식사도 가급적 방으로 가져가 혼자 먹는다. 쓸쓸함의 정형이다.

입원환자들에 비해 비교적 젊은 강길용은, 예상대로 이틀 후 콧숨을 내쉬지 않았다. 하현달이 중천에 떠있는 새벽시간대에, 뜨고 지는 지상의 해를 다시는 볼 수 없게 되었다. 그의 까무잡잡한 마지막 안색은 더없이 평안했다. 병세가 운신을 제압해둔 덕분에, 자기반성을 하면서 유순해졌다는 단계까지는 한참 못 미치나, 어느 정도 사나운 성질은 가라앉았다는 내면 숙지는 가능하다. 미궁처럼 난해한 이론 따위로 심신미약이 조종당하는 와중에 받아들인 종교의 영향도 적지 않다.

시신장례는 종합병원으로 확정됐다. 그 병원장례식장 측에서 보낸 응급차량에 몸을 실은 사람은, 김미향이 유일했다. 일주일에 한 번씩 간병인 역할을 하는 과정에서 많이 친숙해졌다는 배후 때문에, 심성이 연하여 신경이 예민한 환자들 간의 평판이 별로인 동성보호사 대신에 결정이 부여된 동행이었다. 이례적으로 일반적 상식을 깬 선처였다. 우연의 일치로 남편의 초등학교 동창의 외아들이기도 하다. 그 연의 접선으로 환자와 가까워진 것은 나중이다.

병원입원 환자든, 요양원 입소자든 그들이 바라는 속내의 읍소는, 할 수 있는 게 아무것도 없이 죽은 듯이 적막한 지루시간을 잊게 하는 말동무이다. 그 중에 요양병원 생활 오래인 구십세 백발할머니가 계신다. 봉사 나온 날, 섬기는 마음으로 손을 잡아 주고 몇 마디 대화를 나눈 노파는, 단번에 정을 붙였다. 말기 암 환자인 할머니는, 약 먹게 물을 떠달라는 부탁부터 임종 전에 머리염색을 하고 싶다는 내면까지 드러내며 의지를 붙였다. 그 할머니를 때 시간마다 들여다보면서, 우연히 강길용을 알게 되었다.

이상하게 첫 대면부터 의대가 멀지 않다는 친밀감이 가슴에 와 닿았다. 이 감정을 남편에게 그대로 얘기했더니, 듣기는 하였으나, 한 번도 찾아보지 않았다는 친구의 아들이 그 요양병원에 장기 환자로 입원해있다는 소식을 들려줬다.

가족 또는 일가붙이도 아닌, 전혀 남남인-흰 천에 뒤덮인 차가운 침상시신과 한 공간 내 동반이 지레 찝찝하여 내키지 않았던 것은 진심이다. 그럼에도 눈까지도 비린함이 배인 그 송장 냄새를 꾹 눌러 참고, 임시 보호자로 나선 것이다. 그녀는, 병원도착 때까지 영혼의 안식을 비는 기도를 그치지 않았다. 자기 전도로 예수를 믿게 된 망인을 위한 보답이었다.

빈소가 차려진 장례식장에 제일 먼저 발을 디딘 사람은, 남편의 오랜 친구 초등학교 동창부부였다. 망인 아래 두 여동생도 동행했다. 세대 차이인가? 아님, 대함이 뜸해 남남이나 다를 바 없어, 정분이 싸늘한 오빠를 비꼬는 반항의 용트림인가? 둘째 딸의 복장이 성적하게 야하다. 짙은 눈 화장에 깜찍하게 작은 링 귀고리, 짧은 머리 위로 걸친 듯 얇은 플라스틱 띠를 얹었고, 색상 짙은 짧은 패딩재킷코트 상의 안으로 하얀 기모티셔츠 앞 목 부위가 보이는 그 상반신에 비해, 긴 하반신 엉덩이 살집이 출렁출렁 돋보이는 회색팬츠를 입고 있다. 꽉 끼는 하의라, 잘 빠진 각선미 윤곽도 아주 선명하다. 남자들의 음욕이 담긴 시선을 무시로 빼앗는 홧홧한 의상이다. 신발은 굽 낮은 검은색 구두이다. 이에 반해 큰딸의 복장은 예의하게 얌전하다.

"망자 부모인 저희가 해야 할 일을 손수 맡아줘서 정말 낯짝

들 수 없도록 부끄럽습니다."

아무리 먹어도 살이 붙지 않아, 체중이 호리호리 가벼운 아버지 편에서 한 말이다. 나란히 붙어 서서 상체 숙인 인사를 공손히 올린 두 부부는 다정해 보였다. 그 표정에서는 아들을 먼저 보낸 상실감 따위의 빛은 읽혀지지 않았다.

미향은, 남편으로부터 강성식 이름을 몇 차례 듣긴 하였으나, 직접 대면은 이번이 처음이다. 그래서 낯이 설 수밖에 없다. 그렇지만 인연을 처음 트는 차원의 새로운 어려움은 겪지는 않는다. 어쩔 수 없는 초면의 의식으로 눈치거리는 서먹한 기운이 여리게 뒤섞여 돌기는 하나-예부터 알고 지내온 사이처럼, 친근감이 당겨졌다. 미향은, 문상객 맞을 채비를 마친 식구들에게 뒷일을 넘기고 뒤로 물러났다. 오는 중인 남편을 기다릴 참이다.

바람을 쐴 겸 청결한 복도로 나왔다. 놀라운 신기한 장면이 가슴 벅차게 한꺼번에 시야로 밀려들었다. 높은 천장에서 비추는 전등 빛의 반사로 색상이 더욱 환한 타일벽면을 등지고, 일렬로 도열해 있는 스무 명 쯤의 남성들의 얼굴 방향이 한 곳으로 집중 쏠려있는 실상장면에, 두 눈이 휘둥그레 키워졌다. 동시에 낯 피부도 후끈 달아올랐다.

뼈마디부터 훈련이 잘된 반듯한 절도로, 정확히 일 미터 간격씩 띄운 좌우로 열 명씩 배치되어 있는 그들은, 하나같이 흰 와이셔츠에 검은 넥타이를 맨 위로, 색상 짙은 양복을 차려 입었다. 망인과 연배가 비슷한 그들 모두는, 누군가의 지휘를 따르는 부동자세를 취하고 있었다. 또한, 사회분위기 현상에 맞춰 흰 마스크를 착용하고 있었다. 강길용과 어두운 지하조직을 이끌었던 옛 인물들로 짐작된다.

그때, 신수가 훤한 한 사람이 상황분별이 덜 끝나 어리둥절 눈치를 연시 굴리는 중인 미향 앞으로 불쑥 나서면서, 상체를 깊이 숙이는 인사를 깍듯하게 올린다. 어깨가 떡 벌어진 늠름한 체구에서 내뿜어지는 저력은, 운동으로 단련된 강인한 체력이었다.

"안녕하십니까. 저희는 강길용 두목님과 언제까지나 고락을 함께 할 것을 피로써 맹세한 의리의 형제들입니다. 우리의 어머님!"

"어머니라니.....? 난 댁 같은 아들을 둔적 없는데요."

미향은, 신장이 훤칠한 상대를 턱을 들어 올려다보면서, 머리부터 절레절레 흔들었다. 목을 감은 초록 바탕의 스카프자락이 동시에 가냘프게 흔들렸다. 그녀는, 굽 낮은 구둣발을 한발 빼며 뒤로 물러났다.

"잊으셨나 봅니다. 십여 년 전인가? 어머님의 생신 날 뵙지 않았습니까."

"잘못 본 착각이에요. 길용의 부모님은 안에 계셔요. 가요. 제가 소개할게요."

반보 정도 떨어져서 따르는 건장한 남자의 한 발짝 한 발짝 내딛는 구둣발 소리는, 윤기 빛이 반질반질한 타일바닥에 닿을 적마다 공간 넓은 복도 전체 사면으로 쩌렁쩌렁 울려 퍼졌다. 구두를 벗고 빈소로 올라선 문상객은, 한 시절에 두목으로 모셨던 고인의 영정사진 편으로 먼저 눈길을 던졌다. 그리고는 켠 성냥불을 향과 초 심지에 연이어 붙인 다음, 예를 갖춘 절을 세 번 올렸다. 그 뒤에선 길용 부모와 마주보고선 미향이, 나지막한 속삭임으로 대략의 설명을 들려줬다.

두 부부는, 문상객의 뒷모습만으로는 기억이 가물가물 잡히지 않자 의문을 키웠다. 그러다 조문을 마친 문상객이 용모자세를 우편으로 돌리면서, 그새 상복으로 갈아입고 상주 석에 나란히 선 두 여동생과 목례를 할 때, 목을 빼고 유심히 살폈다. 비로소 시간 저편-아내의 50세 생일축하 자리에서, 따로 마련한 식탁에 앉은 아들놈이 몇몇과 음식을 나눠 먹었던 그 중 한명을 비로소 떠올리며 화색을 폈다.

"이분들이 댁이 찾는 부모님들이셔요."

미향은, 예의 바른 듬직한 남자를 두 부부와 연결시켰다.

"늦어서 죄송합니다. 전, 길용 두목과 의형제를 맺은 황주길이라 합니다. 절 받으십시오. 아버님, 어머님."

"절.....?"

난데없는 예절 제안에 강성식은 당황 뜬 낯빛을 아내에게로 돌렸다. 아내는 눈치 빠르게 남편의 양복소매를 잡고, 두 딸 곁으로 이끌었다. 부모님이 뭘 하려는지 미리 내다본 큰딸이, 한 구석에서 방석 두 개를 옮겨 자리를 마련했다. 밝은 색상의 도배벽면을 등지고 두 부부가 나란히 양반다리로 앉자, 문상객

황주길이 큰절을 올렸다. 그는, 상체를 세운 그대로 무릎 자세를 유지했다.

"이렇게 와줘서 고마워요."

고인의 아버지의 음성은 군더더기 없이 나직했다.

"저를 아들로 여기시고 말씀 놓으십시오."

"그러지."

성식은 주저하지 않고 즉답을 냈다.

"아버님, 어머님. 두목님의 마지막 길 저희도 전송하게 해주십시오."

"똘똘 뭉친 의리 대단하군. 그러게. 빈소를 지켜주게."

"고맙습니다. 끝까지 최선을 다 하겠습니다."

황주길의 끊고 맺는 화끈한 말솜씨에, 아내는 입을 길게 늘인 미소를 지어냈다.

"잠깐 실례하겠습니다."

양아들 황주길이 자리에서 일어날 기색을 내보인 것과 달리, 쉽사리 무릎을 펴지 않고 있자, 아내가 이번에도 남편의 옆구리를 꾹 찔러 눈치 없는 따분함을 일깨웠다. 그제야 상황을 파악한 성식이 호리호리한 체모를 일으켜 세웠다.

출구 방향으로 발길을 돌린 황주길은, 곳곳한 부동자세로 입구를 내내 지킨 동료를 손짓으로 불러 귓속말로 뭔가의 분부를 내렸다.

"음료수 마실래?"

아내가 서성거리는 양아들에게 물었다.

"괜찮습니다. 이따 동지들과 마시겠습니다."

매너가 품위 바르게 깨끗하다. 주먹을 휘두르는 건달 양아치로만 볼 일이 아니다. 성식은, 그날 그때 딱 한번 집을 찾았던 이후 발을 끊어 잊은 듯 멀어진 죽은 아들보다, 훨씬 더 믿음직한 양아들의 인상 평을 이렇게 잠정 내리고 흐뭇함을 감추지 못하였다.

줄지어 한 사람씩 들어서는 동지들은, 안 입구 변에 나란히 선 부부에게 정중 실은 인사 후, 펜 쥔 남은 손으로 모서리를 붙든 방문록에 제 이름들을 각자 기재했다. 똑같이 하명된 지침인지, 양복 안주머니에서 꺼낸 봉투를 부의금賻儀金 함에 넣는 과정에서도 깊은 성심이 깃들어 있었다. 전체 십구 명이라 제법 시간이 걸렸다. 그들 외에 문상객은 아무도 없다.

황주길은, 양부 동의하에 두 딸 대신 세 명을 상주로 내세웠다. 그는 이어, 세 명은 홀에 남게 하고, 나머지 인원은 복도에서 문상객을 맞는 안내를 계속 맡겼다.

오후 일곱 시. 안내자의 인도를 받으며, 남편 진용훈이 마침내 모습을 드러냈다. 고인의 추모에 맞춘 짙은 색상의 정장차림이다. 캔 맥주를 마시고 있던 강성식이 단번에 친구를 알아보고, 무릎 뼈 소리를 내며 반겨 맞았다.

"오는 길 고생했겠구나."

"강을 건넜으니 고생은 당연하지 않겠어."

성식이 제자리 옆으로 방석을 놓고 친구를 앉혔다. 미향이 손잡이 뚜껑을 딴 캔 사이다를 남편에게 내밀었다.

"오셨어요."

두 딸과 방에서 10분가량을 보냈다 나온 여성의 목청에서는, 체력기운이 날로 쇠해져가는 감이 얼핏 감지됐다. 소화기능이 약해져 식사량이 적어진 노인성 현상이다. 이와 별개로 몇 개월 전에, 무거운 물건을 들다 어깨뼈가 빠진듯하여 병원에서 검진을 받다, 통증유발 오십견 아닌, 회전근개(어깨를 움직여 주는 힘줄 찢김)라는 병명을 처음으로 들었다. 그래서 수술을 받은 적이 있다.

"아이고 마나님, 그간 평안하셨죠?"

용훈의 허물없는 농담은 호탕했다.

"용훈 씨도 좋아 보이는 데요."

키 작은 성식아내는 건조 증으로 피부가 거칠다. 그 영향이 핏기 마른 얼굴주름으로 나타나있다.

"허허, 용훈 씨가 뭐야? 목사님이시라고."

남편 성훈이 도중에 끼어들어 왼쪽 어깨를 살짝 젖힌 아내를 나무랬다.

"어떻게⋯⋯저녁식사는 하셨나요?"

아내는, 남편이 일깨워준 말을 무시하고, 시간에 맞춘 인사치레의 질문으로 손님의 눈길을 계속 붙들었다.

"안요. 집사람이 여기 계시잖아요."

"라면이라도 끓여먹지 빈속으로 왜와!"

미향이 핀잔 같기도 한 가벼운 말투로 남편을 호도했다. 잔

소리 치부로 밀어낸 용훈의 반응은 덤덤하다.

"어? 아름다움이 절정인 이 숙녀 분들 대체 어느 댁 여식들인가?"

상냥한 인사말에 두 자매를 향해 고개를 쳐든 용훈의 표정이 싱글벙글 밝아졌다.

"누구긴 누구냐. 우리의 어여쁜 딸들이지."

성식이 자랑거렸다.

"몰라보게 컸네. 아저씨 기억나? 아빠엄마랑 내 사무실에 왔었잖아."

"네, 기억하고 있어요."

성식의 큰딸이다.

"또 하나, 딸이 초등학교 삼학년 때, 겨울방학 즐기라며 사준 스케이트 건도 기억하고.....?"

"그럼요. 그걸 신고 태릉스케이트장 단골손님이 되걸랑요."

"그랬구나. 신랑은?"

"좀 늦을 거예요."

"재 말이야. 초등부 스케이트 대회에서 2등을 한적 있어."

아버지 성식이 거들었다.

"그렇게 실력이 뛰어났다면 계속 얼음판을 누비지 않고....."

"발목이 삐었어요. 그래서 그만뒀어요."

"그 범인 설마 나를 지목한 건 아니겠지?"

용훈은, 빙그레 웃음으로 장난을 쳤다.

"전 제 잘못으로 입은 상처로 남 탓 한적 없는 데요."

실없는 농담으로 받아들인 큰딸의 말투에도 정분이 깊다.

"알았다. 오빠 잃은 슬픔 위로한다."

"너 참 여유가 넘친다."

성식이 뭔가를 깨우쳤다는 안색을 띠우며 칭찬으로 에둘렀다.

"유식한 말로, 별자리와 같이 원심 형 배열이 있어야, 비슷한 크기의 용량 조각전체를 한 묶음으로 볼 수 있는 거지."

"부럽다. 이 자식아!"

용훈은, 여전히 물러나지 않고, 두 어르신 친구가 주고받는 농담을 가만히 듣는 두 딸을 다시 올려다본다.

"앞으로 나에 대한 호칭 큰아버지라 불러줄래."

"네......? 전 큰아버지 한분 계시는 데요?"

"큰아버지라 부르라니.....? 너 미쳤구나."

용훈의 농담을 진담으로 알아들은 성식은, 태양이라도 들이박겠다는 꼬장꼬장한 성질로 대들었다.

"너 제정신이냐. 넌 쟤와 피 한 방울 섞이지 않은 전혀 남남이라고. 너 생일 언제냐?"

"피는 보이지 않는 신체 안 생명. 우애는 겉으로 드러난 정다운 식구. 내 생일 언제냐 물었지? 대답에 앞서 너 생일은 사월 달로 알고 있다. 맞지?"

"그래!"

"난 이월. 그러니 내가 형님이니, 큰아버지 자격 충분하잖아."

"원심 형으로 갖다 붙이는 언어마술 못 당하겠다. 그래, 세진의 큰아버지 돼서 손 자녀들까지 잘 입히고 잘 먹여라. 됐냐? 세진아, 네 큰아버지 소개하마."

"네, 큰아버지. 예쁘게 잘 부탁드립니다."

생머리 결에 양 어깨가 가려진 세진이, 양 볼의 보조개를 새겨내며 입을 조심해야 할 동생을 돌아본다. 아직 미혼인 동생과의 대비는, 가족을 꾸려 책임감이 무엇인지 안다는 성숙한 언니에 반해, 내 짝이 되어줄 든든한 남자는 누굴까? 상상 그림에 몰두해있는 동생은, 표정관리가 색시하게 생글생글 청초하다는 점이다.

"너에게도 새 큰아버지시다."

세진은 같이 들은 말을 동생에게 상기로 재차 들려줬다.

미향은, 진종일 봉사에 피로도가 극도로 높은 지경이다. 남몰래 손나팔로 가려 하는 하품 때마다 눈물을 짜냈다. 그래서 간혹 눈길을 맞추는 남편에게, 어서 집에 가자는 신호를 손짓발짓으로 비쳤다. 그러나 일회용 용기식사로 배를 채운 남편은 꼼짝을 않는다. 그녀는 속이 쓰렸다.

'저렇게 마누라 속을 읽지 못하다니...... 헛 살았어.'

미향은, 잠시 눈을 붙여야겠다면서 식탁모서리에 부자유하게 엎드렸다. 막 선잠에 들려는 찰나에, '임신은 여자를 집에 가둔다.'라는 문장이 뇌리를 때렸다. 실제 경험상 딱 맞는 말이다. 쌍둥이 엄마가 된 딸 역시도, 여자에게만 부여된 일생과정을 똑같이 거쳤다.

미향은 기독교신자이다. 한 종교관으로 진용훈이라는 새파란 총각을 만나 백년가약을 맺었다. 부친이 목사였던 탓에 그는, 창조주 하나님을 믿는 신앙을 부모의 허리춤에 있기 전부터 층층이 다졌다. 노년기에 접어든 지금은, 그 열정이 거의 식은 상태라, 가급적 성경이야기를 입에 담으려 하질 않고 있다. 자본주의사회에서는 경제자본으로 높고 낮은 신분을 따지기에, 그 해결책인 직업선택을 위한 공부에서 쌓아둔 세상지식이 하나님을 중간 어디쯤까지 밀어냈다고 볼 수 있는 단면이다.

남편의 관념이 세월과 더불어 크게 변질된 것 중 하나가, 제 몫만 채우면 더 이상 다른 동물의 생명을 빼앗지 않고, 언제 어디서 달려들지 모르는 불시의 적으로부터 새끼들을 지켜내는 경계를 한시도 풀지 않는 네 발의 동물이, 직립보행으로 어디든 쏘다니는 인간보다 낫다는 주장이다. 남편이 말한 견해를 그대로 인용한다면, 태국인들의 코끼리우상, 인도인들이 장난 좋아하는 개구쟁이 원숭이를 신성시 하듯이, 동물에게도 신이 깃들어 있다는 설파이다. 이 이론은, 이성의 지각을 갖춘 사람에게만 영혼이 부여됐다는-교회 바깥은 하나님의 말씀을 들을 수 있는 거룩한 제단이 아니므로 구원이 없다-즉, '인생들의 혼은 위로, 짐승의 혼은 땅으로 내려간다.'(구약전도서3:21) 주창에 뿌리 둔 신학론과는 전혀 배치되는 다툼이다. 이처럼 남편은 정통신학과 거리를 두고 있다. 신은 어디나 존재한다는 범신론에 가깝다.

구약의 야훼는, 이스라엘 백성들에게 매일 드릴 번제물로, 속죄의 어린 양을 바칠 것을 명했다. 가난한 사람들에게는 저렴한 비용으로 구할 수 있는 비둘기나, 고운 밀가루 등으로 대체했다. 사람은, 희생재물로 바치고 남은 그 양의 가축 털로 겨울추위를 견디는 의복으로 만들어 입었다. 그 율법의 그림자 표상이, 인류의 죄를 십자가로 짊어지신 예수이다. 그런데 남편은, 성경기록물에 지나지 않다는 회의에 잠겨있다.

동물들의 희생은 오늘날에도 끊임없이 횡행되고 있다. 의학자들은, 인간의 병을 치료하며 낫게 한다는 명목 하에, 동물의 몸에 주삿바늘을 찔러 꽂거나, 그 동물들의 신체의 배를 갈라 신개발 약제를 버무려 투약한다. 그 실험이 성공하기까지 동물들은, 단 한번 뿐인 목숨을 그저 내놓아야한다. 모두가 인간이 더 오래 사는 연구용으로 쓰였다 버려진 생명들이다.

그새 아른아른 감겼던 졸림 증세는 다 달아났다. 한 무리 인원이 빈소에 우르르 들어섰다. 한 눈의 이해로 헤아린 인상들의 현모는, 하나같이 성질이 고분고분하지 않고, 수틀리며 당장 뭐든지 깨 부스고 말겠다는 험악한 협박성을 띄우고 있었다. 좀 더 깊은 탐구로는, 체계 구분 없는 공연한 수작을 이용하여 -가진 게 아무것도 없는-뭐가 잘못된 건지도 모르는 망할 놈의 낙오자들이라는 것이다. 그 열등에 짓눌린 인물 다섯 중 두 명은, '잡아,' '묶어,' '끌어당겨,' '잘라,' '제기랄,' '우라질,' '죽고 싶어!' 욕이 입에 밴 뱃사람이고, 세 명은, 서민대상 불법행위(집단폭행, 보호 비 갈취, 불안감조성) 죄목으로, 교도소를 들락거렸던 조무래기 건달패들이다.

모두 강길용과 교도소운동장에서 가까워진 동기들이다. 상가집에 간다며 매무새를 만지고 머리를 빗었다고는 하나, 단정감을 찾아 볼 수 없이 허출하고-중간에서 신원보증을 서줄 사람 한명 없는 그들은, 체격이 크고 눈빛이 날카로워 위압감부터 품게 하는 황주길에게 만은, 몸을 사리는 황송의 순응을 나타냈다. 그들은, 황주길 지시대로 식탁에 눌러앉아 음식이 나오기를 기다리고 있다.

"너희들 이거 먹고 날래게 꺼져버려야 한다. 알았지."

황주길이 눈을 부라리며 기압을 넣었다. 제삼자에게는 보통의 말이라 겁먹을 이유 하등 없다. 그러나 졸개들은 뭐가 그리 켕기는지, 꼼짝 못 하는 기부터 죽여 놓고 있다.

"예!"

광대뼈가 우뚝 솟은 창백한 인물이 포함된 두셋의 합창은 힘없이 작았다.

"내 권한에선 한참 먼 빈말에 지나지 않지만, 너희에게도 하나님이 굽어 살피시는 축복이 내리기를 희망한다."

사람에게는 직업에 따른 권능의 이미지가 있다. 그 위상에 걸 맞는 말은 곧 길머리가 된다. 황주길의 입에서 부로 담았을 법한 일반적 축복 단어는, 명암의 경계선을 떠나 맞지 않게 어색하기는 하였으나, 졸개들에게는 아릿한 애착으로 살점의 귀책이 된 모양이다. 저마다 난로 쬐는-다른 삶의 호의 성을 비쳐

낸 것이 그 증언이다.

팔십세 신사노인이 출입구 앞에 멈춰서면서 안을 들여다본다. 주름에 뒤덮인 오른 손에 높이 조절용 접이식 나무지팡이를 쥐고 있다. 한 부하의 전달을 미리 받고 대기하고 있던 황주길이, 깍듯한 인사로 정중하게 맞았다.

"어서 오십시오. 대부님."

노인은, 황토색 중절모를 벗어 황주길에게 건네 다음, 마스크를 턱 밑으로 끌어내렸다. 그리고는 자체 호흡습기에 젖은 코 주위를 손수건으로 닦았다. 노인이 구두를 벗고 마루 위로 오르자, 황주길이 순간 중심을 잃고 가볍게 휘청거린 그 마른 몸매를 본능적으로 얼른 부축하여 안정을 잡아줬다. 영정 앞에선 노인, 손수건으로 눈시울을 훔친다. 정숙에 잠긴 모두의 시선이 노인의 일거수일투척을 지켜보고 있다.

체력이 쇠해 거동이 느린 노인의 발에 걸릴 장애물이 있지 않은지, 앞서 주의를 살피는 황주길이 식당으로 발을 들이자, 유족들은 일제히 일어나 예를 갖췄다. 진용훈 부부도 나란히 그 곁에 섰다.

"이분이 강길용 두목님의 아버님이십니다."

주름 눈가로 반갑다는 미소를 엷게 비친 노인이, 한물 간 핏기 마른 한 손을 내밀었다. 성식이 차가운 그 손을 온기 실은 두 손으로 맞잡고, 까무잡잡한 얼굴을 가슴팍에 붙였다.

식탁을 가운데 두고 일동은 마주앉았다. 성식의 네 식구와 용훈 부부 6명은 벽면을 등졌고, 노인과 왼 팔목에 상주완장을 두른 황주길은 식탁 사이 통로를 차지했다.

"길용은 내 애제자이며 후계자였소. 젊은 나이에……참으로 안됐습니다."

훨훨 날랐던 옛 영화시절의 활력을 가슴의 심각深刻으로 새겨두고 있는 노인은, 감정이 북받치는지 제대로 잇지 못하고 잠기는 억양을 더듬더듬 끌었다.

"제 아들 길용은 오래 전에 집을 나갔기에, 그간 어떻게 지냈는지 알지 못합니다. 추측 건데 선생님께서 제 아들을 거두시고 키우시지 않았나 싶습니다."

"죄송합니다. 큰 재목이라 내다보고 주먹의 사나이로 키운 내 죄가 너무 큽니다. 인성은 참 좋았어요. 자기 약점에 굴하지 않고, 장점으로 살려 조직을 넓히겠다는 욕망이 그만 화를 만들어 가슴 아프게 쇠고랑을 차는 신세로 내몰리게 된 겁니다. 나의 죄행을 대신 짊어진 셈이죠."

노인은 실상 울먹이며 지난날들에 대한 회상에 잠겼다.

"그러셨군요. 전 이렇게 생각합니다. 억울한 죽음일 수 있는 아들놈이지만, 아비로서는 그다지 애도하지 않습니다. 왜냐하면, 선생님께서 짧고 굵게 사는 법을 지도해 주신 덕분에, 사나이답게 살다 갔기 때문입니다. 주먹으로 누구를 패 상해를 입혔다는 것은 분명 사회악입니다마는, 인생 자체만을 놓고 본다면, 나다운 일을 했다면, 그것만으로 자랑이지 않겠습니까."

"나는 멱살이라도 잡히겠다며 이 빈소를 찾았소. 한데 그보다 두둔이라니⋯⋯인생여정 다 끝나가는 노인을 울리오. 몸 둘 바를 모르겠소."

군 장성출신의 선출직 민주화 첫 대통령은, 폭력과의 전쟁을 선포했다. 그 무렵 중학교시절에, 행상어머니가 비렁뱅이 건달들에게 괴롭힘을 당하는 모습을 보고, 그 길로 복수의 이를 갈게 된 조직폭력 세계로 뛰어든 김태촌을 비롯하여, 양은이(조양은)파 이동재(OB)파 등이 주름잡던 조직폭력의 와해가 엿보이기 시작했다. 검찰이 그들의 뒤를 쫓는 그 틈새를 파고들고, 김규한 위주로, 기세 푸른 깃발을 내건 그 50-60명의 건달들의 범죄조직 단이 한 지하건물에서 은밀히 결성되었다.

김규한은, 공부가 싫어 거리를 쏘다니는 불쌍한 강길용을 양아들로 삼고, 태권도를 배우도록 적극 달랬다. 말의 기수로 천착하겠다는 아이의 청을 들어주지 않고, 반 강제로 두목의 자질 성을 반복해서 훈련시켰다. 그 김규한이 바로 이 노인이다.

양아들의 친부와 면회를 마친 노인이 모두의 환대를 받으며, 운전자 달린 대기차량을 타고 떠난 직후, 황주길은 즉시 부하들에게 자유를 내려 위계질서의 긴장을 풀게 했다. 그들을 위한 식탁이 마련됐다. 성식은, 저마다 아버님이라 부르는 그들에게 온갖 친절을 다 보였다.

용훈은 방석자리에서 일어났다. 일가족 네 명이 현관에서 각자 신발을 싣는 두 부부를 전송했다.

"아들을 먼저 보내야 하는 그 쓰라린 심정 함께 공감하며 차후에 연락해서 술 한 잔 하자."

용훈은, 친구를 힘차게 끌어안고 등을 두들겼다.

"너 입에서 술 얘기가 나오다니 하나님이 노하시겠다."

"노아처럼 벌거숭이로 망신당하는 지경까지는 내려가지 않을
정도로 가끔 술의 위안을 받곤 한다."